The Final
더 파이널

더 파이널 3

2021년 11월 18일 초판 1쇄 인쇄
2021년 11월 23일 초판 1쇄 발행

지은이 유성
발행인 김정수 강준규

기획 이기헌 왕소현 박경무 강민구
책임편집 백승미
마케팅지원 배진경 임혜솔 송지유 이영선

발행처 (주)로크미디어
출판등록 2003년 3월 24일
주소 서울시 마포구 성암로 330 DMC첨단산업센터 318호
Tel (02)3273-5135 **편집** 070-7863-8595 **Fax** (02)3273-5134
홈페이지 rokmedia.com **E-mail** rokmedia@empas.com

값 8,000원

ISBN 979-11-354-6923-7 (3권)
ISBN 979-11-354-6920-6 04810 (세트)

ROK MEDIA
로크미디어
유성 퓨전 판타지 장편소설
3
The Final
더 파이널

CONTENTS

노웨인 분쟁(2)

삐이이이-!

드넓은 창공을 가로지르는 매가 울음을 터뜨렸다.

그 아래에는 해안과 이어진 평야가 펼쳐져 있었다. 드문드문 작은 숲이 흩어져 있는 넓은 평원에는 상당한 숫자의 병사들이 동서로 나뉘어 모여 있었다.

한쪽이 대략 5~6천.

합하면 1만이 넘어가는 대규모 군대였다.

그중 초승달 모양의 진형을 이루며 운집해 있는 서쪽 진영, 그중에서도 해안에 가까운 우측 끝부분에서…….

"그게 무슨 개소리야?"

거친 목소리가 터져 올라왔다.

옅은 파란색이 감도는 머리를 하나로 묶어 내린 여자였다.

얼굴은 10대 후반에 귀여워 보이는 인상이었는데, 등에는 웬만한 남자도 버거워할 만한 대검을 짊어지고 있었다.

그러나 어색한 느낌은 들지 않았다.

두껍지는 않지만, 군더더기 없이 잘 다듬어진 몸매는 되레 그런 대검은 물론 그 입에서 나오는 거친 말투와도 한 세트로 느껴질 정도로 잘 어울렸다.

뭐 지금은 그게 문제가 아니지만.

"들은 대로야."

"들었으니까 하는 말이잖아! 그게 무슨 말 같지도 않은 소리냐고! 용병 중에 기마대가 얼마나 된다고? 그런데 기마대를 이런 모래밭에 배치한다는 게 말이 돼? 누구야? 대체 어떤 돌대가리 같은 놈의 머리에서 나온 생각이야?"

"우리는 이름도 알려지지 않은 용병단이잖아."

발끈하며 소리치는 여자의 말에 가면의 남자, 워트가 한숨을 불어 내며 말했다.

물론 그것도 이유의 하나다.

'하지만…….'

태영이 주위의 사람들을 둘러보았다.

아침에 여관을 찾아온 워트를 따라와 좀 전에 소개받은 용병단원이다.

숫자는 대략 20여 명.

'그보다는 이 인원수가 문제겠지.'

용병단이라고 다 같은 용병단이 아니다.

용병단에도 급이 있고, 그걸 결정하는 건 방금 워트가 말한 인지도와 또 하나, 인원수다.

더 유명하고, 인원이 더 많은 용병단이 발언권도 강해지는 건 당연지사.

그리고 발언권이 강한 용병단이 더 좋은 자리를 차지하게 되는 것도 당연한 결과다.

'전원이 기마병인 용병단은 흔치 않지만, 이 인원으로는 발언할 기회도 얻기 힘들었겠지. 원래 전장에서 열리는 용병단장 회의라는 게 힘겨루기니까. 그리고…….'

워트가 말하지 않은 다른 이유도 있었다.

다른 단원들의 눈에는 보이지 않겠지만, 아니, 봐도 모르겠지만, 중앙에 모인 용병 사이에서 이쪽을 바라보며 히죽대는 놈이 있었다.

어젯밤 여관에서 태영의 단검에 남자로서 소중한 뭔가를 잃을 뻔했던 바로 그놈이었다.

'저런 놈이 벨킨 용병단의 부장이었을 줄은…….'

벨킨은 400명이 넘는 단원을 보유하고 이름도 꽤 알려진 유명 용병단이다.

태영도 몇 번이나 들어 본 적이 있을 정도로.

물론 과거고, 사전에 알았어도 딱히 신경 쓰지 않았겠지만.

어쨌든 여자는 이 상황이 꽤 마음에 안 드는 모양이다.

"이름이 알려지지 않았다니? 그게 이유가 돼? 이건 전쟁이라고! 뭐가 됐건 아군에게 유리한 진형을 짜야 하는 거 아니야?"

"그렇게 단순한 문제가 아니야. 그리고 이미 결정된 사항이다."

"그러니까 그 결정을 내린 놈이 어떤 놈이냐고! 내가 가서 확인해 볼 테니까. 그 대가리 속에 뭐가 들었는지. 아니, 멍청한 용병 놈들 상대할 것 없이 그냥 도리안 경을 찾아가면……."

"리디아!"

워트가 날카로운 목소리로 소리쳤다.

여자가 움찔하며 입을 다물었다.

그리고 슬쩍 워트를 곁눈질하다가 이내 입술을 삐죽대며 팩 고개를 돌렸다.

"젠장, 마음에 안 들어! 용병 자식들 하는 짓도 그렇고, 너도 그렇고. 대체 저딴 놈은 왜 데리고 온 거야? 우리만으로 충분하잖아."

갑자기 불똥이 태영 쪽으로 튀었다.

"그런 식으로 말하지 마. 내가 스카우트해 온 사람이야. 네 말대로 우리만으로 충분할지도 모르지만, 경험이 많지 않은 것도 사실이니까. 저 사람이라면 그런 빈자리를 메워 주겠지. 젊어 보여도 경험이 풍부한 용병이라고."

워트가 태영을 향해 살짝 윙크를 날리며 소개했다.

태영은 태연하게 고개를 끄덕였다.

"경험이 풍부한 용병, 레온이라고 한다."

"카악, 퉤!"

여자의 반응이다.

그때 그녀의 뒤에서 소년처럼 보이는 작은 체구의 남자가 툭 튀어나왔다.

"난 제이미야. 이 덩치 큰 누님은 리디아."

"덩치 크다고 하지 마! 게다가 왜 네 맘대로 이름을 말해?"

"방금 워트 형도 말했잖아."

"그래도!"

"뭐 보다시피 성격이 좀 괄괄해. 어쨌든 리디아는…… 그냥 안 부르는 게 좋을 거고, 난 그냥 젬이라고 부르면 돼. 리디아와 내가 부장 역할을 맡고 있어."

"음, 알아서 모시지."

태영이 고개를 끄덕이자 젬이 활짝 웃으며 고개를 돌렸다.

"봐! 이 형, 성격 좋다고!"

"좋긴 뭐가 좋아 바보야! 놀린 거라고!"

"에에-?"

젬이 다시 고개를 돌렸다.

그때 워트가 그 사이에 끼어들며 정리했다.

"됐어. 그만해, 리디아 너도. 레온, 이런 녀석들이지만 잘 부탁한다."

"노력해 보지."

태영이 흑영에 오르며 대답하자 그리모어의 목소리가 들려왔다.

-뭔가 부산스러운 녀석들이군. 괜찮은 건가, 주인? 이런 녀석들과 함께 전장에 나가도?

괜찮고 말고 할 일도 아니다.

일단 리디아의 태도만 놓고 봐도 용병단에서는 그리 드문 일이 아니다.

이계에서도 용병에 대한 인식은 좋지 않고, 그건 같은 용병이라도 마찬가지.

신입 단원을 따뜻하게 맞이해 주는 용병단은 없다.

되레 리디아 수준의 불평은 애교 정도로 봐 주는 게 용병단의 환영 인사다.

그리모어가 지적하는 것도 그런 부분이 아니다.

-저 여자나 어린 녀석도 그렇지만, 단장이라는 남자도, 어제 여관에서 본 바에 의하면 그럭저럭 실력은 있어 보인다만 용병으로서는…….

"경험이 없겠지."

태영이 피식 웃으며 대답했다.

"아마 용병단은 물론, 전쟁에 참전하는 것도 이번이 처음 일 거야."

– 그걸 알면서도 들어왔다는 건가? 굳이 왜? 주인의 실력이라면 꼭 영주 직속은 아니라도 더 좋은 조건을 제시할 용병단도 얼마든지 있을 텐데?

"그래서야 재미가 없잖아."

– 재미라…….

그리모어가 뭔가 석연치 않은 목소리로 중얼거렸다.

그리고 그 반응이 정답이다.

말했듯이 태영이 그 먼 길을 달려와 참전하는 이유는 이번 전쟁으로 얻을 게 있어서고, 기왕이면 더 많은 것을 얻어 내는 게 좋은 건 말할 필요도 없는 일.

태영이 워트 용병단에 들어온 건 재미라기보다는 그런 확신이 들었기 때문이다.

여관에서 워트를 봤을 때, 이게 최선의 결과를 가져오는 방법이라고 말이다.

'그리모어에는 거기까지 설명해 줄 수 없다는 게 아쉽지만…….'

"일단 집중하자고."

태영이 고개를 돌리며 말했다.

그 앞에는 양군의 중간 지점에 모여 있던 사람들이 각자의 진영으로 돌아가고 있었다.

보통 이계에서는 특별한 경우가 아니면 양군의 사령관, 혹은 대리인이 중간 지점에서 만나 최후 교섭을 시도한다.

그 결과에 따라서는 그대로 전투가 종결되기도 한다.

그러나 태영은 알고 있었다.

'그렇게 끝날 리가 없지. 저쪽의 목적은 전투 그 자체니까.'

그리고 예상대로.

중간 지점에 모여 있던 사람들이 각자의 진영으로 돌아온 직후.

둥! 둥! 둥!

개전을 알리는 북소리가 울려 퍼졌다.

"가라! 비열한 베라틴 영지 놈들에게 노웨인의 힘을 보여줘라!"

"일이다, 이놈들아! 돈 벌러 가자!"

"우와아아아–!"

먼저 움직인 건 중앙 지역의 영지군과 용병이었다.

그러나 우렁찬 함성과 달리 진군 속도는 빠르지 않았다.

함성과 동시에 저 멀리에서 뿜어져 올라온 화살!

무턱대고 뛰다가는 그 화살에 고슴도치가 된다는 건 상식이라 속도를 조절하는 것이다.

"크악!"

그래도 맞을 놈은 맞는 법.

화살이 빗발치기 시작하자 곳곳에서 비명이 들려왔다.

둥둥둥! 둥둥둥!

북소리가 한층 격렬하게 울렸다.

"우리 차례다!"

헬멧을 눌러쓴 워트가 말을 달리며 소리쳤다.

"공적을 세우는 것도 좋지만, 무리한 짓은 하지 마라! 기회가 오늘만 있는 건 아니니까."

"하! 누구에게 하는 말이냐?"

"이야호! 출격이다!"

한 손으로 대검을 쥔 리디아와 활을 빼 든 젬이 그 뒤를 따라 질주했다.

당연히 태영도 나머지 단원들과 함께 돌진!

대열의 좌우 끝단에 배치된 병력이 움직이자 중앙에 집중되던 화살도 확 벌어지듯이 좌우로 갈라져 날아왔다.

"워트!"

"충분해! 이대로 돌파한다!"

워트가 말 등에 상체를 바짝 낮추며 소리쳤다.

그리고 가속을 붙여 질주!

한껏 치솟아 올라던 화살은 그 뒤에 쏟아졌다.

대신 태영 일행은 대열에서 돌출되듯이 앞으로 나왔지만, 주의해야 할 건 전방이 아니다.

태영이 흑영의 속도를 늦추며 소리쳤다.

"젬, 얼마나 되는 거리까지 요격할 수 있지?"

"어…… 200미터 정도?"

"딱 좋군. 우측 3시 방향에 보이는 숲! 나무 위에 저격수가 몇 명 있다!"

"응? 어? 진짜네! 오케이, 접수!"

젬이 방향을 틀었고, 그사이 이미 한 발의 화살이 뻗어 나갔다.

나뭇가지 사이에서 장궁을 든 적병이 툭 떨어졌다.

그리고 숨돌릴 틈도 없이 한 발! 또 한 발!

그때마다 적병이 툭툭 떨어졌다.

"됐어! 정리 끝!"

"아직이야."

태영의 대답과 동시에 한 명이 더 떨어졌다.

히죽대던 젬의 눈이 동그래졌다.

"형, 활도 써?"

"그럭저럭. 너만은 못하지만."

"우와! 나 이 형, 정말 겁나 마음에 들어! 눈도 겁나 좋고, 활도 겁나 잘 쏜다고!"

젬의 고함에 워트가 리디아를 돌아보며 씨익 웃었다.

"말했지? 경험 많은 용병이라고."

"흥!"

워트 용병단은 리디아의 콧방귀와 함께 꾸준히 돌격.

단숨에 저격수가 숨어 있던 숲을 지나 적 진영의 바로 앞까지 도달했다.

그 앞에 겹겹이 쳐진 방패의 벽.

“놈들은 좌우의 방어를 굳히고 전력을 중앙에 집중시켜 아군의 돌파를 시도하고 있다! 하지만 방벽이 뚫리면 놈들도 동력을 잃게 된다! 돌격!”

앞서 달리는 워트의 검에서 반월형의 검기가 뻗어 나갔다.

위이이잉! 퍼펑—!

폭음과 함께 두 명의 적병이 방패째로 날아갔다.

—흠, 어린 녀석도 그렇지만, 저 남자도 제법이군. 이상한 가면을 쓰고 있길래 겉멋만 든 놈인 줄 알았는데 그래도 검을 쓸 줄은 아는 모양이야.

그 이상이다.

검기를 사용하는 용병은 많지 않고, 그만한 위력을 발휘하는 용병은 더 적다.

“흡!”

그러나 이만큼은 아니었다.

한껏 숨을 들이켠 리디아가 양손으로 움켜쥐고 휘둘러 대는 대검!

순간 네댓 개의 방패가 기역 자처럼 꺾여 들어갔고.

콰자자작, 콰쾅—!

병사와 뒤엉켜 저 멀리 날아갔다.

"어때? 재미있지?"

—……확실히 재미는 있군. 요령이 있는 건지, 요령이 없는 건지는 모르겠지만.

그런 건 아무래도 상관없다.

말했듯이 워트 일행에 부족한 면은 태영이 보충하면 그만이니까.

퉁—!

태영이 흑영의 등 위에서 화살처럼 튕겨져 날아갔다.

워트와 리디아가 뚫어 놓은 방패 사이, 판금 갑옷에 양손에 든 방패와 철퇴를 휘둘러 대며 알아듣기도 힘든 고함을 질러 대는 놈을 향해.

"음? 하! 뭐냐, 이놈은? 설마 이 자긴 님에게……."

태영이 접근하자 놈의 말이 알아들을 수 있게 바뀌었지만, 들어 주고 싶은 생각은 들지 않았다.

어차피 나올 말은 뻔하고 그것도 전장에서는 검으로 해야 하는 법이다.

그래서 검으로 말해 주었다.

닥치라고.

콰지지지직—!

놈의 몸을 갑옷째로 가르며!

그리고 기겁하며 멈춰 서는 적병의 방패를 밟으며 돌아 나와 다시 흑영의 등 위로.

모든 게 한 박자로 이루어졌다.

그리고 고삐를 잡아채고 돌아서자 워트와 리디아, 젬이 황망한 눈으로 바라보고 있었다.

"워트 형, 저 형 진짜 뭐야?"

"어? 그러니까…… 경험 많은 용병?"

"쳇, 뭐가 경험이야? 그 정도는 나도 할 수 있어! 으라차차! 봐! 나도…… 익! 익! 이 자식들이…… 안 비켜? 뒈지고 싶냐? 익! 익!"

리디아는 대검으로 몰려드는 방패병을 펑펑 쳐 날리면서도 불평을 터뜨렸다.

툭.

태영이 그 어깨를 밟고 놈들을 넘어 들어갔고.

콰지지지직-!

다시 같은 장면이 펼쳐졌다.

"윽! 저 망할 놈이, 누굴 밟는 거야? 너도 뒈질래?"

리디아가 한층 더 흉포하게 주위의 방패병을 쳐 날리며 소리쳤다.

그런 리디아의 활약도 있고, 비교적 소소하지만 열심히 검기를 날리는 워트, 그 공격에 방패가 위로 올라올 때마다 병사들의 발목에 화살을 박아 넣는 젬.

그리고 정말 별것 아니라고 생각하지만, 태영이 연이어 소대장급을 쪼개 놓자 적 방패부대의 일각이 허물어졌다.

"우와아아-!"

아군 보병 부대가 도착한 건 그때였다.

"리디아, 레온, 보병과 함께 적진에 돌입한다! 레온, 너는…… 하던 대로 해!"

이미 그러고 있었다.

아군과 섞여 적당히 적병을 상대하다가 틈이 보이면 돌진!

적진으로 파고들어 가자 적의 수준도 좀 더 높아졌지만, 결과는 달라지지 않았다.

카칵! 위잉, 콰직-!

일격이 이격으로 늘어났을 뿐.

대신 계급도 높을 테니 수고스러움을 마다할 이유는 없었다. 그리고 다섯 명째를 처리했을 때.

'곧 끝나겠군.'

대강 결말이 보였다.

태영 일행이 속한 우군(右軍)은 이미 적진을 뚫고 들어와 있었다.

중앙 지역의 전투는 적군이 조금 더 우세하게 진행되고 있었지만, 전술의 기본만 익혀도 알 수 있는 일이다.

측면이 뚫린 상황에서 밀어붙이는 게 얼마나 멍청한 짓인지. 또한, 설사 다른 비장의 카드를 숨겨 두고 있더라도, 초전부터 무리할 리도 없다.

둥둥둥둥! 둥둥!

역시나 곧 적진에서 급박한 북소리가 울려 퍼졌다.

삐이-!

그게 어떤 의미인지는 청영을 통해 바로 알 수 있었다.

중앙 지역의 적군이 천천히 물러나기 시작했고, 좌우로 벌어져 있던 방패부대가 봉합하듯이 그 뒤로 이동하며 퇴각하기 시작했다.

"놈들이 물러나기 시작한다!"

"와아아아-!"

주위에서 함성이 터져 나왔다.

그러나 아직은 아니다.

이제 겨우 한 번의 전투에서 이긴 것뿐이고, 이 전쟁은 그들의 생각보다 오래 이어질 테니까.

"어이, 레온."

뒤에서 들리는 목소리에 태영이 고개를 돌렸다.

워트가 보이고, 그 옆에 젬, 조금 뒤떨어져 리디아가 걸어오고 있었다.

태영이 다시 고개를 돌렸다.

"잘 생각해 보게. 좋은 기회가 될 테니까."

빙 둘러앉아 있던 사내들이 우물쭈물 몸을 일으키며 이런 말을 남기고 몰려갔다.

워트의 시선을 받은 태영이 어깨를 으쓱이며 말했다.

"자기네 용병단에 들어오라더군."

"무리도 아니지."

워트의 말에 젬이 눈을 반짝이며 끼어들었다.

"응! 벌써 진영에 소문이 쫙 퍼졌어! 형이 적진에 뛰어들어 부대장급 병사를 다섯 명이나 해치웠다고! 그것도 갑옷째로 쩍쩍 갈라서 말이야!"

워트가 쓴웃음을 지으며 끄덕였다.

"그래, 뭐 인정할 건 인정해야지. 솔직히 나도 놀랐어. 오러 소드도 사용하지 않고 갑옷째로 적을 양단하는 모습은 나도 처음 봤으니까. 더구나 대검도 아닌 장검으로. 대체 기술인지 힘인지 모르겠지만."

당연히 몰라야 한다.

단라이라 화산에서 오러의 출력을 조절하는 기술을 익힌 이유 중 하나가 그 때문이니까.

오러 소드는 마스터급의 검사라는 증거가 될 정도로 상징적인 힘.

생각 없이 아무 데서나 뽑어내도 되는 게 아니다.

'내가 실제로 마스터급의 검사라도 그렇겠지만, 그게 그리모어의 능력이라는 사실이 밝혀지기라도 한다면…….'

어떤 일이 벌어질지는 뻔하다.

그만한 힘을 지닌 아티팩트라면 목숨을 걸고서라도 손에 넣으려는 사람은 널리고 널렸으니까.

뭐 태영도 그중 한 명이었고.

'나는 아직 그런 자들을 감당할 정도의 실력조차 제대로 갖추지 못했다. 하물며…….'

진짜 경계해야 하는 상대는 따로 있다.

과거 수없이 태영의 앞을 가로막았고 또 앞으로도 그럴, 이 세계에서 살아남기 위해 필연적으로 넘어서야만 하는 적의 존재다.

'놈들은 아직 나에 대해 모른다. 그리고 앞으로도 몰라야 한다. 적어도 놈들과 대적할 힘을 갖추기 전까지는.'

놈들의 시야 밖에서 키워 나가야 한다.

그게 힘이든, 돈이든, 기반이든, 놈들과 싸우는 데 필요한 건 뭐든지.

그런 의미에서…….

태영이 슬쩍 워트를 올려다보며 물었다.

"그래서 어쩔 건데?"

"뭐가?"

"내 급료 말이야. 네가 말했잖아. 전투를 치러 보고 결정하겠다고. 그래서 방금 그 용병단장들에도 먼저 네 대답부터 듣고 생각해 보겠다고 했지. 자, 얼마나 받을 자격이 있는 것 같아? 이 경험 많은 용병님은?"

“30골드.”

워트가 옆자리에 앉으며 대답했다.

“물론 일전(一戰)에.”

뒤따르는 말에 리디아와 젬이 깜짝 놀란 얼굴로 돌아보았다.

그 정도의 금액이라는 말이다.

그리고 태영도, 발트하츠에서 한 번에 6천 골드가 넘는 돈을 벌어들인 탓에 금전 감각이 살짝 마비된 감도 있지만, 그게 적은 금액이 아니라는 것 정도는 알고 있다.

1골드의 가치는 현대의 10만 원 수준.

즉, 일당 300만 원이라는 말이고, 숙련된 용병을 기준으로 삼아도 3배에 달하는 금액이다.

태영도 일단 그 금액에는 불만이 없었다.

그러나 태영은 처음 제시한 조건에 고개를 끄덕이면 호구라는 신념을 가진 남자!

“저쪽은 좀 더 부르던데?”

“그래서? 갈 거냐?”

슬쩍 떠본 말에 워트가 이런 식으로 푹 찔러 왔다.

“안 돼!”

그런데 펄쩍 뛰는 건 젬이었다.

“난 마음에 들었다고, 레온 형! 게다가 얼마나 편한 줄 알아? 내가 화살을 쏘기 편하게 적을 유도하고 빈틈을 만들어 준다고! 그게 얼마나 어려운 건데! 애초에 뒤의 궁수까지 신경 써 주는 사람도 없지만, 할 수 있는 사람도 없다고!"

"네가 그런 말을 여기저기 떠들고 다니니까 저 녀석 몸값이 오른 거잖아!"

"그랬냐?"

"어? 어…… 응."

어째 다른 단장들도 좀 세게 부른다 했는데 젬이 부지런히 홍보해 준 덕이었던 모양이다.

태영이 빙긋 웃으며 끄덕였다.

"그럼 젬을 봐서 받아들이지. 30골드+성과급으로."

"성과급은 또 뭐야?"

"일종의 보너스지. 부대장급 적을 처리할 때마다 추가로 5골드. 이번 같은 경우에는 15골드가 되겠군."

-아주 작정하고 쥐어짜는구먼.

딱히 그런 건 아니다.

그러나 오해받을 만한 상황이기는 했고, 하물며 처음부터 태영을 탐탁지 않게 여기던 리디아라면 말할 것도 없었다.

"칵! 뭐야? 남들의 몇 배나 받으면서도 부족하다는 거냐?"

당연히 이런 말이 나오겠지만.

"동기부여가 필요하다는 말이지. 어차피 받는 금액이 똑같으면 아무래도 열심히 싸울 의욕이 덜 생기지 않겠어?"

"워트라고 돈을 쌓아 두고 있는 줄 알아?"

"거기까지는 모르겠지만, 용병단을 이끄는 단장이라면 그 나름의 실력은 보여 줘야 하는 거 아니겠어?"

태영은 가볍게 받아넘기며 천 조각 몇 장을 꺼내 워트에게 던져 주었다.

"이건……."

"보다시피, 오늘 내가 벤 부대장급 병사들이 두르고 있던 표장(標章)이지. 그걸로 노웨인의 지휘관에게 얼마나 더 받아내는지가 네가 용병단장으로서 실력을 발휘해야 하는 부분이고. 단원이 이룬 성과를 제대로 어필하고 최대한 많이 뜯어내는 게 단장의 역할이니까."

"이걸 챙긴 거야, 그 상황에서?"

워트는 놀란 얼굴로 물었지만, 상식이다.

용병은 돈을 벌기 위해 참전하고, 이런 건 돈이 되니까.

물론 그렇다고 아무나 챙길 수 있는 게 아니지만.

"경험 많은 용병이니까."

"하아, 정말 도저히 당해 낼 수가 없군. 좋아, 30골드에 부대장급 적병 1명당 추가로 5골드씩. 그럼 됐지?"

"수업료는 따로 받아야 할지도 모르지만."

"제발 봐 달라고."

태영이 히죽 웃으며 덧붙이자 워트가 고개를 절레절레 흔들며 웃었다.

어쨌든 이로써 정식 계약 체결!

"거봐! 내가 말했잖아! 이 형, 성격 좋다고! 와아, 이제 한 패다! 동료라고!"

젬이 태영을 얼싸안고 팔짝팔짝 뛰었다.

삐이…….

청영은 그게 마음에 안 드는 모양이다.

"하! 성격이 좋아? 넌 대체 지금까지 뭘 들은 거야? 남들의 몇 배나 되는 돈을 받으면서 더 달라고 하는 사람의 어디가 성격이 좋다는 건데?"

삐익!

리디아도 더 그렇고.

워트가 그렇게 일일이 반응하는 청영을 유심히 바라보며 물었다.

"여관에서부터 봤는데 참 신기한 새군. 꼭 말을 알아듣는 것 같아. 게다가 생김새도, 처음에는 좀 특이한 색의 매라고 생각했는데 지금 보니 다른 부분이 꽤 많아 보이는군."

"아스토리아에서도 꽤 희귀한 새야. 네 말대로 말도 알아듣고. 뭐 분위기를 살펴서 대강 이해하는 정도지만."

"영리하군, 멋있기도 하고."

삐이-!

워트는 마음에 드는 모양이다

"허! 이 녀석. 진짜 말을 알아듣는 모양이네. 어때, 리디아? 귀엽지 않아?"

"칫, 그래 봐야 새지."

삐익!

"봐! 봐! 째려보잖아! 저런 게 어디가 귀엽다는 거야?"

"그건 네가 자꾸 시비조로 말하니까 그런 거고. 방금 들었잖아. 대강 말을 알아듣는다고. 아까는 너도 한번 쓰다듬어 보고 싶다고 하더니 왜 그렇게 퉁퉁거려?"

"내, 내가 언제!"

"나도 들었는데? 그럼 그게 레온 형을 쓰다듬고 싶다는 말이었나 보네. 좋아하면 괜히 심술궂어진다더니, 한눈에 반해 버린 거야?"

"젬, 너 뒈질래?"

리디아가 와락 인상을 구기며 뛰어갔고, 젬은 놀라운 민첩성을 발휘하며 잽싸게 도망갔다.

잠시 그들을 바라보던 태영이 워트를 돌아보며 물었다.

"과하다고 생각해?"

"응? 뭐…… 아, 보수 말인가? 아니, 그건 됐어. 실제로 네가 몇 사람분의 일을 해 준 건 사실이니까. 그만한 자격이 있는 사람에게는 그만큼 준다. 그게 내 철칙이야."

"그건 좋은 철칙이군."

"사람에 따라 다르겠지. 자격이 없으면 얄짤없다는 말이니까. 그리고 감당 못 할 정도도 아니야. 네 덕에 우리 용병단의 몸값도 꽤 올랐거든."

"지휘권도 얻었어! 오늘 우리하고 같이 있던 300명 정도의 용병을, 워트 형이!"

리디아를 피해 도망치는 젬이 옆을 지나며 덧붙였다.

"잘됐군."

"그래도 중앙군에 편입된 건 아니야. 여전히 우측 보조 역할이지."

"중앙에 집착할 필요는 없어. 어차피 이런 지형에서는 전술에 변화를 주기 힘들어. 그럼 중앙보다 측면이 활동 폭이 더 넓고 전황을 바꿀 기회도 많아. 오늘도 그랬고."

"오호! 경험 많은 용병님의 조언인가?"

"그런 거지."

"그럼 기왕 말이 나온 김에 더 해 줄 조언은 없나?"

"있지."

태영이 피식 웃으며 대답했다.

"죽지 마라."

이건 진심으로 하는 조언이다.

태영은 이번 전쟁에 참전할 수 있다면 어떤 용병단이든 상관없었지만, 그중에서도 워트의 용병단을 선택한 건 그만한 이유가 있어서니까.

"헉헉헉! 뭐야? 분위기가 왜 이렇게 꿀꿀해?"

그때 젬이 불쑥 얼굴을 들이밀었다.

고개를 돌려 보니 리디아는 저 멀리서 대자로 드러누워 헐

떡대고 있었다.

"그럴 때는 이거지!"

젬이 히죽 웃으며 류트를 꺼내 들었다.

그리고 태영과 워트 사이를 비집고 들어앉아 연주하기 시작했다.

-흠, 나쁘지 않군.

확실히 나쁘지 않았다.

젬의 류트 연주도, 그 옆에서 박자를 맞추며 흥얼거리는 워트도, 기둣이 다가오다가 눈이 마주치자 팩 고개를 돌리는 리디아도.

이번 사태가 벌어진 이후 가장 편안한 기분이 들었다.

덕분에 전장에서의 야영임에도 숙면을 취한 태영은 100% 재충전!

콰직! 텅-!

"봐! 레온 형이 또 해냈어! 부대장급을!"

태영은 다음 날 오후에 다시 시작된 전투에서도 그 에너지를 유감없이 발산했다.

"하, 이거 참…… 이럴 줄 알았으면 차라리 그냥 보수를 10골드 올려 주는 편이 나았겠군. 단원이 적장을 해치워도 마냥 기뻐할 수가 없잖아. 게다가 번번이 이래서야 단장 체면도 안 서고 말이야. 뭐가 됐든 나도 분발해야겠군. 레온,

우측은 내게 맡겨!"

"별거 아니야! 나도 할 수 있어!"

"어이, 젬, 넌 리디아 좀 보조해 주고. 혼자 나댔다가는 큰 일 나겠어."

"옛써-! 누나, 같이 가!"

워트와 리디아, 젬도 각자의 이유로 덩달아 분발.

워트가 지휘하는 300의 용병과 시너지 효과를 발휘하며 단숨에 적진을 뚫고 들어갔다.

그 뒤는 어제와 다름없이 진행되었다.

아니, 더 성과가 있었다.

적군은 어제 당한 일 탓에 처음부터 우측을 신경 쓰느라 움직임이 둔해졌다.

그럼에도 태영 일행이 뚫고 들어가 날뛰자 바로 진형이 허물어지며 퇴각했다.

이에 노웨인군은 5킬로미터나 진군!

어제의 3킬로미터와 합쳐 베라틴 영지로 8킬로미터를 밀고 들어간 위치에서 야영지를 세울 수 있었다.

"중앙군에 배치됐다. 휘하 부대원도 500명으로 늘었어."

워트 용병단의 지위도 상승했다.

"우하! 500명이라니, 완전 지휘관급이잖아! 좋았어! 이대로 사령관급을 목표로 팍팍 공적을 세워 보자고! 우리 용병단도 주력 부대가 되고!"

태영이 펄쩍펄쩍 뛰며 떠들어 대는 젬을 돌아보며 쓴웃음을 지었다.

"용병단을 주력 부대로 삼는 군대가 어디 있어? 돼 봤자 좋을 것도 없어. 용병은 살아남는 게 최우선이다."

"나 참, 형은 왜 그렇게 걱정이 많아? 그렇게 강하면서."

딱히 걱정하는 건 아니다.

'이번 전쟁도 이렇게 끝나겠지, 이번에도.'

워트가 물었을 때는 대충 흘렸지만, 태영은 이 전쟁의 결말을 알고 있었다.

그러니 걱정할 일은 없다.

문제는 이번 전쟁이 끝난 다음이니까.

그렇게 생각했다.

다음 날 새로 편성된 부대와 함께 중앙 지역으로 배치되고, 언제나처럼 선두에서 적과 교전을 벌일 때까지는.

"후! 레온, 이쪽도 얼추 정리된 것 같다. 너는? 아직 괜찮아?"

"어제 잠을 잘 못 자서 살짝 결리는 것 외에는."

"그 정도는 참아 봐."

"그러지."

"좋아! 리디아, 젬, 전열을 정비하며 3시 방향으로 돌입한다! 진격!"

투투투투! 투투투투!

그리고 돌진하는 워트의 앞에서 이런 소리가 터져 나올 때까지는.

"이, 이 소리는……."

-이건 그거잖아? 주인이 말한 현대라는 곳의 병사들이 사용하던 거. 총인지 뭔지 하는 데서 나오는 요란한 소리.

"워트-!"

그리모어의 목소리에 섞여 리디아의 고함이 들려왔다.

퍼뜩 고개를 돌리자 워트가 말과 한 덩어리로 뒤엉킨 채 쓰러지고 있었다.

"워트! 비켜! 비키라고! 워트-!"

리디아가 미친 듯이 대검을 휘두르며 달려갔다.

그러나 밀려드는 적병의 방패 사이에서 나온 창에 찔린 말이 앞으로 기울어졌다.

말 위에서 굴러떨어진 리디아는 멈추지 않고 기듯이 워트를 향해 뛰어갔다.

"리디아 누나!"

젬이 빠르게 화살을 날리며 따라붙었다.

그래도 몰려드는 적을 다 막을 수는 없었지만, 리디아는 오직 워트만 바라보며 뛰어갔다.

그리고 말에 깔린 워트를 안아 들었을 때.

따다다당! 푸확! 푸확!

그 앞에서 연이어 핏줄기가 솟아 올라왔다.

이에 화들짝 놀라며 고개를 돌린 리디아가 그 앞을 막고 있는 사내의 등을 바라보며 소리쳤다.

"……레온!"

그 남자

따당!

쇳소리와 함께 튀어 오르는 불똥.

방패병이 휘청거리며 물러나자 양옆에서 서너 자루의 창이 뻗어 나왔다.

태영은 몸을 비틀며 창을 흘려 냈다.

그리고 한데 모여 옆구리를 스치며 지나가는 창을 내리찍듯이 발로 밟았다.

중심이 앞으로 쏠린 창병들이 와르르 태영의 앞으로 기울어졌다.

푸확! 푸확! 푸확!

그 위로 연이어 뿜어져 올라오는 피!

"이, 이놈은 대체……."

후열로 밀려났던 방패병이 기겁하며 떠듬거렸지만, 태영은 멈추지 않았다.

쓰러지는 창병의 몸을 밟으며 도약!

방패병의 어깨에 올라섰고, 미끄러지듯이 그 뒤에 내려섰을 때는 그와 주위의 다른 방패병까지 모두 뒷덜미에서 피를 뿜으며 쓰러졌다.

비처럼 쏟아지는 피 속에서 태영이 다시 몸을 돌리며 소리쳤다.

"워트의 상태는?"

"워, 워트! 몰라! 모르겠어! 피를 흘려!"

"어깨를 다쳤지만, 큰 상처는 아니야! 아직 숨도 붙어 있고! 충격으로 의식을 잃은 것 같아, 레온 형!"

혼란스러워하는 리디아의 목소리에 이어 젬의 목소리가 들려왔다.

투투투투! 투투투투!

그때 다시 적진에서 총성이 울렸다.

동시에 적군을 막으며 뒤따라오던 병사들의 몸에서 핏줄기가 치솟았다.

뭔가 할 새도 없었고, 방패도 소용없었다.

누군가는 팔이 떨어져 나가고, 누군가는 머리가 터져 나가며 순식간에 10여 명이 쓰러졌다.

"뭐야? 대체 이게 다 뭐냐고!"

"젬, 정신 차려! 그러고 있을 때가 아니다! 지금 바로 리디아와 워트를 데리고 물러나라! 부대원, 아니 다른 부대에도 전달해! 최대한 빨리 퇴각하라고!"

"혀, 형은?"

"시간을 벌어 보마."

태영의 손이 빠르게 가방으로 들어갔다가 나왔다.

팍! 팍! 팍! 푸슈슈슈슈-!

그 주위에서 뿜어져 올라오는 연기.

단라이라 화산의 광산에서 찾은 무기고에서 챙겨 온 연막탄이다.

그것도 하나가 아닌 네 개를 동시에 터뜨리자 주위는 순식간에 짙은 연기에 휩싸였다.

"지금이다, 뛰어!"

푸확! 푸확!

태영이 몇 놈의 목을 날리며 소리쳤다.

그리고 젬이 리디아와 워트를 잡아끌고 물러나는 것과 동시에 돌진!

투투투투!

그 직후에 다시 탄환이 날아들었다.

채채채챙-!

-흠, 이건…… 전보다 강한 느낌이군.

그리모어의 말대로 검으로 쳐 내자 남양주에서 시험할 때보다 묵직한 감각이 전해졌다.

'단순히 마석으로 코팅한 탄환의 위력이 아니다. 그보다 훨씬 강한 마력이 담겨 있는 탄환이다. 대체 어떤 자들이…….'

확인하기까지는 오래 걸리지 않았다.

탄환이 날아온 방향으로 향하자 한 병사가 탄창을 갈아 끼우고 있었다.

바로 차지대시를 발동하며 돌진!

채챙—!

'탄창을 갈아 끼우던 도중이었는데도 이 속도에 반응할 수 있다는 건가? 게다가…….'

카카카칵!

그리모어를 긁으며 스파크를 일으키는 검.

연막 속이라 평소보다 강한 오러를 두르고 있는데도 제대로 막아 낸 것이다.

'다른 적병과 같은 복장을 하고 있지만, 평범한 병사가 아니다! 익스퍼트까지는 아니라도 비기너 이상, 하급 기사급이다! 대체 어디서 갑자기 이런 병사들이 나타난 거지? 총을 구한 것도 그렇고, 마력을 담아 사용하는 방법은 또 어디서?'

머리는 복잡해졌지만, 몸은 멈추지 않았다.

태영은 그리모어를 회전시켜 적병의 검을 밀어내며 측면

으로 파고들어 갔다.

놈도 태영을 따라 몸을 돌렸지만, 이내 덜컥 멈춰 섰다.

태영이 놈의 목에 걸린 총을 잡고 뒤쪽으로 이동하며 잡아당긴 탓이다.

낚싯줄에 꿰인 생선처럼 팽팽해진 소총의 줄에 걸린 놈의 허리가 뒤로 활처럼 꺾이며 딸려 왔다.

푸확-!

그리고 목에서 피를 뿜으며 그대로 바닥에 뒤통수를 처박았을 때였다.

콰콰콰쾅! 콰콰콰콰-!

갑자기 폭음과 함께 수백 미터 떨어진 곳에서 거대한 화염의 소용돌이가 치솟아 올라왔다.

눈으로 보기 전에 피부로 느낄 수 있었다.

마치 그 화염의 소용돌이로 빨려 들어가듯이 요동치는 마력!

'마법이다! 그것도 6레벨의…….'

"청영!"

삐이이이-!

뿌연 연막 위에서 청영의 울음이 울려 퍼졌다.

동시에 전장 한복판에서 소용돌이치는 화염이 빠르게 눈앞으로 다가왔다.

그리고 찾아낼 수 있었다.

적과 아군이 뒤섞인 무수한 병사들 속에서.

홀로 한가로운 시간을 보내듯이 백마 위에서 불기둥을 지켜보는, 코트 형태의 정복 차림에 붉은색이 섞인 검은 머리의 사내를.

'저, 저자는……!'

태영은 한눈에 그를 알아보았다.

알아보지 못할 리가 없었다. 잊은 적도 없으니까.

그는…….

"안 돼! 청영, 더 접근하지 마라! 돌아와! 최대한 빨리 놈에게서 물러나라!"

투투투투!

그때 다른 방향에서 총격이 날아들었다.

태영은 황급히 시야를 되돌리며 그리모어를 휘둘러 막아냈다.

그러나 곧 다른 방향에서도 총격이 날아들었고, 이를 막아내는 사이에 열어진 연막 너머로 수십 명의 적군이 몰려오는 모습이 보였다.

그러나 태영도 믿는 구석도 없이 적진에 뛰어 들어온 게 아니다.

'일단 지금은 물러난다!'

"크허어어엉-!"

생각과 동시에 터져 나오는 포효!

'포효의 목걸이'가 만들어 내는 마력의 격류에 휘말린 적군은 일제히 경직!

부우우웅! 콰지지직!

순간 태영은 바로 최대 출력의 오러 소드로 주변의 적을 갑옷째로 갈라 내며 뚫고 나왔다.

연막 밖으로, 그리고 겹겹이 쌓인 시체 너머로.

"흑영, 달려라!"

이어 물러나 있던 흑영을 잡아타고 시체로 뒤덮인 벌판을 가로질렀다.

사흘째 전투는 그걸로 끝이었다.

노웨인군은 1,500명에 달하는 전사자를 기록하고 퇴각.

진군해 들어갔던 8킬로미터를 토해 내고 되레 베라틴군의 침공을 허용하고 말았다.

한참을 밀려나 세워진 아군 진영도 야전 병원이나 다름없는 상태였다.

태영은 수 시간 뒤에야 그곳에 도착했다.

"레, 레온……!"

"올 줄 알았어! 살아 돌아올 줄 알았다고!"

만감이 교차하는 눈으로 바라보는 리디아 뒤에서 젬이 눈물을 글썽이며 뛰어나왔다.

태영은 젬을 밀어내며 어깨에 붕대를 감은 워트를 돌아보았다.

"괜찮나?"

"그래, 덕분에. 얘기는 들었어. 고맙다."

"그런 말을 하기는 일러. 몸을 움직일 수 있으면 일단 노웨인 남작님을 만나게 해 줘."

"여, 영주님? 내가……."

"지금 당장!"

태영이 당황하는 워트의 말을 끊으며 소리쳤다.

"이 영지의 존망이 걸린 일이다!"

"흠……."

한 중년인이 흐트러진 갈색 머리를 쓸어올리며 시선을 돌렸다.

그 앞에는 두 명의 청년이 앉아 있었다.

워트와 태영.

먼저 워트를 힐끗 바라본 중년인의 눈이 태영에게 향했다.

"나와 면담을 하고 싶다고 했다지?"

"그렇습니다."

"일개 용병이 할 만한 일은 아닐 텐데?"

"그런 걸 따질 때도 아니죠."

중년인, 노웨인의 영주 팔테인 노웨인 남작이 살짝 눈살을 찌푸리며 워트를 돌아보았다.

워트는 어색하게 웃으며 어깨를 으쓱이다가 상처가 쑤시는지 눈살을 찌푸렸다.

태영은 신경 쓰지 않고 말을 이었다.

"전장에서 어떤 일이 벌어졌는지는 들으셨으리라고 생각합니다."

"들었네."

남작이 피곤해 보이는 얼굴을 손으로 쓸어내렸다.

"베라틴 놈들이 불을 뿜어내는 무기를 사용했다고. 화살보다 몇 배나 빠른 속도로 금속 조각을 날리는 무기라고 하더군."

"베라틴 영지의 병사가 아닙니다."

"무슨 말이지?"

"그 무기를 사용하는 병사들 속에 카자드가 있었습니다."

"카자드?"

남작이 갸웃거렸다.

되레 그 말에 즉각적으로 반응한 건 워트였다.

워트는 몸을 들썩이며 당황하는 기색이 역력한 얼굴로 태영을 돌아보았고, 그 모습을 지켜보던 남작의 얼굴도 서서히 경악으로 물들어 갔다.

"설마 '그' 카자드를 말하는 건가?"

맞다, 바로 '그' 카자드다.

태영이 고개를 끄덕이자 엉거주춤한 자세로 몸을 일으키던 남작의 몸이 털썩 의자로 떨어졌다.

그리고 혼란스러운 얼굴로 머리칼을 헤집다가 와락 고개를 저었다.

“말도 안 돼! 그가 이런 곳에 있을 리가 없지 않은가?”

“제가 직접 보고 확인한 사실입니다.”

“지, 직접 봤다고? 그럼 자네는 이전에도 그를 본 적이 있다는 말인가?”

“네.”

“그, 그럴 리가…… 카자드라니…… 그는 왈드 공작의…… 어찌 중앙 귀족이 지방 영지의 분쟁에 끼어든 말인가? 아무리 베라틴의 영주가 귀족파라고 해도 이건…… 황제 폐하께서 그런 일을 묵과하실 리가…….”

태영의 대답에 남작의 얼굴이 한층 혼란스러워졌다.

“지금 제국의 상황이 어떻습니까?”

그러나 남작의 의문은 그 한마디로 정리할 수 있었다.

이계와 현대의 결합이라는 전대미문의 사건에 영향을 받은 건 현대만이 아니다.

당연히 이계에도 작지 않은 충격과 변화를 일으키고 있었다. 그리고 그 변화는 과거 같은 시간대의 이계를 기억하는 태영이 좀 더 확실하게 체감할 수 있었다.

놈이 이 시기에, 이곳에 나타난 것도 그중 하나다.

과거의 놈은 이 전쟁과는 상관없었다.

아니, 그렇게 알고 있었다.

'하지만…….'

놈을 목격하고, 한참을 생각해 본 뒤에야 알게 되었다.

그렇게 단정할 수만은 없다고.

그러나 그건 당면한 문제와는 조금 동떨어진 얘기이고, 다시 본론으로 돌아가자면 그 사태가 제국의 한쪽 지역에 집중되어 있다는 게 문제였다.

'발트하츠를 기준으로 생각하면, 아마도 제국의 영토는 한국과 일본, 북한, 중국과 러시아와도 맞닿아 있을 거다. 그리고 그건 모두…….'

대부분 제국 서부, 그라디오스 후작과 황제파 귀족의 영지가 몰려 있는 지역이다.

반면 대부분이 귀족파인 동부는 현대의 바다, 침수된 지역은 있을지언정 현대 문명과 인접한 지역은 적으니 상대적으로 혼란은 덜할 것이다.

그 때문이다.

"황제 폐하는 황좌에 앉아 있을 뿐입니다. 누군가 얘기해주지 않으면 아무것도 알 수 없죠. 그리고 지금은 그라디오스 후작님조차 왈드 공작을 견제할 여유가 없습니다. 하물며 남작님은 중립파, 눈길조차 닿지 않겠죠."

"음……."

태영의 말에 워트가 어두운 얼굴로 침음성을 흘렸다.
"지금이라도 황제 폐하께 전령을 보내면……."
남작은 헛된 희망에 매달렸다.
"카자드가 어떤 자인지 알고 계시지 않습니까? 더구나 혼자 온 것도 아닙니다. 남작님이 말했던 불 뿜는 무기로 무장한 병사들까지 함께 왔습니다. 이계의 무기지만, 이계인보다 더 위협적으로 사용할 수 있는 방법을 알아내서. 과연 그들이, 아니 카자드가 그때까지 기다려 주리라고 생각하십니까?"
"음……."
결국, 남작의 입에서도 침음성이 흘러나왔다.
"그럼 대체 어찌해야 한단 말인가?"
정확히는 절망의 신음이었다.
태영이 남작을 만나고 있는 이유가 그래서다.
"방법은 하나밖에 없습니다."
"방법이…… 있다고?"
"네, 일단 영지를 포기하십시오."
"뭐, 뭐라고? 네놈! 지금 무슨 헛소리를 지껄이고 있는 거냐? 대대로 물려온 이 영지를 그따위 무력에 굴복해 베라틴 놈들에게 바치라는 말인가?"
"전면전을 피해야 한다는 말입니다. 지금 해야 할 일은 전쟁이 아닌 저항입니다. 먼저 영지민을 피난시키고, 다음은

군을 소규모 부대로 나눈 뒤 지리적 이점을 살려 영지로 들어온 적병을 기습, 전력을 깎는 겁니다."

"닥쳐라! 일개 용병 따위가 어찌 그런 말을 입에 담는가? 또한, 그게 영지를 놈들에게 바치는 것과 뭐가 다르다는 말인가? 그런 기습이 성공하기도 힘들겠지만, 설사 성공한다 해도 놈들이 그냥 당하고 물러나겠는가? 영지는 재기 불능이 될 것이다!"

"하지만 살겠죠, 남작님도, 영지민도."

"하! 웃기는군. 그런 식으로 살아남을 수 있다는 건가?"

"네."

태영이 담담하게 대답했다.

"정확하게 말하면 지지 않을 방법은 그것뿐입니다."

"지지 않는다?"

"이미 자카드가 이곳에 나타난 이상 이기기는 불가능합니다. 하지만 말씀드린 대로, 지지 않을 방법은 있습니다."

태영의 머릿속에, 그게 퇴각한 아군 진영에 늦게 합류한 이유였다.

생각하고, 확인하고, 결심하느라.

그때 한참을 묵묵히 바라보던 남작이 눈매를 좁히며 물었다.

"대체 누구냐, 네놈은?"

"이 사람은……."

"자네에게 물은 게 아니네."

남작이 끼어드는 워트를 날카로운 눈빛으로 제지했다.

태영은 한숨을 불며 작은 금판을 꺼내 들었다.

남작의 눈이 금판으로 움직이다가 움찔하며 멈췄다.

그 반응에 의아한 얼굴로 시선을 돌리던 워트 역시, 믿어지지 않는다는 표정을 떠올렸다.

'이런 식으로 사용하게 될 줄은 몰랐지만…….'

망설일 이유도 없었다.

필요할 때 사용하려고 받아 둔 것이고, 지금이 그럴 때니까.

자유기사 레온.

아르키네아 제국의 후작 라이너 벤 그라디오스의 이름으로 그의 신분을 보장한다.

금판에 적힌 내용이다.

물론 그렇다고 이게 무슨 암행어사의 마패와 같은 위력을 발휘하는 것은 아니다.

그러나 태영의 발언에 힘을 실어 줄 정도의 힘은 있다.

귀족이 자유기사로 임명하는 건 그만한 공적을 인정한다는 의미임과 동시에 그와 관련된 일에 책임을 진다는 의미이기 때문이다.

바로 '그' 그라디오스 후작이 말이다.
중립파인 노웨인 남작이라도 그 영향력을 무시할 수는 없다.
그러나 남작이나 워트가 눈에 보일 정도로 당황한 기색을 보이는 건 단순히 그 이유만은 아니다.
흔들리던 남작의 눈이 태영을 거쳐 워트를 향해 움직였다.
"자네 부친께서는 나에게 꽤 관심이 많은 모양이군."
"아닙니다! 저는……."
"저 역시, 후작님의 의중과는 아무 상관도 없습니다. 말씀드렸다시피 지금은 후작님의 눈도, 머리도 이곳에 닿을 여유가 없으시니까요."
"이 모든 게 우연이란 말인가?"
"공교롭게도."
태영의 대답에도 남작은 한동안 굳은 얼굴로 노려보았다.
그러나 어느 순간, 갑자기 맥이 빠진 듯 의자에 등을 기대며 앉았다. 그리고 양손으로 이마를 짚은 채 한숨을 불어 내며 중얼거렸다.
"말해 보라, 경청하지."
"죄송하지만, 제가 드릴 말은 그게 전부입니다. 지지 않을 방법이 있고, 이를 위해서는 선행되어야 할 일이 있다는 것."
"영지민을 피난시키고, 부대를 나눠 공격하는 것 말인가? 그래, 좋다. 그 말대로 한다고 치지. 하지만 후작님에게 기사

작위를 받은 사람이라면 그게 말처럼 쉬운 일이 아니라는 것쯤은 알고 있을 텐데?"

"적임자가 있습니다."

태영이 시선을 돌렸고, 남작이 그 시선을 따라 고개를 돌렸다.

워트도 고개를 돌리다가 팩 제자리로 돌아왔다.

"나, 나?"

"너라면 할 수 있을 거다."

"내 휘하에도 경험 많은 기사는 있네. 그런데도 저런 젊은이를 추천하는 건가?"

"그라디오스 후작님이 어떻게 명성을 쌓아 왔는지 아실 텐데요?"

"그건……."

"머리가 나쁜 친구는 아니니 보고 배운 것이 있겠지요. 사령관인 도리안 경의 보좌를 맡기면 잘해 내리라고 생각합니다."

"……도리안 경에게 말해 두지."

"믿어 주셔서 감사합니다."

태영의 말에 남작이 슬쩍 시선을 들어 올렸다.

"자네, 아니 경의 말을 반박할 만한 대안이 없어서일 뿐이다. 그게 무슨 의미인지는 알고 있으리라고 생각한다."

알고 있다.

뭐가 됐든 태영은 한낱 기사.

심지어 그라디오스 후작의 명령으로 온 것도 아닌 일개 자유기사의 말에 영지 전체를 맡기다시피 하는 것은 영주로서 쉽게 할 수 없는 결정.

즉, 남작은 자신의 체면보다 영지와 영지민이 더 중요하다는 말을 하는 것이다.

그 의견을 제시한 태영도 결과에 대한 책임에서 벗어날 수 없다는 의미도 덧붙여서.

“네, 알고 있습니다.”

그리고 태영은 기꺼이 받아들였다.

이유는 간단하다.

“자, 그럼 이제 제가 질문하죠. 이 영지와 영지민을 위해 얼마까지 내실 용의가 있으십니까?”

“무슨 말이지?”

“말씀드린 그대로입니다. 방금 말씀드렸다시피 저는 이번 전쟁에서 지지 않을 방법을 가지고 있습니다. 하지만 그게 공짜라고 말씀드린 적은 없지 않습니까?”

“대가를 바란다는 건가?”

“결과에 대한 책임이 따른다면, 당연히 대가도 따라야 하는 거 아닙니까?”

책임을 회피하며 당당하게 이런 요구를 할 수는 없으니까.

“레온, 지금 무슨…….”

그때 워트가 벌떡 몸을 일으키며 소리쳤다.

태영이 슬쩍 고개를 돌리며 되물었다.

"왜? 뭐 문제 있나?"

"문제라니…… 몰라서 묻는 거야?"

"모르겠군. 도움이 될 만한 뭔가를 하면 그만한 대가를 받는다. 그건 어린아이도 아는 상식 아닌가? 하물며 용병이라면 말할 것도 없고, 자유기사라도 다를 건 없지. 그게 아니면, 내가 달리 이 영지를 위해 목숨을 걸어야 하는 이유라도 있나?"

"그래도 그런 건……."

"확실히 해 둬야 하는 일이지."

물론 태영도 워트가 하고 싶은 말이 뭔지는 안다.

또 굳이 그렇게 못 박아 두지 않아도 일이 잘 풀리면 보상을 받을 수 있으리라는 것도.

그러나 막연하게 그런 보상을 기대하는 시점에서 이미 대등한 관계라고는 할 수 없다.

대등한 관계가 되기 위해서는 요구해야 한다.

상대가 영주라도.

태영이 지향하는 바를 이루기 위해서는 한 걸음도 양보할 수 없는 신념이다.

"아니, 하지만……."

"그만하게."

그때 남작이 워트의 말을 막으며 태영을 돌아보았다.

"경이 다른 기사와 다르다는 건 이해했네."

"거북하십니까?"

"아직은 잘 모르겠군. 하지만 그저 정의를 위해 목숨을 바치겠다는 말보다는 차라리 낫군. 적어도 받은 만큼은 하겠다는 말일 테니까."

"그게 핵심이죠."

태영이 빙긋 웃으며 대답했다.

남작은 묘한 눈으로 태영을 바라보다가 다시 물었다.

"하지만 영지와 영지민을 위해 얼마나 낼 수 있냐고 물으면 대답하기가 꽤 어렵군. 하지만 그런 질문을 했을 때는 뭔가 생각해 둔 바가 있다는 말이겠지?"

"물론입니다."

"뭔가?"

"이번 전쟁을 통해 얻을 수 있는 수익의 50%입니다."

"수익?"

태영의 대답에 남작이 어이없는 얼굴로 되물었다.

"경은 지금 우리 영지의 상황을 몰라서 그런 말을 하는 건가? 이미 내 영지는 막대한 손해를 입었다. 그리고 앞으로 그 손해는 더 커지면 커졌지 적어지지는 않을 터. 그런데 수익이라니? 대체 어디에 그런 게 나올 구석이 있다는 말인가?"

"없으면 할 수 없지요."

"뭐?"

"말씀드렸다시피 제가 바라는 건 성공 보수입니다. 전쟁이 끝나도 영지에 수익이 없다면 제가 실패했다는 의미가 될 테니, 당연히 보상도 바라지 않습니다."

"대체……."

미간을 좁히며 말하던 남작이 한숨을 불어 내며 고개를 저었다.

"정말 모르겠군. 경이 어떤 사람인지, 또 무슨 생각을 하는지도. 단, 한 가지만 짚고 넘어가지. 자네가 말하는 수익이란 게 우리 영지가 입은 피해를 무시하고 말하는 것인가?"

"물론 포함합니다. 100골드를 잃고 10골드를 얻은 걸 수익이라고 말하지는 않으니까요. 당연히 손실을 제외한 나머지에서 50%입니다."

"대체 어떤 식으로 계산하면 그런 수익이 나오리라고 생각하는지는 모르겠지만, 그렇게 말한다면 나도 머리를 굴릴 필요는 없겠군."

"받아들이신다는 말입니까?"

태영의 말에 남작은 묵묵히 종이를 꺼내 방금 나눈 대화를 적어 내려갔다.

그리고 끝에 영주의 인장을 찍은 뒤 건네주었다.

"대답이 됐나?"

"네."

"그럼 이만 나가 보게. 경과 다시 이 문제에 대해 논의하게 되기를 기대하지."

"최선을 다하겠습니다."

태영은 피곤한 얼굴로 손을 젓는 남작을 향해 고개를 숙인 뒤에 나왔고, 워트가 뒤따라 나왔다.

그리고 슬쩍 태영의 어깨에 손을 올리며 말했다.

"오해해서 미안하다."

"오해?"

"그래, 나도 미처 거기까지는 생각이 미치지 못했어. 설마 보수에 대한 말을 꺼낸 게 남작님의 부담을 덜어 주기 위한 것이라고는……."

워트는 뭔가 다른 방향으로 오해하고 있는 모양이다.

당연히 그런 게 아니다.

태영이 그런 조건을 제시한 이유는 그게 가장 크게 얻어 낼 수 있어서였을 뿐이다. 그리고 남작에게 말한 것처럼, 수단과 방법을 가리지 않고 최선을 다해 생각이다.

이제 이 전쟁은 태영의 일이 되었으니까.

그때 워트가 다시 평소의 얼굴로 돌아와 태영을 위아래로 훑으며 말했다.

"그나저나 너, 정체를 숨기고 있었군."

"숨긴 건 없어. 남작님에게 말한 것처럼 이건 내 개인적인 판단이다. 후작님의 보증서 같은 걸 들이밀 이유는 없지. 뭣보다, 네가 그런 말을 할 처지는 아니지 않냐?"

"……언제부터 알고 있었지?"

움찔하며 되묻는 워트의 말에 태영이 피식 웃었다.

"되레 내가 묻고 싶다. 숨길 생각이 있긴 했던 거냐? 차라리 분장을 하지, 가면이 뭐야? 그러면서 후작가의 검술은 대놓고 쓰질 않나. 후작님과 관련이 있는 내가 모르는 게 더 이상하지 않아? 리디아와 젬도 그래. 그 녀석들 황도의 아카데미에 다니는 녀석들이지? 아니, 젬은 몰라도 너나 리디아의 나이 대를 생각하면 컬리지 쪽이겠군."

"족집게로군."

당연히, 다 아는 녀석들이니까.

워트는 이전과 달리 가면을 쓰고 있어 조금 늦었지만, 그 역시 오래 걸리지는 않았다.

"참고하지. 그런데 말이야. 알고 있던 건 둘째치고, 다 까발린 지금도 여전히 반말하는 거냐?"

"왜, 기분 나빠?"

"뭐 좀 더 일찍 들었다면 그랬을지도 모르지. 아니, 그렇지도 않나? 잘 모르겠군. 이래저래 좀 기분이 나빠져도 될 것 같은데 왠지 그렇지가 않아. 되레 나도 네 후견인이 돼 주고 싶다는 생각마저 드는걸."

"그런 건 가문을 물려받은 뒤에나 생각해 보시지. 뭐 지금 후작님을 보면 앞으로 수십 년은 거뜬할 것 같지만."

"건강하신 모양이군."

"그래, 후작님이 아드님께서 가면을 쓰고 이런 곳에서 죽을 뻔했다는 말을 전해 들으면 네가 먼저 죽겠지만. 뭐가 됐든 이제 그 가면 좀 벗지? 별로 멋있지 않다고."

"췟, 망할 놈."

워트가 가면을 벗으며 웃었다.

"다시 소개하지. 워레스트 덴 그라디오스다. 그냥 지금까지처럼 워트라고 부르는 걸 허락하지."

태영의 얼굴에도 잔잔한 미소가 번졌다.

'워레스트 덴 그라디오스…….'

태영이 그라디오스 후작과 마주할 때 느꼈던 익숙함이 바로 그 때문이다.

수없이 반복됐던 회귀에서 몇 번이나 만나 보았고, 그때마다 항상 친구이자 전우로서 옆자리를 지켜 주던 사내.

물론 태영에게 회귀의 끝은 곧 죽음.

이는 전우로서 옆자리를 지켜 주던 워트 역시 같은 운명을 맞이했다는 의미지만…….

'이번에는 다를 거다! 마음에 안 드는 건 모두 내가 바꿔 놓을 테니까!'

새삼 감상에 젖을 생각은 없다.

"자, 그럼 하던 말로 돌아가지. 구체적으로 이제부터 어떻게 해야 하지?"

"그건 네가 결정할 문제야."

"뭐?"

"기본적인 대응법은 방금 남작님에게 말한 대로다. 그리고 제국에서 그런 일을 가장 잘 해내는 사람이 누군지는 네가 더 잘 알잖아."

"아버지 흉내를 내는 건 좀 탐탁지 않은데…… 뭐 그런 말을 할 상황은 아니지만, 내가 묻는 건 그다음이야. 지지 않을 방법이라니? 뭘 생각하고 있는 거야?"

"이제부터 알아봐야지."

"무슨 말이야? 설마 구체적인 방법도 없이 한 말이라는 거야?"

"그건 아니야. 단지 그 전에 몇 가지 알아볼 게 있어, 찾아볼 것도. 그게 확실해지기 전까지는 아무것도 정할 수 없어. 하지만 내 생각이 맞으면……."

잠시 말을 멈춘 태영이 씨익 웃었다.

"한 방 먹여 줄 수 있겠지, 오래 묵은 적에게."

"오래 묵은 적?"

"지금은 일단 그렇게만 알고 있어. 나도 최대한 빨리 서두를 생각이지만, 얼마나 걸릴지는 장담할 수 없어. 그러니 그때까지는 그냥 내 말에 따라 줘."

"나중에는 모두 말해 주겠지?"

"그때까지 살아 있으면."

"노력해 보지."

워트가 피식 웃었다.

"난 바로 도리안 경을 만나러 가야 할 거 같은데, 너는?"

"먼저 가. 난 따로 할 일이 있으니까."

"너도, 죽지 마라."

워트가 고개를 끄덕이며 앞서 걸어갔다.

태영은 천천히 그 뒤를 따라 걷다가 우뚝 멈춰 섰다.

"여기 있지?"

잠시 후, 어둠 속에서 목소리가 흘러나왔다.

"……어떻게 알았지?"

"내가 알아봐 달라고 한 사람이 이곳에 있으니까."

"진짜 알고 있기는 했나 보군. 어째 네놈을 만난 뒤로는 이래저래 체면을 구기는 신세가 됐어. 변명하자면, 내가 황도에 도착했을 때는 이미 출발한 뒤였다."

"낙담할 필요 없어. 난 그놈과 달리 너그러운 의뢰주니까. 한 번 실패한 정도로 네 실력을 폄하하는 속 좁은 의뢰주가 아니라고."

"실패가 아니다."

"그래도 보충은 해 줘야지. 안 그래?"

"……뭘 하면 되지?"

"워트를 지켜라."

"나까지 전장에 끌어들이겠다는 건가? 영 마음에 들지는 않지만…… 해 보지. 기한은?"

"내가 돌아올 때까지."

태영이 멈췄던 걸음을 다시 옮기며 말했다.

"그리 오래 걸리지는 않을 거야."

이번에는 잃지 않는다.

빼앗을 것이다.

'카자드, 네놈이 원하는 것이라면 뭐든!'

—뭔가 이래저래 복잡하게 돌아가는군. 일단 분위기를 봐서 얌전히 입 다물고 있었다만, 결국 주인이 할 일이라는 게 뭔데?

지금 그리모어가 태영의 손에 있는 것처럼.

삐이—!

밤하늘에서 청영의 울음이 울렸다.

'이쪽까지 퍼져 있군.'

미간을 좁히는 태영의 눈은 금빛으로 물들어 있었다.

사실 청영은 밤에는 되레 태영보다 시력이 떨어진다. 태영이 제대로 볼 수 있는 사물도 청영의 눈으로는 실루엣 정도로만 보일 정도였다.

그러나 색적 능력은 별개다.

청영의 스킬 중 하나인 '감지'. 이는 적이나 특정 사물을 부각해 주는 스킬이고, 그렇게 부각한 물체는 되레 밤에 더 도드라져 보인다.

지금처럼.

청영이 바라보는 숲에서 옅은 파란색의 빛이 태영.

수백 미터 떨어진 곳에 모여 있는 옅은 붉은색의 무리는 베라틴 진영의 병사들이다.

'숫자는 대략 천에서 천오백 정도. 야습에 대비해 부대를 나눠 놓은 건가? 방비도 꽤 잘돼 있는 것 같고…… 워트가 좀 힘들어질 수도 있겠군. 하긴, 카자드가 와 있으니 쉬울 리가 없겠지만.'

그쪽은 믿고 맡겨 두는 수밖에 없다.

태영은 순찰병의 동선을 파악하며 야영지를 우회했다.

그리고 청영의 탐색 범위를 좀 더 넓혀 확인해 봤지만, 그 너머는 적군이 보이지 않았다.

'좋아, 이제 속도를 내도 되겠어!'

태영의 몸이 빨라졌다.

흑영은 워트에게 맡겨 두었다.

어둠을 틈타 적에게 점령당한 곳으로 숨어들어 오기에도 적당하지 않지만, 길이 험하기 때문이다.

베라틴의 야영지가 위치한 숲 너머의 온통 바위로 뒤덮인 벌판도, 그 벌판 곳곳에 솟아 있는 바위산도.

– 대체 이런 상황에서 어디를 가겠다는 거야?

"여기야."

–여기라고? 여기와 이번 전쟁이 무슨 상관이 있다는 거지? 온통 돌분이지 않나? 뭐 저 짱돌을 주워다가 총을 쏴 대던 놈들의 대가리를 작살내도 되겠지만, 차라리 활이 낫지 않을까?

"웃으라고 하는 소리냐?"

–딱히 그런 건 아니었다만…….

"생각해 둔 건 있지만, 아마도 그것만으로는 이번 전쟁에서 이기기는 힘들 거야. 그래서 영주에게도 지지 않을 방법이라고 말한 거지만, 여기에 온 이유는 이번 전쟁의 승패와는 상관없는 일이야."

–그럼 왜 왔는데?

"어쩌면 카자드, 그 자식에게 한 방 먹여 줄 수 있을지도 모르니까."

–카자드? 아까부터 계속 그 이름이 나오던데, 대체 그 카자드라는 놈이 누군데 그래? 주인은 왜 그 사내놈한테 그렇게 흥분하고?

'흥분이라니…….'

그 표현에는 할 말이 많지만, 일단 넘어가고.

'네 원래 주인이다, 인마.'

태영은 이런 말이 목구멍까지 치밀어 올라왔다.

바로 그놈이다.

지금까지 항상 태영보다 먼저 그리모어를 챙겨 갔던 놈이.

또 수많은 회귀를 하며 어떤 선택을 하든 만나고, 어떤 선택을 해도 적이 되어 태영에게 무수한 죽음을 경험하게 해 주었던 놈도.

카자드!

그럼에도 태영은 그에 대해 아는 게 많지 않았다.

그 이름과 귀족파의 수장인 왈드 공작의 전폭적인 신뢰를 받는 자라는 것, 그리고 제국 최강의 마법사라는 것뿐이다.

뭐 그 세 가지가 가장 중요한 부분이기는 하지만.

태영이 전장에서 카자드를 발견하고 혼란스러워했던 이유가 그 때문이다.

태영에게 놈은 문자 그대로 숙적.

당연히 하나라도 더 알아내기 위해 노력해 왔다.

그러나 과거 태영이 조사한 내용 어디에도 놈이 이 전쟁에 끼어들었던 적은 없었다.

물론 역사가 바뀐 만큼 그 역시 이전과 다르게 행동하지 말란 법은 없다.

미스트를 보내 뒀던 이유도 그래서고.

그러나 이 전쟁에서 놈을 보게 될 줄은 상상도 못 했다.

그럴 이유가 없기 때문이다.

'놈이 이 전쟁과 전혀 관련이 없다고는 할 수 없어. 하지만 직접 참전하는 건 얘기가 다르다. 그라디오스 후작의 암살이 실패했으니 변화가 있을지도 모르지만, 되레 그런 상황에서 놈이 왈드 공작 곁을 떠나 이곳에 온다는 건 이해하기 힘든 일이야. 내가 아는 것과 달리 여기 놈이 중요하게 생각할 만한 것이 없지 않은 한.'

거기까지 생각했을 때 떠올랐다.

'놈은 이곳에 온 적은 있어. 이 전쟁이 끝나고 얼마 되지 않아서. 지금까지는 베라틴 영주가 귀족파니, 사후 문제를 논의하기 위해서였다고 생각했지만…….'

그때 일어난 소소한 사건에 관한 얘기도.

카자드가 오고 이틀 뒤.

당시 전쟁으로 베라틴이 흡수한 노웨인 영지의 동부 지역 일부가 병사들에 의해 폐쇄된 적이 있었다.

'아마도 대규모 도적단이 그곳에 숨어 있다는 이유였었지.'

그러나 그 근방에서 활동하는 도적단이 있다는 얘기는 들어 본 적이 없었다.

그 전에도, 그 뒤에도.

그와 관련된 내용이 공표된 적도 없었다.

수선을 떨어 대며 한 봉쇄는 하루 만에 풀렸고, 이렇다 할 얘깃거리조차 되지 못하고 흐지부지 넘어간 사건이었다.

그래서 태영도 지금까지는 깊게 생각해 본 적이 없었지만.

'지금 생각해 보니 이상한 점이 꽤 많아. 한둘이 아니지만, 무엇보다 그게 하필 카자드가 베라틴에 와 있던 기간과 겹친다는 거다. 진짜 도적단이 있었다고 해도 베라틴 영주에게 카자드는 귀빈 중의 귀빈. 그런데 그 전이나 후도 아닌 그가 체류하고 있을 때 토벌하겠다고 나서는 건 있을 수 없는 일이지.'

다시 말해 꼭 그때였어야 할 이유가 있었다는 말이다.

그리고 그건…….

'애초에 놈이 베라틴에 온 목적이 그것이었을지도 몰라. 그곳에 놈이 원하는 뭔가가 있었다는 말이다.'

그게 바로 이곳이다.

노웨인 영지의 경계와 인접해 있는 바위산이 모인 지역.

태영은 그런 내용을 적당히, 카자드의 욕을 섞어 가며 설명해 주자 그리모어가 물었다.

-그런데 왜 그 자식은 여기에 없는데? 이미 여긴 베라틴이 점령한 상태고, 그렇게 중요한 곳이면 먼저 여기로 왔어야 하는 거 아니야?

"그게 핵심이지."

태영이 씨익 웃으며 말했다.

당시 이곳은 놈이 베라틴에 오자마자 봉쇄된 게 아니다.

놈이 도착하고, 하루가 지났을 때 병사들이 영지 곳곳을 순찰했고, 다시 하루가 지난 뒤에야 봉쇄가 이루어졌다.

그걸 순서대로 늘어놓으면 답은 간단하다.

"놈도 아직 정확한 위치는 몰라."

-정작 필요한 놈도 모르는 걸 주인은 어떻게 아느냐고 물으면 어차피 나올 대답은 뻔하겠고…….

"그래, 그러니까 그건 그냥 넘어가고. 내가 그걸 먼저 찾아내면 어떻게 될까?"

-놈은 허탕을 치겠지.

태영이 만사를 제쳐 두고 이곳에 온 이유가 그거다.

당연히 놈은 알 리가 없으니 열심히 뒤져 댈 거다. 그리고 찾아낼 것이다.

그게 뭐든, 이미 누군가가 챙겨 가 버린 탓에 텅 비어 버린 무언가를.

과거 태영이 그놈 탓에 저주받은 유적에서 몇 번이나 경험해 본 것처럼 말이다.

"열 받겠지."

상상만 해도 행복하다.

게다가 카자드가 일부러 이런 곳까지 찾아올 정도라면 평범한 것은 아닐 터.

당첨 확률이 꽤 높은 복권이라는 말이다.

-호오, 이거 듣다 보니 나도 꽤 기대되는군. 오케이, 됐어. 그럼 열심히 찾아봐야겠군, 주인이.

"이미 찾고 있어."

그리모어는 모르겠지만, 이곳에 도착했을 때부터 태영의 눈은 다시 금색으로 물들어 있었다.

어차피 그리모어와 얘기하는 건 오디오만 있어도 되니까.

눈은 청영과 함께 돌산 위를 날아다니고 있었다.

'여긴 됐고, 이제 저쪽으로.'

삐이-!

이런 식으로 원격 조정을 하면서.

그렇게 바위로 뒤덮인 벌판과 군데군데 솟아 있는 돌산을 꼼꼼히 훑어 가기를 몇 시간.

'잠깐! 방금 거기! 청영, 다시 돌아가 봐라!'

태영이 얼른 전파를 날렸다.

방금 지나친 돌산에서 뭔가를 발견했기 때문이다.

청영이 긴 호선을 그리며 방향을 꺾어 다시 한번 그 위를 지나가자 확실해졌다.

'바위틈! 청영, 다가가 봐라!'

태영의 생각과 함께 점차 가까워지는 돌산 한쪽.

겹쳐진 바위 사이에 틈이 벌어져 있었고, 좀 더 가까워지자 꽤 깊은 곳까지 연결된 것처럼 보이는 통로가 시야에 들어왔다.

그리고 그때.

"잘했다."

태영은 어느새 그 앞에 내려앉은 청영의 머리를 쓰다듬고 있었다.

삐이-! 삐이-!

"별것 없으면 바로 나오겠지만, 혹시 모르니 넌 여기서 밖을 경계해 줘."

삐잇-!

청영이 날아오르고, 태영은 바위틈을 비집고 들어갔다.

그러나 입구만 좁을 뿐 금세 불편함 없이 걸어 들어갈 수 있을 정도로 넓어졌다.

한 치 앞도 구분하기 힘들 정도로 어둡기는 하지만.

화악-!

-훗, 나도 꽤 다재다능하다고 생각하지 않나?

오러를 뿜으면 어둠은 물론, 만일의 사태에도 대비할 수 있으니 문제가 되지 않았다.

그러나 우려와 달리 함정이나 몬스터는 없었다.

'제대로 찾아왔어!'

대신 그리모어가 뿜어 올리는 빛을 반사하는 평평한 바닥이 나왔다.

사람의 손길이 닿아 있는 곳이라는 말이다.

문제는 그게 고작 폭이 1미터, 길이가 10여 미터 정도 되는 길 하나뿐이고, 그 앞과 좌우는 끝도 보이지 않는 낭떠러지라는 것이지만.

천천히 그 길을 따라 이동하자 끝부분의 바닥에 복잡한 기호가 새겨져 있었다.

-……마법진이군.

"그래, 이 배열을 보면 아마도 이동 마법진 같아. 그것도 활성화 상태야. 밟는 순간 작동하겠지."

-난감하겠군.

그 정도는 아니라도 조심할 필요는 있었다.

마법진만 봐서는 어디로 이동하게 될지 알 수 없으니까.

종종 있다. 이런 마법진에 무턱대고 뛰어들었다가 몬스터가 득실대는 곳에 떨어지거나, 함정에 처박히는 경우가.

이에 태영은 먼저 주변을 샅샅이 뒤져 보았다.

그러나 다른 것은 발견할 수 없었다.

"그럼 들어가 보는 수밖에."

태영은 블링크를 장전 상태로 걸어 두고 마법진에 발을 들여놓았다.

순간 빛이 번쩍이며 눈앞의 풍경이 바뀌었다.

5㎥ 정도 되는 정사각형의 방.

태영은 그 한쪽 모서리에 있었고, 나머지 세 모서리 부분에도 같은 모양의 마법진이 있었다.

절로 입에서 한숨을 흘러나왔다.

"대체 마법사라는 족속들은 왜 이런 걸 그렇게 좋아하는지……."

어떤 구조인지 대강 감을 잡혀서다.

마법진을 이용한 미로.

여러 개의 이동 마법진을 마구잡이로 만들어 놓고, 특정한 순서대로 밟아야 목적지에 도달할 수 있도록 해 놓은 게 분명하다.

그리고 역시나.

다른 마법진을 밟자 또다시 같은 모양의 방이 나왔고, 그다음에도, 또 그다음에도, 몇 번인지 모를 만큼 밟아 대는 사이에 처음 들어섰던 곳에 나오게 되었다.

-썩을!

정말 이런 욕이 목구멍까지 치밀어 올랐다.

"젠장, 시간이 없는데……."

이미 베라틴군이 노웨인 영지로 들어와 버린 상황이다.

물론 대책을 세워 두기는 했지만, 적장은 다름 아닌 그 카자드. 게다가 본래 이계에는 없었을 현대식 병기로 무장한 병사까지 대동한 카자드다.

'슬슬 날이 밝을 때가 됐다. 지금쯤이면 놈들도 노웨인군의 동향을 대강 파악했을 거야. 어떤 식으로든 대응할 거고.'

전면전이 아니더라도 쉽지 않을 것이다.

'다행히 미스트가 제때 도착해 줘서 워트를 부탁해 두기는 했지만…….'

그것도 장담하지 못한다.

카자드는 그 미스트조차 능력 밖이라고 단언할 정도의 상대니까.

'길어야 이틀, 그 이상은 무리다!'

한시도 낭비할 수 없다.

그러나 서두른다고 될 일도 아니었다.

이런 마법진의 미로는 급한 마음에 무턱대고 서두르면 평생을 헤매도 목적지에 도달할 수 없다.

'이럴 때 필요한 건…….'

태블릿이다.

태영은 태블릿으로 마법진을 통해 이동한 방의 사진을 찍었다.

그리고 그 방에 있는 세 개의 마법진에 번호를 적어 놓고, 1번 마법진을 통해 다시 이동, 같은 일을 반복하며 다시 처음의 장소로 돌아왔다.

그때 그리모어가 말했다.

-흠, 뭔지 알겠군. 그렇게 번호를 먹인 뒤에 1, 1, 1, 1. 다음에는 1, 1, 1, 2. 그런 식으로 하다 보면 언젠가는 나가게 된다는 말이겠지? 나도 달리 시도해 볼 만한 방법은 떠오르지 않으니 트집 잡고 싶지 않지만, 뭔가 조언을 좀 해도 되겠나?

"됐어."

무슨 말을 하고 싶은지는 안다.

찍힌 방의 개수를 확인해 보니 50개가 훌쩍 넘어갔기 때문이다. 그리고 방 하나에 마법진 4개.

'그 방과 마법진의 숫자를 합했을 때 나오는 경우의 수는…….'

태영도 모른다.

그런 걸 공부해 본 적은 없으니까.

그러나 장담할 수 있었다. 그걸 하나하나 시도해 보려면 최소 몇 년은 걸릴 거라고는 건.

그리고 거기까지 생각했을 때.

'이게 아니야! 틀림없이 뭔가 다른 방법이 있어!'

그런 결론에 도달한 이유가 있다.

'그때, 카자드가 이곳에 와 있던 기간은 불과 며칠. 그리고 병사들이 이곳을 봉쇄한 건 하루 정도밖에 되지 않아. 다시 말해 대부분은 이곳을 찾기 위한 시간이었고, 카자드가 이곳에 들어와 원하는 것을 찾아내기까지는 채 하루도 걸리지 않았다는 말이다.'

그게 이런 방식은 아니었을 것이다.

'놈이 찾아낸 방법을 나라고 찾아내지 못하리라는 법은 없어! 아니, 찾아낸다! 그게 뭐든, 놈보다 빨리!'

일단 의욕은 다시 불붙었다.

그러나 역시 세상일은 의욕만 불태운다고 되는 게 아니었다.

고민은 깊어졌고, 깊어질수록 오리무중이 되었다.

대체 몇 시간이 지났는지도 모를 때까지.

―정말 욕 나오게 만드는군. 뭐든 정도라는 게 있어야지. 대체 어떤 놈이 이따위 마법진을 만들어 놓은 거야?

"잘은 몰라도 정상은 아니겠지. 뭐 원래 마법사 중에 제정신 박힌 놈이 드물기도 하지만, 이동 마법진을 이 정도로 깔아 놓을 정도면……."

한숨 섞인 목소리로 대답하던 태영이 움찔하며 입을 다물었다.

―왜? 뭔가 떠올랐어?

"아니, 아직 그런 건 아니지만……."

잠시 미간을 좁히며 생각하던 태영이 다시 주위를 훑어보며 중얼거렸다.

"어쩌면 내가 착각하고 있었는지도 모르겠어."

―착각이라니? 뭐가?

"정말 이곳에 방이 50개나 있을까?"

―대체 무슨 말을 하는 건지 이해가 되지 않는다만? 그 태블릿이라는 기계로 사진을 찍어 확인해 본 건 주인이지 않나?

태영도 그래서 지금까지 의심하지 않았다.

그러나 마법적인 측면에서 생각해 보면 그건 꽤 충격적인 일이다.

바로 마법진에 사용되는 마력 때문이다.

마법진은 발동되는데도 당연히 마력이 필요하지만, 발동되지 않을 때도 마력을 소비한다.

마치 대기 상태의 핸드폰 배터리처럼 적지만 꾸준히 말이다.

"방이 50개면 마법진은 200개. 그 정도 숫자의 마법진이라면 대기 상태를 유지하는 것만도 엄청난 마력이 소비되겠지. 보통 마법진의 에너지원으로 사용되는 건 마석. 절대 싼 물건이 아니야. 이 정도 규모의 마법 미로를 만들 수 있는 마법사가 굳이 그런 비효율적인 짓을 했을까?"

-그야…… 사람마다 다르겠지. 모든 인간이 주인처럼 효율을 따지지는 않으니까.

그렇긴 하다.

더구나 이런 마법 미로, 아니 금고라고 해야겠지만, 이곳에 숨겨진 게 그런 비용을 감수할 정도로 귀한 물건이라면.

그러나 태영과 그리모어가 간과하고 있는 부분이 있었다.

"넌 여기가 얼마나 오래된 것처럼 보여?"

-흠, 일단 꽤 오래돼 보이기는 하는군. 아하, 그런 말이었군. 문제는 시간인가?

바로 이 부분이다.

"그래, 여기는 못 해도 수십 년, 어쩌면 100년 이상 된 곳일지도 몰라. 아무리 대기 상태라도 마법진이 200개나 된다면 설사 마석을 산처럼 쌓아 놔도 그렇게 오래 유지할 수는 없어."

그래서 착각하고 있을지도 모른다고 말한 것이다.

"하지만 실제로는 방이 하나밖에 존재하지 않는 거라면 얘기는 달라지겠지."

이런 생각이 들기 시작했으니까.

-그럼 이동할 때마다 다른 방으로 보였던 건…….

"환각이나 조형 마법으로 해결할 수 있지. 어차피 마법진이 있으니 굳이 마력을 숨길 필요도 없었을 테고. 그 계열의 마법은 마력 소모가 큰 편이지만, 200개나 되는 마법진에 비하면 아무것도 아니지."

마법진에 사용되는 마력은 단순히 더하기로 늘어나는 게 아니다.

처음 몇 개까지는 더하기지만 일정 수치를 넘어가면 곱, 기하급수적으로 늘어난다.

이는 마법사라면 누구나 아는 사실.

'하물며 카자드가 눈치채지 못했을 리가 없어. 과거의 놈도 분명 나와 같은 결론에 도달했을 거다. 그리고 그게 사실이라면…….'

대강 답은 나온 셈이다.

"방이 속임수라면 해답은 분명 여기, 이 근처 어딘가에 숨겨져 있겠지. 일단 이 주변부터 제대로 찾아봐야겠어. 아까는 마법진 탓에 제대로 찾아보지 못했으니까."

그리고 그런 쪽의 전문가는 따로 있었다.

삐이-!

청영을 불러들인 태영은 일단 쭉 뻗은 길 아래, 낭떠러지를 조사해 보았다.

'이쪽은…… 역시 예상대로인가?'

수십 미터 깊이의 바닥에는 무수한 쇠꼬챙이가 박혀 있었다.

그리고 간간이 박혀 있는 해골들.

태영처럼 이곳에 들어와, 태영처럼 고민하다가, 태영보다 용감하게 뛰어내려 본 사람들이다.

'그래도 혹시 모르지. 원래 마법사들은 엉뚱한 짓을 잘하니까.'

태영은 그 틈을 샅샅이 뒤져 보았다.

그러나 별다른 건 찾을 수 없었고, 청영이 되돌아 올라오며 꼼꼼히 살펴본 벽에도 딱히 눈에 띄는 것은 없었다.

정작 단서는 전혀 예상하지 못했던 곳에서 발견되었다.

삐이! 삐이!

얼마 지나지 않아 청영이 부리로 콕콕 찍어 대는 곳.

태영이 들어온 입구의 바로 위였고, 따라가 살펴보니 돌처럼 보이던 부분이 옆으로 밀렸다.

-등잔 밑이 어둡다고 하지만, 사람의 경우에는 위쪽도 마찬가지군.

"하지만 청영에게는 위나 아래나 다를 게 없지."

허탈해하는 그리모어의 말에 피식 웃으며 대꾸한 태영이

돌을 끝까지 밀었을 때.

철컥.

뭔가 맞물리는 소리가 울리며 안쪽에서 열쇠 문양이 빛이 떠올랐다.

–이건…….

"열쇠잖아. 게다가 빛나고 있고. 그럼 이 열쇠를 찾아 빛나게 한 뒤에 마법진으로 들어가면 목적지에 도착하게 되어 있는 거 아니겠어?"

–……아닌데?

아니었다.

그 뒤에 마법진에 들어가도 여전히 그 네모난 방이었고, 이전처럼 50번 정도 같은 방이 나오다가 처음의 장소로 돌아올 뿐이었다.

–정말 짜증 나게 하는군. 그럼 저 열쇠 문양은 뭐야? 저것도 속임수인 건가?

그리모어의 목소리가 신경질적으로 바뀌었다.

아무래도 이런 방 탈출 게임 같은 단서 찾기는 좋아하지 않는 모양이다.

그러나 태영은 꽤 좋아하는 편이다.

물론 헤맬 때는 짜증스럽지만, 그만큼 찾아냈을 때의 쾌감도 커지기 때문이다.

태영의 얼굴에 웃음이 번지는 이유가 그래서다.

삐이! 삐이!

청영이 열쇠 문양을 계속 콕콕 찍어 대는 이유를 알고 있으니까.

"찾기는 제대로 찾았어. 방법이 잘못됐을 뿐이지. 꺼졌거든. 저 열쇠 문양의 빛이. 내가 마법진에 들어가기 전, 정확히는 내가 몸을 돌렸을 때 말이야."

―뭐? 하지만 지금은…….

"그래, 지금은 다시 켜져 있지. 내가 이곳으로 돌아와 보자마자."

―그럼…….

"저 열쇠 문양은 보고 있을 때만 작동한다는 말이야. 그럼 답은 간단하지."

태영은 빛나는 열쇠를 바라보았다.

그리고 그 상태로 뒷걸음질로 마법진을 향해 걸어가기 시작했다. 천천히, 길게 뻗은 길을 따라 이동해 마침내 마법진 위에 올라서는 순간!

―어…… 제대로 밟은 거야? 아무것도 바뀐 게 없잖아.

그리모어의 말처럼 달라진 건 아무것도 없었다.

태영은 여전히 길게 뻗은 길의 끝에 서 있었고, 좌우는 낭떠러지.

정면으로 보이는 아치형의 입구도 똑같았고 그 위에서는 여전히 열쇠 문양이 빛나고 있었다.

"아니, 바뀌었어."

그러나 태영은 피식 웃음을 터뜨렸다.

"이 던전을 만든 사람은 정말 장난을 좋아하는군. 나도 깜빡 속을 뻔했어, 청영이 없었다면."

– 청영이…… 보이지 않는군. 그사이에 다른 데로 갔을 리는 없고…….

물론 청영은 여전히 그 자리에 머물러 있었다.

지금 태영이 보고 있는 것과 달리 빛을 잃은 열쇠 문양 옆에.

즉, 똑같아 보이지만 다른 공간이라는 말이다.

그리고 역시나, 정면에 보이는 문으로 들어가자 던전에 들어올 때와 같은 바위틈이 아닌, 석실이 나타났다.

일단 형태는 마법진을 통해 들락대던 방과 다르지 않았다.

그러나 내용물이 있었다.

벽 한쪽에는 커다란 궤짝이 놓여 있었고, 그 안쪽에는 고풍스러운 분위기의 의자에 앉은 채 미라처럼 변해 버린 유해가 있었다.

'대체 무슨 사연이 있기에 이런 곳에서…….'라는 생각 따위는 들지 않았다.

"찾았다!"

보자마자 태영의 눈이 황금색으로 반짝였고.

—크하! 내가 다 시원하군! 자, 그럼 이제 털자고! 곳곳에 그렇게 작정하고 엿 먹이는 듯한 장치를 해 뒀다는 건, 모두 해결하고 들어오면 다 털어 가도 좋다는 말 아니겠어?

아니라도 털 생각이다.

태영은 일단 궤짝부터 열어 보았다.

몇 장의 두루마리와 물약, 300골드 정도의 금화가 들어 있었다.

—흠, 뭔가 좀…….

부족한 감이 있는 건 사실이었다.

물론 두루마리나 물약은 모두 상급 수준이고, 금화는 고대의 금화.

화폐보다는 골동품 쪽에 가까운 것이라 실제 가치는 2~3배, 600~1,000골드는 되겠지만.

'카자드가 고작 이런 걸 바라고 이런 곳까지 찾아왔을 리가 없지. 또 아무런 확신도 없이 왔을 리도 없고. 그럼 놈이 이곳을 찾아왔던 목적은 저쪽인가?'

태영이 미라 쪽으로 시선을 돌렸다.

눈에 들어오는 건 두 가지.

하나는 무릎 위에 놓인 검은 가죽으로 덮여 있는 책자였고, 다른 하나는 그 책 위에 포개 놓은 손에 끼워져 있는 검은 보석이 박힌 반지였다.

태영은 먼저 반지를 빼 감정해 보았다.

[순환의 반지]

주요 구성 : 암마석, 자철강
등급 : ???
특기 사항 : 마력 +15%
이펙트 스킬 : [???]
※암마석에 부여된 마법을 확인할 수 없어 정확한 등급을 측정하기 힘든 반지입니다. 부여 마법을 확인하려면 사용자가 관련 지식을 습득해야 합니다.

"이건 뭐……."

태영의 눈이 휘둥그레졌다.

등급이나 이펙트 스킬이 '???'로 나오는 것도 흔치 않은 일이지만, 그런 건 둘째 문제다.

태영이 놀란 건 마력 +15%라는 부분이다.

물론 이계에는 마력 상승 아이템도 꽤 있기는 하다.

그러나 퍼센티지로 상승해 주는 아이템이라면 차원이 다른 얘기가 된다.

레벨이 높을수록, 마력이 높을수록 상승 폭도 커진다는 의미!

"그래, 이런 반지라면 어떤 마법사라도 군침을 흘리며 뛰어올 수밖에 없겠지."

-주인은 뛰어오고 나서 군침을 흘리고 있지만 말이지.

너무나 당연한 반응이다.

태영은 소드 오러와 마법을 동시에 사용하는 탓에 만성적인 마력 부족에 시달리는 중이니까.

그리모어만 빼고 나머지 장비를 몽땅 팔아서라도 살 만한 가치가 있는 반지였다.

하물며 공짜!

그것도 본래 카자드가 얻었어야 할 것을 가로챘다는 데까지 생각이 미치면 입에서 침이 아니라 엔도르핀이 콸콸 쏟아져 나와도 이상할 게 없는 기분이었다.

"그래도 등급은 그렇다 치고, 이펙트 스킬까지 확인하지 못한다는 게 마음에 걸리기는 하지만…… 관련 지식을 습득해야 확인할 수 있다는 건, 그런 지식이 없으면 사용할 수 없는 스킬이라는 말인가? 그럼 단서가 될 만한 건……."

태영은 미라의 무릎 위에 놓인 검은 책자를 집어 들었다.

디비니티.

"디비니티? 이게 이 사람의 이름은 아닌 것 같고……."

펼쳐 보니 무수한 도형들이 그려져 있었다.

마법 술식이다.

"일단 마도서인 건 분명해. 하지만 형태나 배열은 내가 아는 어떤 마법 술식과도 달라. 디비니티라는 이름도 그렇고…… 아니, 연구 중인 걸 수도 있으니 단정할 수는 없지만…….”

과거 카자드가 찾아왔던 곳이다.

이런 정보를 어디서 얻었는지는 모르겠지만, 그 정도 수준의 마법사가 일부러 찾아왔다면 그저 그런 마법사의 레어는 아닐 터.

“반지도 그렇고, 누군지는 몰라도 카자드의 관심을 끌 만한 수준의 마법사였다는 말이겠지.”

그런 생각과 함께 새로운 지식에 대한 탐구열이 치솟아 올라왔다.

그러나 태영은 애써 억누르며 책과 궤짝의 내용물을 모두 인벤토리에 챙겨 넣었다.

‘마도서나 궤짝의 내용물을 확인해 보는 건 나중 일이다. 지금은…….’

입꼬리가 스멀스멀 올라갔다.

태영처럼 이런저런 고민 끝에 이곳을 찾아왔을 때의 카자드 얼굴이 떠올랐기 때문이다.

직접 볼 기회가 없다는 게 한스러울 뿐이다.

‘어쨌든 이걸로 본래 놈이 가졌어야 할 걸 하나 더 빼앗았다!’

그러나 모를 것이다.

카자드는, 제가 얻었어야 할 걸 태영에게 빼앗겼다는 사실조차.

'그러니 직접 보여 주마! 너도 알 수 있는 형태로, 네 인생에서 가장 뜨거웠다고 기억될 만한 제대로 된 한 방을! 이제 곧!'

본래 태영이 놈에게 먹여 주겠다던 한 방은 이쪽이 아니라 그쪽이었다.

그리고 이미 준비는 끝났다.

남은 건 각오다.

두두두두!

수백 기의 기마병이 숲길을 따라 질주했다.

군데군데 풀이 자라 있어 먼지가 많이 피어오르지는 않았지만, 이미 말과 병사는 아예 갈색으로 보일 정도의 먼지를 뒤집어쓴 상태였다.

바람이 몰아쳐도 털려 나가지 않았다.

그 위에 피가 더해지고 다시 먼지와 피가 겹겹이 쌓인 탓이다.

치열한 전투의 흔적이고, 그런 흔적은 피로라는 형태로 그들의 얼굴에서도 고스란히 드러나고 있었다.

그러나 조금도 속도를 줄이지 않았다.

말도, 사람도, 그야말로 남은 생명력을 속도와 바꾸듯이 내달리던 질주가 멈춘 건 울창한 숲속으로 들어서고.

"헉헉헉! 이, 이제 완전히 따돌린 것 같아."

앞서 달리던 리디아가 고개를 돌리며 말한 다음이었다.

"그래, 그런 것…… 음……!"

고개를 끄덕이던 워트가 움찔하며 붕대가 감긴 어깨를 움켜쥐었다.

리디아가 화들짝 놀라며 다가왔다.

"괜찮아?"

"아무것도 아니야."

"뭐가 아무것도 아니야? 그러니까 무리하지 말라고 했잖아! 그 쇠붙이 같은 게 어깨를 관통하며 뼈까지 상하게 했다고! 포션을 먹었다고 그런 상처가 며칠 만에 나을 리가 없잖아. 그냥 노웨인 남작님하고 같이……."

"그럴 수는 없어."

워트가 리디아의 말을 잘랐다.

"노웨인에 남은 기마대는 이것뿐이다. 지금 같은 교란 작전에서 기마대의 역할이 얼마나 중요한지는 너도 알잖아. 또 아무리 세밀하게 작전을 세워도 실제 전장에서는 제대로 통하지 않는다는 것도. 전장의 상황은 전장에서밖에 파악하지 못해. 만에 하나라도 이 기마대마저 잃으면 노웨인은 회복할 가망조차 없어진다."

"그렇겠지, 노웨인은. 그라디오스 후작령도, 황제파의

영지도 아닌…….”

"리디아!"

이어지는 고함에 리디아가 움찔하며 입을 다물었다.

워트의 눈길이 거칠어졌다.

"진심으로 하는 말이 아니기를 바란다. 진심이라면 소중한 친구를 잃을 테니까."

"……미안."

"그래, 됐어. 나도 사과하지. 말이 심했다. 네가 왜 그런 말을 하는지 모르는 것도 아니면서. 하지만 내가 선택한 일이야. 힘들다고 도중에 물러날 수는 없어. 우리가 컬리지를 빠져나온 건 그렇게 약한 생각을 해서가 아니잖아."

"응."

시무룩한 얼굴로 끄덕이던 리디아가 입술을 꽉 깨물었다.

"빌어먹을 용병 놈들! 돈은 다 받아먹은 주제에 전황이 바뀌니까 바로 꽁무니를 빼 버리다니! 놈들만 있었어도 네가 이렇게까지 무리할 일은…….”

"그렇지도 않아. 이런 교란 작전은 부대 간의 연동이 무엇보다 중요해. 용병에게 그런 걸 바라기는 힘들지."

"그렇긴 하지만, 정말 이런 식으로 보급대나 기습하는 방법으로 전황을 바꿀 수 있긴 한 거야?"

"레온에게 뭔가 계획이 있는 것 같아."

"그 녀석을 믿어?"

"내가 깨어났을 때 아직 레온이 돌아오지 않았다며 눈물까지 글썽이며 안달하던 녀석이 할 질문은 아니지 않냐?"

"그거야……."

"그럼 너도 그냥 믿어. 적어도 우리보다 경험 많은 전사인 건 분명하잖아."

워트가 피식 웃으며 지도를 펼쳐 들었다.

"그보다 지금은 이거다. 이제 놈들도 부대를 나눠 대응하기 시작했어. 일단 카자드와 함께 온 병사들만 피하면 어떻게든 해 나갈 수 있겠지만, 역시 활동 범위가 좁아지는 건 피할 수 없겠지. 시간을 좀 더 잘게 나눠 써야겠어. 이쪽 보급로는 차단했으니 다음은 여기, 힘들더라도 험한 산길을 이용하는 수밖에……."

두두두두!

그때 뒤쪽에서 한 기의 기마병이 질주해 왔다.

"워트 형! 리디아 누나!"

"젬이다! 어이, 젬, 여기야!"

리디아가 밝은 얼굴로 손을 흔들었다.

그러나 둘을 향해 다가오는 젬의 얼굴은 시꺼멓게 보일 정도로 당혹감에 물들어 있었다.

"큰일 났어! 3대대가 남쪽 마을 주민과 함께 이동하다가 적군에게 발각됐어!"

"뭐? 피해는?"

"병사들의 피해는 크지 않아! 하지만 주민들이 잡혔어!"

"흠, 그럼 이번에 잃은 군량이 보충되겠군. 다음 보급대의 기습을 좀 더……."

"그게 문제가 아니라고!"

젬이 버럭 소리쳤다.

"놈들이 기습을 그만두고 제대로 싸우지 않으면 주민들을 모두 처형하겠다고 떠들고 있어!"

"뭐? 그게 무슨…… 이건 적국과 치르는 전쟁이 아니야! 같은 제국의 영지 사이에 벌어진 분쟁이다! 그런 짓을 할 수 있을 리가……."

"몰라! 나도 몰라! 하여간 놈들이 그렇게 떠들고 있대! 그리고 실제로 교전이 벌어졌을 때 몇 명인가 죽은 주민이 있다고 들었어!"

"워, 워트!"

이어지는 젬의 말에 리디아가 당황한 얼굴로 워트를 돌아보았다.

워트는 고개를 저었다.

"모르겠어. 그놈들이 진짜 그런 짓을 할지, 어떻게 해야 할지도. 나는……."

삐이이이-!

하늘에서 날카로운 울음이 터진 건 그때였다.

순간 입술을 씹어 대던 워트가 퍼뜩 고개를 들어 올렸고,

"워트!"

뒤이은 목소리에 확 돌아갔다.

동시에 근처의 나뭇가지가 흔들리며 한 사내가 그 앞으로 떨어졌다.

"레온!"

"고생이 꽤 많았던 모양이군. 미안하다, 힘든 일을 떠맡겨서."

"그런 건 상관없어! 지금……."

"대강 들었어."

워트를 훑어본 태영이 고개를 끄덕였다.

"놈들이 그렇게 원한다면 해 주는 수밖에 없지. 그 제대로 된 싸움이라는 걸."

그 얼굴에는 살의가 피어오르고 있었다.

그곳에 있는 것

“흠…….”

중년 사내가 주위를 둘러보았다.

메마른 흙으로 덮여 있는 넓은 벌판이 펼쳐져 있었다.

그 옆에는 우거진 숲이 보이고, 이를 부자연스러운 형태로 겹쳐진 산이 둘러싸고 있었다.

주욱 훑어본 그의 눈이 다시 손에 든 지도로 향했다.

희끗희끗한 머리에 적어도 수십 년은 사용해 온 듯한 흔적이 묻어나는 갑옷을 걸친 50대 중년 기사는 도리안.

지금까지는 용병의 신분이라 직접 대면할 기회는 없었던 노웨인군의 사령관이었다.

그가 조금 난감한 얼굴로 태영을 바라보았다.

"일단 경로는 파악했네. 하지만……."

"뭘 걱정하는지 압니다."

"그럼 제대로 이해시켜 줄 수 있겠는가?"

"그건 곤란합니다. 경을 믿지 못해서가 아니라 당장은 구체적으로 설명하기 힘들어서입니다. 지금 제가 드릴 수 있는 말은 하나, 이 전쟁에서 지지 않을 방법은 그것뿐이라는 겁니다."

"지지 않는다……."

도리안이 곱씹듯 중얼거리며 워트를 돌아보았다.

워트가 고개를 끄덕이자 도리안도 한숨을 불어 내며 고개를 끄덕였다.

"알겠네. 내 머릿속에는 그렇게 단언할 만한 생각이 들어 있지 않으니 영주님의 지시대로 이번 전투, 아니 노웨인 영지의 운명을 자네 두 사람에게 맡기지. 부담을 줄 생각은 없지만, 부디 가벼이 여기지 말아 주기를 바라네."

"물론입니다."

삐이-!

머리 위에서 청영의 울음이 들려온 건 그때였다.

태영이 몸을 돌렸다.

"왔군."

그 말대로 흘러내려 오듯이 산비탈을 따라 이어진 숲의 가장자리로 한 무리의 병사들이 떠오르기 시작했다.

꾸준히 숫자를 불리며 다가오는 병사들은 베라틴군.

"개자식들!"

그 앞에서 펄럭이는 깃발을 본 리디아가 거친 욕설을 터뜨렸다.

용병단의 깃발이었다.

며칠 전까지만 해도 노웨인 진영에서 펄럭이던.

노웨인군의 병력이 3천이 조금 넘는 데 비해 베라틴은 되레 전쟁이 시작될 때보다 많은 7천에 육박하는 이유가 그 때문이다.

이에 워트와 젬, 그 뒤의 병사들 입에서도 한두 마디씩 욕이 흘러나왔지만, 태영은 태연한 얼굴로 중얼거렸다.

"욕할 것 없어. 후회하는 건 저쪽이 될 테니까."

"저절로 그렇게 되지는 않겠지."

"물론이지."

태영이 그리모어를 뽑으며 도리안을 돌아보았다.

도리안이 고개를 끄덕이며 투구를 눌러쓰고 좌측으로 말을 달려갔다.

주위는 그 말발굽 소리만 들릴 정도로 조용했다.

모두가 알고 있기 때문이다.

이번 전투로 이 전쟁의 승패, 노웨인과 베라틴 영지의 운명이 결정된다는 것을 말이다.

그리고 여러 번의 교전으로 원한도 충분히 쌓인 상태.

노웨인군은 전의에 고취되었고, 베라틴군도 멈칫하는 기색조차 없이 꾸준히 거리를 좁혀 왔다.

잠시 긴장한 얼굴로 그 모습을 지켜보던 워트가 갑자기 피식 웃음을 터뜨렸다.

"출세했군, 며칠 전까지는 고작 20여 명의 용병단장이었는데 지금은 일군의 사령관이라니. 아마 역사적으로 흔치 않은 고속 승진일걸."

"쳇, 좋기도 하겠다."

리디아가 뚱한 얼굴로 중얼거렸다.

"역사적으로 흔치 않은 패장이 될지도 모른다는 생각은 안 들어?"

"긍정적으로 살아야지."

"그래, 나는 누나나 형들보다 어리다고. 게다가 할아버지가 항상 말씀하셨어. 난 크게 될 놈이라고 말이야. 앞날이 창창한 내가 이런 곳에서 죽을 리가 없잖아."

―내가 말할 때는 몰랐는데, 딴 놈들이 떠드는 걸 들으니 바로 알겠군. 혹시 이런 게 주인이 말하던 사망 플래그라는 거 아닌가?

"괜찮아."

그리모어의 말에 태영이 피식 웃으며 고개를 저었다.

"이번 전쟁이 끝나면 약혼자와 결혼하기로 했다든지, 와이프가 곧 애를 낳을 거라든지 하는 말은 아니잖아."

―대체 기준이 뭔지 모르겠군.

기준 같은 건 없다.

중요한 건 태영이 모조리 꺾어 버리기로 마음먹었다는 것이다.

카자드의 등장과 함께 태영의 머리 위에서 슬그머니 올라오는 사망 플래그는 물론, 워트와 리디아, 젬의 머리 위로 몇 개의 사망 플래그가 올라오든 몽땅!

그래도 너무 많이 세우면 곤란한지라.

"너무 무리하지는 마라."

"충고는 고맙게 받아들이지. 하지만 아무리 너라도 이건 양보 못 해."

워트가 씨익 웃으며 검을 들어 올리며 소리쳤다.

"진격!"

"우와아아아-!"

우렁찬 함성을 터뜨리며 진군하는 병사들.

동시에 양군의 후미에서 무수한 화살이 날아올랐고, 긴 포물선을 그리며 쏟아졌다.

돌진하던 병사들이 자세를 낮추며 방패를 들어 올렸다.

그러나 워트는 멈추지 않았다.

위이이잉-!

그 위로 반원을 그리며 뻗어 올라가는 검기.

뒤이어 거기에 하나의 검기가 더해지자 조각난 화살이 우수수 떨어졌다.

"무리하지 말라니까 그러네."

태영이 워트의 옆으로 따라붙으며 말했다.

"아직 시작도 안 했어!"

워트는 한층 가속을 붙이며 앞서 나아갔다.

그리고 바로 앞까지 다가온 적군의 방패 사이로 검을 찔러 넣고 수평으로 눕히는 순간.

쩡—!

확 뿜어져 올라오는 흙먼지 속에서 방패가 좌우로 밀려났다.

—호오, 저건…….

소드 블라스트, 검풍이다.

기술적으로는 검기의 전 단계지만, 저렇게 예비 동작 없이 사용할 수 있는 게 아니다.

팍! 팍! 팍!

밀려난 병사들의 갑옷 틈에 박히는 화살도.

젬처럼 말도 타지 않은 상태로 뛰어오며 할 수 있는 일이 아니고, 실제로 젬 역시 며칠 전까지는 못했다.

—이 녀석들 갑자기 왜 이래? 며칠 전과는 전혀 다르잖아.

"젊으니까."

태영이 피식 웃으며 대답했다.

물론 그런 이유만으로 며칠 만에 이런 성장을 할 수는 없다. 탄탄한 기본기가 잡혀 있어서고, 그만큼의 실전 경험을 치른 결과였다.

돌아오고 나서 들었다.

태영이 자리를 비운 이틀 사이에 열 번이 넘는 전투를 치렀다고. 그리고 듣지 못했지만, 알 수 있었다.

모두 쉽지 않은 전투였을 거라는 건.

그 결과가 이것이다.

"개자식들! 돈에 환장해서 어제까지 동료였던 사람에게 검을 들이미는 쓰레기 같은 놈들은 살 가치가 없어! 다 덤벼! 싹 다 박살을 내 주겠다!"

–쟤는 달라진 게 없는 것 같은데?

태영이 리디아를 돌아보자 그리모어가 중얼거렸다.

모르고 하는 말이다.

아는 사람의 눈에는 보인다.

대검에 맞고 펑펑 날아가는 적병의 비거리가 이전보다 늘어났다.

'아마도 그런 변화를 가장 잘 알고 있는 건 저 녀석들이겠지. 그게 이렇게 자신만만하게 치고 들어가는 이유일 테고. 하지만…… 아니, 그런 거군.'

다시 워트 일행을 둘러보던 태영의 얼굴에 웃음이 번졌다.

이해했기 때문이다.

사람은 누구나 힘이 생기면 시험해 보고 싶어지는 법.

대개 그런 욕구는 무리하게 만들고, 예측 못 한 위험을 불러오기 마련이다.

그러나 워트는 그 정도로 미숙하지 않았다.

그런 감정에 휘둘렸다면 워트나 리디아, 젬 모두 열 번 이상의 쉽지 않은 전투에서 이미 후회할 만한 일을 경험했을 것이다.

그럼에도 무리를 하는 것처럼 보이는 이유는 바로 태영 때문이다.

믿는 것이다.

조금은 무리를 해도, 태영이 뒤를 받쳐 주리라고.

움직임을 보면 알 수 있다. 워트도, 리디아도, 젬도, 제멋대로 움직이는 것처럼 보이지만, 약속이라도 한 듯이 태영을 중심으로 움직이고 있었다.

과거에 그랬던 것처럼.

"그럼 기대에 부응해 주는 수밖에 없지."

태영이 팔을 뻗었다.

펑! 펑! 펑!

동시에 워트 주변에 몰려들던 적병의 머리, 허리, 다리에서 폭발하는 불길.

흠칫하며 고개를 돌린 워트의 눈이 휘둥그레졌다.

"너 마법도 써?"

"조금은. 그래도 무식하게 들이받지는 않는다고, 쟤처럼."

태영이 옆을 가리켰다.

동시에 그 팔목 주위에 남아 있던 불길이 뻗어 나갔다.

펑! 펑! 펑!

낮은 자세로 단검을 뽑아 들고 리디아에게 접근하던 적병이 불길에 휩싸여 날아갔다.

리디아도 놀란 눈으로 돌아보았다.

"무슨 말을 하려는지는 알지만, 방금 워트가 했으니 됐고. 호흡부터 조절해. 그런 식으로 검을 휘둘러 대면 10분도 못 버텨."

"하! 10분이 아니라 10시간이라도 끄떡없어!"

"코웃음 치는 것처럼 하면서 숨 몰아쉬는 거 다 보이거든. 적만 보지 말고 동료도 보란 말이야. 젬에게 부담이 된다고."

"응, 맞아! 형, 나는?"

"넌 잘하고 있어."

"에헤-!"

이어지는 태영의 말에 젬이 헤벌쭉 웃었다.

그런 와중에도 그 앞의 적은 발목이나 목에 화살이 박히고 있었다.

과거에도 지금도 워트 일행 중에 가장 요령이 좋은 녀석이 바로 그, 젬이었다.

그리고 리디아도, 의외로 말을 잘 듣는 편이다.

되레 여러 가지 의미에서 가장 요령도 없고, 말도 안 듣고, 그 탓에 가장 신경 쓰이게 만드는 건 워트.

"너도 적당히 해. 알잖아. 승부처는 여기가 아니야."

"흠, 확실히 좀 흥분한 감이 있어. 미안하다. 신경 쓰이지 않도록 애써 볼게."

반면 이렇게 순순히 잘못을 인정하는 것도 워트뿐이다.

'정말 변하지 않는군, 언제나.'

그런 워트 일행의 모습에 태영은 말로 설명하기 힘든 안도감이 느껴졌다.

물론 전장이니 그런 감상에 젖어 있을 수만은 없지만.

-슬슬 주인도 본격적으로 할 때가 되지 않았나? 나도 몸이 근질거리기 시작하는데 말이지.

아직은 아니다.

지금은 워트 일행과 우측 진영을 안정시키는 게 먼저다.

너무 부족하지도, 또 과하지도 않게.

'좌측은…….'

태영의 눈이 금색으로 물들며 시야가 넓어졌다.

전장을 내려다보는 청영의 시야.

일대가 먼지구름에 휩싸여 있었지만, 전황을 파악하기는 어렵지 않았다.

좌측의 병사들은 적군에게 밀려 태영 일행이 있는 우측 진영으로 꽤 밀려들어 온 상태였다.

그러나 피해는 크지 않아 보였다.

되레 촘촘해진 간격을 이용해 한층 방어를 굳히고 있었다.

그래도 꾸준히 밀려오고 있지만.

'역시 도리안 경이군.'

태영은 당연히 도리안에 대해서도 알고 있었다.

검사로서는 평범한 수준이지만, 지휘관으로서는 평범함 이상. 그래서 주문한 것이고 도리안은 그 주문대로 정확하게 움직여 주는 중이다.

'문제는 저쪽이 어떻게 나오냐는 건데…….'

펑! 펑! 펑!

잠시 짬을 내 불화살을 날린 태영이 시선을 돌렸다.

끊임없이 피어오르는 먼지구름 너머에 모여 있는 한 무리의 병사들.

아직 관망세를 유지하고 있는 적의 본대다.

'이곳을 전장으로 선택한 건 이쪽이니까. 혹시 모를 복병 따위를 염두에 두고 지형을 확인하고 있겠지. 하지만 아무것도 없다, 이곳에는. 있어도 찾지 못할 거고. 그러니 슬슬 움직일 때가 됐는데…….'

그리고 잠시 후.

적 본대에서 200명 규모의 부대가 이동하기 시작했다.

먼지구름에 뒤덮인 전장으로, 그리고 와글대는 적 진영을 지나 전방으로.

투투투투!

총성이 터져 나오기 시작한 건 그 직후였다.

밀고 들어오는 적을 막아 내던 워트가 퍼뜩 고개를 들어 올리며 소리쳤다.

"레온!"

"들었어. 젬, 지금이다!"

태영이 젬을 돌아보며 소리쳤다.

젬이 시위에 걸린 화살을 날리고 바로 다른 화살을 뽑아 들며 활을 추켜올렸다.

삐리리리—!

치솟아 올라가는 화살에서 울리는 피리 소리.

동시에 전장을 뒤덮은 먼지구름이 한쪽으로 쓸려 가기 시작했다.

이동하는 것이다.

젬이 날린 피리 화살의 신호에, 아군 전체가 우측에 펼쳐진 숲으로!

당연히 적군도 따라붙었지만.

투쾅—!

측면에서 굉음이 터지며 속도가 급격히 떨어졌다.

우측으로 밀려나던 좌군(左軍), 도리안 부대가 방향을 바꿔 추격하는 적군의 측면을 들이받았기 때문이다.

그리고 단숨에 떨어져 나오는 적병을 처리하고 다시 방어 태세로 전환!

태영 쪽 병력의 후미에 붙어 따라왔다.

좌측의 도리안 부대가 밀리던 건 이를 위한 포석이었고, 그 과정은 미리 몇 번이나 훈련해 둔 대로 신속하게 진행되었다.

이에 워트가 지휘하는 우군과 도리안의 좌군, 그리고 꼬리를 물듯이 따라온 적군까지 숲으로 들어왔을 때!

펑! 펑! 슈우우우-!

곳곳에서 폭음과 함께 연기가 치솟았다.

태영이 병사들에게 지급한 30여 개의 연막탄이다.

"워트 경! 레온 경!"

뿌옇게 번지기 시작하는 연막 속에서 도리안이 말을 달려오며 소리쳤다.

"훌륭하게 잘해 주셨습니다."

"젊은 사람에게 그런 칭찬을 들으니 부끄러워지는군. 그럼 다음은?"

"예정대로 해 주시면 됩니다."

"알겠네."

"리디아, 너도 도리안 경을 따라가라."

"뭐? 왜?"

"레온 말대로 해. 너도 여기서 할 일은 대강 알잖아. 너와는 맞지 않아. 한쪽에 병력이 집중되면 도리안 경 혼자 관리하기도 힘들 거고. 그런 말이지?"

"그래."

태영이 워트를 바라보며 웃었다.

리디아는 못마땅한 얼굴로 워트를 바라보았다.

그 옆에서 젬은 얼른 가라는 눈빛으로 리디아를 바라보았다.

결국, 다수결에서 밀린 리디아가 팩 몸을 돌렸다.

"젠장, 간다고, 가! 대신 나 없는 동안 죽어 버리기라도 하면 죽을 줄 알아!"

그렇게 도리안과 리디아가 떠난 뒤.

"자, 그럼……."

태영이 짙은 안개처럼 연막에 덮인 숲을 돌아보았다.

그 연막 속에서 아군들이 빠르게 움직이고 있었다.

투투투투!

그 뒤에서 간간이 울리는 총성이 점차 가까워지고 있었다.

이제부터가 2막의 시작이다.

"뭘 해야 하는지 알지?"

"아군의 피해를 최소화할 것, 최대한 넓게 움직일 것, 그리고 살아남는 거. 맞지?"

"마지막 세 번째가 가장 중요해."

"젠장, 내가 언제부터 여기저기에서 걱정이나 받는 신세가 된 건지 모르겠네. 걱정하지 마. 전에는 처음 겪어 보는 상황이라 그런 거야. 같은 실수는 안 해. 실제로 네가 없을 때 몇 번인가 상대해 본 적도 있고. 병사들에게 대응 요령을 알려 준 사람도 나라고."

입술을 삐죽대던 워트가 문득 생각난 얼굴로 말을 이었다.

"그런데 좀 이상한 일이 있어."

"이상한 일이라니?"

"몇 번인가 그런 일이 있었는데, 때때로 내가 적과 싸우고 나서 둘러보면 근처에 다른 놈이 죽어 있는 경우가 있어. 대체로 숨어 있던 놈들이 그런데, 리디아나 젬도 그때까지 발견하지 못하고, 그 주변에 아군이 없었는데도 말이야."

뭔 소린가 하고 듣고 있던 태영의 입에서 피식 웃음이 흘러나왔다.

"수호신이라도 붙어 있는 모양이지. 시커먼 놈으로 말이야."

"수호신이면 수호신이지 시커먼 놈은 또 뭐야?"

그런 게 있다.

시커먼 데다가 몸값도 꽤 비싼 놈이.

"난 안 시커먼데?"

"니가 내 수호신이냐?"

"다를 것 없잖아. 형이나 누나가 몰라서 그렇지, 내가 뒤에서 얼마나 고생하는데! 쉬운 거 아니라고, 그거!"

물론 그게 볼을 부풀리며 투덜대는 젬은 아니다.

그러나 적어도 그런 말을 할 자격은 있었다.

실제로 워트와 리디아가 전방에서 마음껏 활개 칠 수 있는 이유의 반 이상은 젬의 엄호 덕분이다.

그러니 걱정할 필요는 없다.

"됐고, 시작하자."

"그래, 너도 조심해라."

워트가 고개를 끄덕이며 젬과 함께 연막 속으로 뛰어갔다.

삐! 삐이- 삐-!

그 뒤로 울려 퍼지는 피리 소리.

숲에 남은 아군 병사들에게 알리는 신호음이다.

2막이 시작됐다고!

태영도 빠른 속도로 수풀을 헤치며 질주하기 시작했다.

그러나 오래 뛸 필요는 없었다.

"헛! 적이다!"

잠시 후 바로 앞에서 들려오는 목소리.

서너 명의 적병이 연기를 헤치며 들어오고 있었다.

"한 놈이야!"

"하! 멍청한 놈들, 연기를 뿌려 대고 정작 제들이 저렇게 우왕좌왕 뿔뿔이 흩어지면……."

푸확-!

"헉! 뭐, 뭐야? 이 자식, 검이 보이지도……."

푸확-! 푸확-!

-크하! 좋군. 역시 전투는 이래야지.

치솟아 오르는 피에 그리모어가 환호성을 터뜨렸다.

그러나 태영이 찾던 건 놈들이 아니다.

투투투투!

바로 이놈들이다.

자욱한 연기 속에서 빗발쳐 날아오는 탄환!

태영의 몸이 그 방향으로 회전했다.

챙! 챙! 챙! 챙!

그 앞에서 연이어 튀어 오르는 불똥!

탄환을 퉁겨 내며 뻗어 나가는 태영의 눈앞에서 연기가 확 갈라지며 놈의 모습이 떠올랐다.

놈이 탄창을 갈아 끼운 총을 황급히 들어 올렸다.

그러나 태영이 먼저였다.

"파이어 볼트!"

놈이 당황했지만, 찰나에 불과했다.

1레벨의 파이어 볼트는 살상력이 없다. 맨살에 맞으면 심한 화상을 입겠지만, 딱 그 정도.

갑옷을 입은 병사라면 무시해도 좋은 수준이다.

평범한 파이어 볼트라면.

퍼펑-!

"컥! 뭐, 뭐 이런……."

한 방에 이렇게 중심을 잃고 서너 걸음이나 밀려나게 하는 위력은 발휘하지 못하니까.

불의 화신 특성으로 화염 마법에 +50%의 마력이 더해진 효과다.

조금 전 전장에서 파이어 볼트만으로도 워트 일행을 엄호할 수 있던 게 그 덕분이었다.

물론 위력이 높아져 봤자 어차피 파이어 볼트지만.

'견제용으로는 충분하지. 굳이 필요하지도 않았던 것 같지만. 일전에 본 놈보다 대응 능력이 꽤 떨어져. 총을 든 놈들이 모두 같은 수준은 아니라는 말이겠지.'

그사이 거리를 좁힌 태영이 놈의 총구를 차올렸다.

투투투투!

하늘을 향해 뿜어져 올라가는 탄환.

동시에 총을 쥔 놈의 팔 사이로 솟아오른 검이 놈의 턱을 파고들어 갔다.

그리고 다시 뽑혀 나오는 데까지가 한 동작.

푸확-!

놈이 턱 아래로 피를 뿜으며 털썩 주저앉았다.

먼저 총을 빼 들고 놈의 몸을 뒤져 보니 주머니 곳곳에서 꽤 많은 탄창이 나왔다.

'K-2, 분명 우리나라 육군의 제식소총이기는 하지만, 대체 어디서 이렇게 많은 총과 탄창을 구한 거지? 또 사용법은…….'

투투투투!

그때 다시 탄환이 빗발쳤다.

태영은 재빨리 자세를 낮추며 나무 뒤쪽으로 이동했다.

그리고 반대쪽으로 상체를 내밀며 대응 사격!

핑! 핑! 핑!

총을 난사하며 뛰어오던 두 놈의 몸에서 불똥이 튀었다.

마치 철갑으로 무장한 것처럼, 아니 실제로 체인 갑옷을 입고 있기는 했지만.

'역시 그냥 마력을 불어 넣는 것만으로는 체인 갑옷도 잘 뚫리지 않는군. 하지만 놈들이 사용할 때는 판금 갑옷도 뚫렸었지. 그렇다면…….'

투투투투! 펑! 펑!

'역시 이렇게 하는 거겠지.'

다시 소총을 어깨에 견착하고 사격하는 태영의 앞에서 무수한 핏줄기를 뿜으며 쓰러지는 총병!

놈들을 처음 봤을 때부터 대강 짐작하고 있었다.

남양주에서 박일우 일행에게 만들어 준 것처럼 그저 마력을 불어 넣은 탄환만으로는 이만한 위력을 발휘하기 힘들다.

그럼 다른 방법도 함께 사용하고 있다는 말이고, 총의 구조를 생각하니 금세 이해되었다.

탄환의 관통력을 높이는 건 총구의 나선형 홈이 만들어 내는 회전력.

따라서 총구에도 마력을 불어 넣으면 된다.

총의 구조와 마찬가지로 총구의 홈과 탄환의 마력을 마찰시켜 마력에도 회전력을 실어 주는 방식이다.

"골치 아프게 됐군."

태영의 입에서 한숨이 흘러나왔다.

화들짝 놀라며 얼른 나무 뒤로 뛰어드는 다른 한 놈 때문에 하는 말이 아니다.

그런 건 좀 가소롭다.

'나와 총격전을 해 보겠다는 건가?'

공병 출신이라도 태영 역시 일단 대한민국 육군 출신.

2년 가까이 짬밥만 먹다 전역한 것도 아닐뿐더러 힘의 차이도 확연하다.

쾅! 쾅! 쾅!

태영이 다시 상체를 내밀며 사격하자 놈이 숨은 나무에도 펑펑 구멍이 뚫렸다.

반면 놈의 총격은 나무를 뚫을 정도는 아니었다.

물론 두 발, 세 발 같은 곳에 적중하면 뚫리겠지만, 그때까지 얌전히 있을 생각은 아니었다.

태영은 누운 자세로 몸을 굴리며 나무 옆으로 빠져나왔다.

동시에 가늠쇠 끝에 걸리는 놈의 머리.

탕! 푸확-!

이마에 구멍이 뚫리고, 뒤통수가 터져 나갔다.

몸을 일으킨 태영은 두 놈의 시체에서도 총과 탄창을 챙기고 다시 연막 속을 질주했다.

투투투투!

'이쪽이 가장 가까워!'

어디로 가야 할지는 총성이 알려 주었다.

직각으로 방향을 꺾어 이동하자 총을 난사하는 놈과 그 앞, 몇 구의 시체와 주변의 수풀에 숨어 있는 두어 명의 병사가 눈에 들어왔다.

태영이 바로 총을 들어 올렸다.

철컥, 철컥.

허망한 격발 소리에 태영은 바로 그리모어를 뽑아 들었다.

그 앞으로 뻗어 나가는 검기.

순간 몸을 돌리던 놈의 갑옷이 터져 나가며 털컥 멈춰 섰다.

푸확-!

쩍 갈라지는 목에서 피가 뿜어져 올라온 건 그다음이다.

"이게 훨씬 낫군."

-아무리 주인이라도 그렇게 말하면 좀 섭섭하지. 저딴 쇳조각이나 날려 대는 쇠붙이와 나를 비교하는 것 자체가 모욕이라고.

"사과하지."

태영이 피식 웃으며 아군 병사를 돌아보았다.

"괜찮습니까?"

"네, 한 명은 어깨를 좀 다쳤지만……."

"이걸 가지고 바로 2군으로 합류하십시오. 어깨를 다쳤다면 검보다는 이게 나을 겁니다. 사용법은 리디아가 가르쳐 줄 겁니다."

"이런 아티팩트를……."

그러나 그리모어가 뭐라고 하든, 일반 병사에게는 소총도 충분히 아티팩트다.

사용법만 제대로 안다면.

골치가 아프게 됐다고 한 이유가 그 때문이다.

이계에 현대 무기가 유입되고 이미 사용법까지 익힌 자들이 있다.

그게 앞으로의 이 세계, 특히 전쟁에 어떤 영향을 미치게 될지는 상상하기도 힘들었다.

당장 이 숲만 봐도 그렇다.

현재 이 숲에 남아 있는 아군은 모두 정예 유격병들이다.

그럼에도 이미 꽤 많은 병사의 시체를 목격했다.

애초에 총을 사용하는 적의 실력이 그들보다 뛰어난 탓도 있지만, 역시 총의 존재를 무시할 수 없었다.

'그리고 지금은 총이지만, 이런 식이면 곧 수류탄, RPG, 최악의 경우에는……'

거기까지 생각하던 태영은 머리를 흔들었다.

'아니, 지금은 앞날을 생각할 때가 아니다. 일단 지금까지는 계획대로 진행돼 가고 있지만, 그게 유리해졌다는 의미는

아니야.'

이 전투는 시작부터 불리하기도 했지만, 그 이상으로 신경 쓰이는 게 있었다.

'대체 무슨 속셈이지?'

병사들을 보내고 잠시 적당한 곳에 몸을 숨긴 태영은 청영과 감각을 공유해 숲 밖에 모여 있는 적군을 확인해 보았다.

'정작 놈들의 본대는 아직 움직이지 않고 있어. 연막이 쳐진 이런 숲에 주력인 본대를 진입시키지 않는 것까지는 이해가 되지만…….'

그 주위가 시커멓다.

흑마법의 하나인 다크 포그였다.

'카자드의 짓이겠지. 그럼 당연히 뭔가 꿍꿍이가 있을 거고. 문제는 그게 뭐냐는 건데…….'

챙-!

그때 쇳소리가 울렸다.

그리고 치켜든 그리모어 아래로 툭 떨어지는 손도끼.

"이쪽이다! 한 놈이 숨어 있다!"

일렁이는 연막 속에서 고함이 들려온 건 그때였다.

이에 몸을 일으키던 태영이 살짝 미간을 찌푸리며 멈춰 섰다. 태영을 향해 뛰어오던 놈도, 움찔하며 멈춰 섰다.

그러나 그것도 잠시, 이내 웃음을 떠올리며 중얼거렸다.

"네놈이었나?"

아는 얼굴이었다.

처음 노웨인 영지에 도착했을 때 여관에서 본, 태영의 단검에 남자로서 소중한 뭔가를 잃을 뻔했던 놈이었다.

"베라틴 측에 붙으니 이런 기회도 찾아오는군."

"불행한 일이라는 생각은 안 드나?"

"크크크, 여전히 건방지군. 다행이다. 내심 찜찜한 구석이 있었는데, 기쁜 마음으로 죽일 수 있게 됐으니."

"그 정도 실력은 안 돼 보이던데?"

"하! 네놈이 제법 나대고 다닐 만한 실력이 있다는 말은 노웨인 측에 있을 때 들었다. 하지만 과연 네놈 혼자 이 숫자를 상대할 수 있을까?"

그렇게 떠들어 대는 놈 주위로 연이어 병사, 아니 용병들이 나타났다.

거의 20여 명에 달하는 숫자.

"나는 네놈처럼 전장에서 혼자 다니지 않아. 실력이 없어서가 아니라 이거, 멍청한 놈들과 달리 이거를 쓰는 걸 더 좋아하거든. 용병술이라는 거 말이다. 네놈이 들어 본 적이 있을지는 모르겠지만."

놈이 머리를 툭툭 치며 떠들었다.

그렇게 머리가 좋은 놈이 왜 태영이 혼자 다니는지는 생각하지 못하는 모양이다.

그러나 설명하기도 귀찮고, 일일이 처리하기도 귀찮다.

놈은 어떨지 몰라도 태영은 그런 놈 따위 이미 한참 전에 잊어버리고 있었으니까.

'마침 딱 좋은 위치군.'

"흐하하하! 불쌍한 놈. 네놈은…… 어이! 말하고 있잖아! 도망갈 수 있다고 생각하냐?"

태영은 놈의 말을 씹으며 옆의 수풀로 한 걸음 들어갔다.

꾹.

그리고 그 발에 뭔가가 밟히는 순간.

콰콰콰쾅—!

이런 폭음과 함께 싹 다 날아갔다.

히죽대며 떠들던 놈도, 비슷한 웃음을 지으며 슬슬 다가오던 놈들도.

그 주위에 있던 풀과 나무까지 몽땅.

—……뭐야?

"클레이모어라는 현대 무기야. 이 근처에도 하나 심어 뒀거든."

—음, 이 정도 위력이라면…….

"일회용이야."

—아하! 그럼 내가 백번 낫지. 난 무제한이거든.

태영도 그렇게 생각한다.

'놈의 꿍꿍이가 뭐든 나는 내 계획대로 움직이면 돼. 인제 와서 바꿀 수 있는 계획도 아니고, 적어도 이 숲에서만큼은 놈들의 본대, 아니 설사 놈이 온다고 해도 쉽게 당하지는 않는다! 청영, 놈들에게 한시도 눈을 떼지 말고 감시하고 있어.'

삐이-!

태영은 청영에게 지시하고 그, 클레이모어보다 나은 그리모어를 들고 숲을 가로질렀다.

그리고 그리모어가 말한 것처럼.

푸확-! 푸확-!

무제한으로 놈들을 처리!

"저기다! 이쪽이야! 만만한 놈이 아니다! 모두 모여서 해치운다!"

꾹! 콰콰콰쾅-!

굳이 모여 주면 적당히 유인해 클레이모어로 처리!

그게 아니라도 마법을 섞어 주면 한꺼번에 서너 명의 총병도 무난히 상대할 수 있었다.

'여기서 승부가 결정되는 것은 아니다. 하지만 여기서 한 놈을 더 죽이면 한 명, 아니 수십 명의 아군이 더 산다!'

이 숲은 이미 태영의 전장.

멈출 수 있는 자도 없었고, 멈출 이유도 없었다.

이에 태영이 연막 속을 뛰고 구르며 홀로 백 단위의 적을 해치워 갈 때였다.

삐리리리-!

숲 상공을 가로지르는 피리 소리.

'신호탄! 준비가 끝난 건가?'

넓은 범위에서 총성이 울리고 있지만, 실제 이 숲에 아군은 많지 않았다.

빼돌려 왔기 때문이다.

소수의 정예 유격병만 남겨 두고 그 외의 병력을 모두.

방금 피리 화살을 날아온 곳이 태영이 생각해 둔 진짜 승부를 결정짓는 장소이기 때문이다.

'그럼 여기에는 더 볼일이 없다!'

콰콰콰쾅! 콰콰콰쾅!

태영은 남은 클레이모어를 모두 터뜨리며 숲을 가로질렀다.

삐리리리-! 삐리리리-!

'또? 그것도 두 개 동시…… 그럼 설마…….'

콰콰콰콰-!

고개를 돌리기가 무섭게 터져 나오는 굉음!

점차 걷혀 가는 연막 저편에서 거대한 화염의 소용돌이가 치솟아 올라오고 있었다.

태영은 그게 뭘 의미하는지 바로 이해했다.

'빌어먹을, 간파당했다! 속고 있는 건 나였던 거야!'

바로 놈, 카자드에게!

"레온-!"

열어지는 연막 너머에서 고함이 들려왔다.

그 방향으로 뛰어가자 맞은편에서도 피투성이가 된 워트와 젬이 뛰어오고 있었다.

"워트, 젬, 다친 곳은?"

"없어. 그보다 방금 화염이……."

"봤어! 아군 부대가 모여 있는 곳이다! 놈이 그쪽에 있으면 아군 전체가 위험해! 서둘러! 바로 이동한다!"

태영이 몸을 돌리며 소리쳤다.

워트도 태영의 뒤로 따라붙으며 피리를 입에 물었다.

삐리리리-! 삑-!

그 피리에서 터져 나오는 퇴각 신호.

피리를 불어 대며 숲 뒤쪽으로 빠져나오자 한데 모여 있는 말이 보였다.

태영의 애마 흑영을 포함해 약 500여 마리.

당연히 마지막까지 숲에 남을 유격병을 위해 준비해 둔 말이다. 그러나 태영과 워트를 따라 나오는 병사는 채 200도 되지 않았다.

예상하던 일이고, 어쩔 수 없는 일이기도 하다.

"레온, 뭐 해?"

"먼저 가! 난 아직 남은 일이 있다!"

그러나 그게 수긍하고 넘어가야 한다는 말은 아니다.

선의든 악의든 받은 만큼은 돌려줘야 하는 법!

하물며 뻔히 예상할 수 있던 피해를 받고 그냥 갈 수는 없어서 준비해 두었다.

"이쪽이다! 놈들이 숲 뒤로 빠져나가고 있어!"

"말이다! 말을 타고 도망친다! 궁수와 총병을 불러와라!"

"놈들을 잡아! 놓치지 마라!"

아군이 한꺼번에 숲을 빠져나오면 당연히 놈들도 몰려올 테니까.

그 주위에 여분의 클레이모어를 몽땅 설치!

꾹, 콰콰콰쾅—!

—클레이모어…… 잘은 모르겠지만, 화끈한 녀석이군. 조금 마음에 들었어.

그 말처럼 정말 화끈하게 사라졌다.

눈앞에 있던 숲도, 그 숲에서 몰려오던 놈들도.

그 너머에 간간이 피투성이가 된 채 낑낑대는 놈들이 눈에 들어오기는 하지만, 더는 관심사가 아니었다.

"흑영, 가자!"

태영은 흑영 등에 뛰어올라 고삐를 잡아챘다.

두두두두! 삐이—!

거친 말발굽 소리에 낮은 울림이 섞였다.

'네 잘못이 아니다! 네 눈에만 의지한 내 잘못이다! 아니, 카자드…… 놈이 있다는 걸 알면서도 내 머릿속의 생각에만 몰두했던 게 실수였어!'

"청영, 먼저 가라!"

삐이-!

머리 위를 맴돌던 청영이 화살처럼 쏘아져 날아갔다.

저 앞에 보이는 현대와 이계의 산이 겹쳐진, 그로 인해 만들어진 계곡으로.

그곳이 숲을 빠져나간 병사들의 집결 장소였고.

'역시 놈들이…….'

지금은 전장이 돼 버린 곳이다.

태영은 한층 속도를 높여 앞서 출발한 워트 일행과 합류, 길게 늘어진 산비탈을 우회해 계곡으로 진입했다.

"레온 경! 워트 경!"

와글대는 병사 속에서 도리안의 목소리가 들려왔다.

주위를 훑던 워트가 고개를 돌렸다.

"도리안 경, 리디아는?"

"모르겠네. 안쪽에서 증원되는 병력을 통제하고 있었는데……."

"후미에 있어!"

태영은 그대로 말 머리를 돌리며 소리쳤다.

"도리안 경, 이대로 다음 작전을 시작합니다! 남은 말도 끌고 왔으니 말씀드린 대로 기병대를 준비하고 나머지 병력을 수습해 이동해 주십시오!"

"하, 하지만……."

"더 늦어지면 아무것도 하지 못하고 전멸하게 됩니다! 흑영, 뛰어라!"

태영이 한데 뭉친 병사를 뛰어넘으며 소리쳤다.

그 뒤를 워트가 따라붙었다.

"같이 가!"

젬도 얼른 뒤따라 달려왔다.

그리고 아군으로 꽉 채워진 계곡을 가로질러 반대쪽으로 나왔을 때였다.

"우와아아아-!"

콰칭! 카칵! 펑! 푸확-!

고막을 후려치듯이 파고드는 함성과 쇳소리, 그리고 비명! 비명! 비명!

후방에는 이미 무수한 시체가 쌓여 있었다.

그리고 반대쪽 계곡에서 중갑 보병과 기마대를 앞세우고 진군해 오는 베라틴군. 제대로 대항하는 건 한쪽에 둥그렇게 모여 있는 수십 명의 병사뿐이었다.

리디아는 그 무리에 섞여 있었고, 어디에 있는지는 바로 알 수 있었다.

"그래, 어디 덤벼 봐라! 이 자식들아!"

거친 고함과 함께 찌그러진 방패를 든 채 펑펑 날아가는 적 중갑 보병.

"리디아!"

위이이잉! 펑! 펑! 펑!

워트가 곧바로 검기를 날리며 달려갔다.

아마도 그 때문일 것이다.

그 앞에서 원을 그리며 회전하기 시작하는 바람도, 워트가 그 바람의 움직임을 눈치채지 못하는 이유도.

"빌어먹을! 워트!"

고삐를 잡아채던 태영이 고함을 내지르며 몸을 날렸다.

"흑영, 최대한 멀리 물러나 있어라!"

"레온, 뭐…… 헉!"

태영은 고개를 돌리는 워트의 허리를 감싸 안고 말에서 굴러떨어졌다.

"큭! 이게 대체 무슨……."

"닥치고 꽉 잡아!"

태영이 버럭 소리치며 검을 바닥에 박아 넣었을 때였다.

휘휘휘휘휘, 콰콰콰콰-!

바로 뒤에서 불길의 회오리가 치솟아 올라왔다.

숲에서 본 화염의 소용돌이가 그것이다.

강력한 흡입력으로 주위의 모든 것을 빨아들여 순식간에 재로 만들어 버리는 6레벨 화염 마법 플레임 토네이도!

10여 명의 병사와 워트의 말이 순식간에 그 소용돌이로 빨려 들어가 태워졌다.

그러나 본래 그 화염의 소용돌이가 노린 건 워트다.

펑펑 날린 검기 탓에 눈에 띄었기 때문이다.

'……카자드!'

놈에게.

"워트, 리디아와 함께 아무 말이나 잡아타고 일단 도리안 경에게 돌아가! 도착할 때쯤이면 도리안 경이 퇴각을 도울 병사를 준비해 뒀을 거다! 그들과 함께 돌아와!"

"너는……."

"시간이 없어! 뛰어!"

태영은 황망한 눈으로 바라보는 워트를 밀어내고 몸을 일으켰다.

동시에 그리모어에서 활화산처럼 뿜어지는 오러.

'카자드, 네놈의 상대는 여기 있다!'

화르르르!

역시나, 바로 거대한 화염구가 날아들었다.

"샐러맨더 가죽!"

태영은 곧바로 인벤토리에 손을 넣으며 소리쳤고, 손에 잡히는 가죽을 확 펼치며 몸에 두르고 화염구를 향해 돌진했다.

쩡! 쩡! 쩡! 쩡!

그와 함께 하얀 서리가 겹겹이 쌓이는 그리모어도 돌진!

펑! 콰콰콰콰—!

"크윽!"

—뭐, 뭐야? 이 위력은? 파이어 볼이 아닌 건가?

폭발과 함께 튕겨지는 태영의 머릿속에 황망한 목소리가 흘러들어왔다.

맞다. 3레벨 마법 파이어 볼.

단, 5레벨급의 마법과 같은 위력을 발휘하는.

'괴물 같은 자식!'

태영이 놈을 괴물이라고 부르는 이유다.

그런 말도 안 되는 짓을 하니까.

화르르르!

그것도 연이어서.

태영은 흩어진 오러를 다시 불어 넣은 그리모어를 휘둘렀고, 또다시 무지막지한 화염의 폭발에 튕겨져 날아갔다.

바닥에 내려서고도 수 미터나 더 밀려날 정도로.

—주인, 주위에 마력이 모인다!

웅! 웅! 웅!

다급한 그리모어의 목소리와 함께 태영의 주위에서 고드름 모양이 얼음이 맺혔다.

'글래시어 스트라이크! 고속 영창에 분열 마법까지 더해진 연사!'

생각과 동시에 태영의 발이 복잡하게 움직였다.

태영의 몸이 그 발을 따라 흐르듯 움직였고, 가속에 가속을 더하며 그림자처럼 흐리게 보일 정도로 빨라졌다.

펑! 펑! 펑!

그 사이사이에서 터져 올라오는 얼음 가루.

'피하는 건 어렵지 않아. 이보다 더 많아도. 섀도 블링크까지 사용하면 어떻게든 피할 수는 있겠지만…….'

–젠장, 대체 어디서 날아오는 거야?

태영도 그게 답답하다.

공격을 받고 있으면서도 정작 태영은 아직 놈의 얼굴조차 보지 못했다. 그리고 더 답답한 건 설사 놈을 찾아낸다고 해도 달라질 게 없다는 점이다.

'그래도 1대1이라면 기회가 있을지도 모르지만, 저 많은 적군 속에 묻혀 보이지도 않는 놈을 상대할 방법은 없어! 아니, 이대로는 놈의 사정거리를 벗어나는 것조차 힘들다!'

그때 뒤에서 한 발의 화살이 날아왔다.

그리고 다시! 다시! 다시!

펑! 펑! 펑!

연이어 날아간 화살, 아니 화살에 묶인 수류탄이 공중에서 연이어 폭발했다.

태영을 향해 몰려오던 적병들이 와르르 넘어졌다.

툭! 툭! 툭! 슈우우우–!

동시에 연기를 뿜으며 그 아래로 굴러 들어가는 연막탄!

"레온 형, 잡아!"

말을 타고 달려오는 젬이 손을 내밀며 소리친 건 그다음이었다.

워낙 요령이 좋은 녀석이라 적절할 때 사용할 수 있으리라 생각하고 몇 개 줬는데, 이렇게까지 적절하게 사용해 줄 줄은 몰랐다.

"레온 형, 혹시 방금 그거 오러 소드……."

"됐으니까 계속 달려!"

그리고 결과적으로 태영의 대응도 적절했다.

계곡은 좁고, 놈의 마법은 강력하다.

그런 마법을 태영이 요리조리 피하니 일대는 쑥대밭이 됐고, 적병도 그런 곳으로 바로 진군하기는 무리.

덕분에 후미에서 퇴각하는 아군은 놈들과 거리를 꽤 벌려 놓을 수 있었다.

그리고 태영이 옆으로 다가오는 흑영에 옮겨 탔을 때.

"레온! 젬!"

워트와 리디아가 병사들을 가르며 다가왔다.

그 뒤를 따라오는 기마병들의 손에는 모두 K-2 소총이 들려 있었다.

태영이 광산의 무기 보관소에서 챙겨 온 50정.

나머지는 숲에서 태영과 워트, 젬, 그리고 끝까지 살아남은 유격대원들이 적 총병을 해치우고 수거한 소총이다.

워트를 따르는 기마대는 그 총으로 도리안이 급속으로 편성한 총기병대(銃騎兵隊)!

"전원 산개! 아군과 보조를 맞춰 퇴각하며 사격하라!"

총기의 좋은 점이 이것이다.

핑-! 핑-! 핑-!

말 등에 비스듬히 걸친 자세로도 빠르게 화살을 날리는 젬은 별개로 치고, 일반 병사가 말 위에서 뒤쪽으로 화살을 날리는 건 꽤 힘든 일이다.

어떻게든 쏘기는 하겠지만, 위력은 떨어지고 연사는 무리다. 그러나 총이라면 얘기가 달라진다.

"개자식들! 받아라!"

투투투투!

둔한 편에 속하는 리디아도 할 정도니까.

특별한 기술이 없어도 위력이 낮아질 일도 없고 연사는 자동!

"무턱대고 쏘지 마라! 일단 마력을 다룰 줄 아는 병사는 쏘기 전에 탄창을 쥐고 마력을 불어 넣어라!"

마력만 다룰 줄 안다면 잠깐 배우는 것만으로도 누구나 같은 위력을 발휘할 수 있다.

물론 그래도 제대로 훈련받은 적병이 사용할 때에는 미치지 못하겠지만, 지금은 적 총병의 숫자도 꽤 줄어든 상태.

대응 사격은 크게 걱정할 필요가 없었다.

"그래도 판금이나 방패를 관통하기는 힘들다! 적의 말이나 발을 노려라!"

덕분에 적군의 추격 속도를 떨어뜨리기에 충분!

게다가 태영이 광산의 보급품 창고에서 챙겨 온 화기는 꽤 많은지라.

펑! 펑! 슈우우우-!

때때로 수류탄과 연막탄도 터뜨려 주었다.

그러는 사이 적군과의 거리가 점점 벌어졌다.

접전 상태나 다름없던 거리가 순식간에 10미터, 50미터, 다시 100여 미터 이상으로.

'이 정도 거리면 카자드도 광범위 마법을 사용하기 힘들다. 단발성 마법은 내가 대처할 수 있고. 하지만…….'

거리가 벌어지기 시작할 때부터 마법은 날아오지 않았다.

총기병의 사격 때문이 아니다.

놈이 마법을 날리지 않는 이유도, 또 적병이 급하게 따라붙지 않는 이유도 같다.

현재 노웨인군은 계곡을 빠져나가고 있는 게 아니다.

집결지 근처에 이어져 있던 다른 계곡으로 퇴각했고, 그 뒤로도 몇 번 방향을 꺾었지만 여전히 계곡을 따라 이동하고 있었다. 그리고…….

'놈들도 알고 있겠지. 전투 전에 정찰 정도는 해 봤을 테니

까. 이 계곡의 끝에 뭐가 있는지.'

되레 모르는 건 노웨인군이지만, 그들도 곧 알게 되었다.

"뭐야? 왜 멈춰? 뒤에서 놈들이 따라오고 있다고!"

"몰라! 젠장, 앞에서 멈추는데 어쩌라고?"

병사들의 입을 거쳐 이런 질문이 전방으로 이동하고.

"막혔어! 이 이상 갈 곳이 없다고! 앞도, 좌우도! 다 절벽이야!"

되돌아오는 대답으로.

이에 워트와 리디아, 젬, 멈춰 선 채 사격하던 총기병대의 눈이 태영에게 모여들었다.

"후-!"

태영은 한숨을 불어 내며 고개를 숙였다.

그리고 천천히 다시 들어 올리며 점차 가까워지는 베라틴군을 바라보았다.

태영의 시야에는 여전히 카자드의 모습은 보이지 않았다.

그러나 청영의 눈에는 보였다.

놈은 계곡을 따라 길게 늘어진 베라틴군의 중간 부분에서 느긋하게 말을 몰고 있었다.

예상했던 모습 그대로였다.

태영이 아는 놈은 퇴각하는 적을 앞장서서 쫓아올 놈이 아니다. 더구나 그 앞에 뭐가 있는지 아는 지금 같은 상황이라면. 그리고 그게…….

"네가 이번 전쟁에서 이길 수 없는 이유다."

삐이—!

태영의 말과 함께 상공에 떠 있던 청영이 날카로운 울음을 토하며 계곡으로 내리꽂혔다.

그리고 베라틴군의 위를 스치고 다시 날아오르는 순간.

콰콰콰콰—!

그 아래에서 치솟아 올라오는 불길!

청영이 놈들에게 접근한 것은 기폭 스위치를 작동시키기 위해서였다.

그리고 그 스위치에 반응해 폭발을 일으킨 건 다름 아닌 C-4! 광산에 가장 많이 있었고, 또 가장 많이 챙겨 왔던 군용 플라스틱 폭탄이다.

그 위력은 보이는 그대로.

100여 미터까지 거리를 좁혀 오던 적병들은 문자 그대로 박살 나며 날아올랐다.

그러나 그마저 수천의 적을 막기에는 충분치 않았다.

그게 태영이 이곳을 선택한 이유다.

태영도 일단 공병 출신이라 주워들은 말이 있었다. 그리고 노웨인 영지에 사는 하쿠인을 통해 확인할 수 있었다.

한순간에 전황이 뒤바뀐 세 번째 전투 이후.

태영이 몇 시간이 지나서야 아군 진영에 합류한 이유가 그 때문이었다.

이곳에 와서 직접 확인하기 위해서.

그리고 있었다.

바로…….

퍼퍼퍼펑! 콰콰콰콰—!

지면을 뚫고 활화산처럼 치솟아 오르는 화염.

태영이 대강 알고 있던, 그리고 노웨인 영지의 한국인을 통해 확인했던 게 바로 이거다.

본래 이곳은 민간인 통제 구역.

바로 이 지역의 지하에 군사용 유류 저장고가 존재하기 때문이다.

그 역시 이번 사태의 영향으로 곳곳에 균열이 생겨 꽤 많이 유출되었지만, 남아 있는 것만으로도 충분한 양이었다.

계곡을 삼키며 수십 미터나 치솟는 불길을 만들어 내기에는 말이다.

"대체 이게……."

워트가 황망한 얼굴로 떠듬거렸다.

리디아와 젬, 그 외의 다른 병사들도 마찬가지였다.

왜 그런 일이 벌어지는지 모르니 당혹감과 그 이상의 공포에 휩싸일 수밖에 없었다.

그러나 점차 그 얼굴에서 공포의 감정이 걷히기 시작했다.

이내 알게 되었기 때문이다.

"불길이 베라틴 놈들이 있는 곳에서만 올라오고 있어! 우리 쪽으로는 오지 않는다고!"

"그, 그럼……."

"뭘 물어? 보면 알잖아! 이긴 거라고! 우리가!"

"이, 이겼다고?"

"당연하지. 적이 싹 다 죽었는데 더 생각하고 말고 할 게 뭐가 있어? 저런 불길 속에서 살아남을 수 있는 사람이 있을 리가 없잖아."

점차 밝아지는 병사들 사이로 이런 말들이 떠돌아다녔다.

워트와 리디아, 젬의 반응도 다르지 않았다.

"워트 형!"

젬이 격앙된 얼굴로 워트를 돌아보았다.

그리고 워트는 그 감정을 그대로 전하듯이 같은 얼굴로 태영을 돌아보았다.

"레, 레온?"

그러나 그 입에서 터져 나온 건 당혹성이었다.

-주인, 뭐 하는 짓이냐?

워트의 다음 말은 아마도 이와 다르지 않았을 것이다.

그러나 태영의 귀에는 들리지 않았고, 그리모어의 말에 대답할 상황도 아니었다.

푸화아아아-!

그때 태영은 이미 불길 속을 질주하고 있었다.

'아직이다!'

알고 있기 때문이다.

'카자드, 놈이 고작 이 정도로 죽을 리가 없어!'

의심이 아닌 확신이다.

그러나 놈도 무사하지만은 않을 것이다.

불의 정수로 화염 저항력을 얻은 몸에 샐러맨더의 가죽까지 둘러쓴 태영조차 숨을 쉬기도 힘들고, 틈새로 파고드는 불길에 피부가 타들어 가고 있으니까.

놈도 틀림없이 적지 않은 대미지를 입었을 터.

C-4를 폭파하기 전에 놈의 위치를 확인했던 이유가 그 때문이었다.

그때 이미 각오했다.

'지금! 여기서! 놈과 얽힌 모든 걸 청산하겠다!'

놈의 목이 보상이라면 몸이 타들어 가는 고통 따위는 얼마든지 감수하겠다고 말이다.

이에 태영이 이를 악물며 한층 속도를 높을 때였다.

삐이이이-!

머릿속에 울리는 청영의 울음.

순간 시야가 바뀌며 계곡 꼭대기까지 치솟던 불길이 갑자기 아래로 확 말려 들어가는 장면이 눈앞에 펼쳐졌다.

태영의 바로 앞, 마지막으로 카자드를 확인했던 지점이다.

'서, 설마…….'

"양손 도끼로 변환!"

생각보다 몸이 먼저 반응했다.

그리고 태영이 몸을 낮추며 거대한 도끼로 변한 그리모어를 세웠을 때.

펑-!

굉음과 함께 백색 기류가 터져 올라왔다.

그리고 거대한 해일처럼 변해 불길을 삼키며 밀려들었다.

쩌쩌쩌쩡-!

그리모어의 도끼날이 얼음에 뒤덮이고, 그 뒤에 숙이고 있던 태영의 몸도 하얀 서리에 뒤덮였다.

그 옆에도, 또 뒤에도.

백색 기류는 그 엄청난 불길을 한순간에 삼켜 버리며 일대를 모두 얼음을 뒤덮었다.

그리고 그 중심에 탑처럼 솟아 올라와 있는 얼음 기둥.

그 위에는 한 사내가 서 있었다.

'카자드!'

시커멓게 그을린 채 너덜대는 옷을 걸친 카자드의 모습은 상상했던 그대로였다.

-뭐 저런 괴물 같은 놈이…….

그럼에도 그리모어가 이런 말을 하는 이유는 그 역시 느끼고 있기 때문이다.

얼어붙은 피부를 찌르듯이 파고들어 오는 강대한 마력.

'놈의 힘을 잘못 파악했어! 이 마력은 대마법사 이상, 그 폭발과 화염에 휩쓸리고도 아직 이만한 마력을 움직일 능력이 있다면…….'

태영이 와락 입술을 깨물었다.

'하지만 그게 포기해야 할 이유는 되지 못한다! 이미 주사위는 던져졌고 물러설 곳은 없다! 설사 정말 가망이 없다고 하더라도 포기만큼은 하지 않는다!'

지금까지 언제나 그래 왔듯이!

와직, 와자작!

태영이 몸을 덮은 얼음을 깨고 몸을 일으켰다.

"레, 레온!"

"일어났어! 살아 있다고! 레온 형이 살아 있어!"

"전군, 마법사를 공격하라!"

투투투투! 투투투투!

뒤이어 워트의 고함에 탄환이 빗발쳐 올라갔다.

그러나 카자드가 아무런 대비도 없이 그런 곳에 모습을 드러냈을 리가 없다.

놈은 이미 배리어를 펼치고 있었고, 이만한 마력을 발휘하는 놈의 배리어가 평범한 검기나 탄환 따위에 뚫릴 리도 없었다.

역시나 배리어 앞에서 허망한 불똥이 튀어 오를 뿐이었다.

그리고 그 안에서 점차 증폭되는 마력!

'놈은 이미 마법을 준비하고 있다. 이만한 마력이라면 틀림없이 광범위 마법. 그 마법이 어디로 향하든 일단 발동되면 치명적인 피해를 보게 된다!'

막을 방법은 하나.

어떤 배리어든 무용지물로 만들 수 있는 오러 소드뿐이다.

그러나 카자드라면 광범위 마법이라도 완성까지 걸리는 시간은 길어야 10여 초. 그 전에 10여 미터 높이의 얼음 기둥 위에 있는 놈에게 도달하기는 무리다.

또 놈도 보고만 있지 않겠지만.

'다른 방법이 없다! 그럼 해 보는 수밖에 없어! 무슨 방법을 써서라도…….'

그때 태영의 눈에 생각지도 못했던 장면이 포착되었다.

불똥이 튀길 때마다 배리어 아래로 자잘한 가루처럼 떨어지는 빛의 입자!

'배리어가 부서지고 있다! 충격 때문이 아니야! 저 현상은 마력 부족에 의한 거다! 놈은 지금 얼마 되지 않는 남은 마력을 쥐어짜고 있는 거야! 그렇다면…….'

고민은 짧고, 행동은 빨랐다.

부아아아-!

그리모어에서 활화산처럼 뿜어져 올라오는 오러!

그렇게 강렬한 존재감을 드러내자 얼음 기둥 위에서 폭풍처럼 휘몰아치는 마력을 압축하던 놈이 움찔하며 시선을 내렸다.

태영은 돌진 자세를 취하며 그 눈을 정면으로 마주 보았다.

'너라면 이게 무슨 의미인지 알고 있을 것이다!'

분명 카자드의 마법이 발동되면 계곡 구석에 몰린 노웨인군은 치명상을 피할 수 없다.

그러나 놈도 그 대가로 마력이 고갈될 것이다.

물론 아무리 놈이라도 마법 한 방으로 수천의 병사를 전멸시킬 수는 없을 터.

놈도 최소한 본인이 물러날 때 사용할 마력 정도는 남겨둘 테고, 일반 병사들의 힘으로는 그조차 막을 방법이 없다.

'하지만 나는 아니다! 나만큼은 네놈이 멋대로 설치고 가도록 놔두지 않을 것이고, 그럴 만한 힘도 있다!'

태영이 뿜어내는 오러는 그런 의미다.

'만약 네가 이대로 노웨인군을 공격하면 내가 너를 죽인다! 그리고 네가 그 마력을 나에게 쏟아붓는다면, 노웨인군이 너를 죽일 것이다! 나는 이미 각오가 되어 있다! 그러니 너도 같은 각오를 한 게 아니라면 꺼져라!'

이런 무언의 압박.

그리고 놈은 제대로 알아들었다.

태영을 바라보는 놈의 눈에 피어오르는 불쾌감이 그 증거다. 그러나 그것도 잠시.

위잉-!

점차 마력이 약해지더니 놈의 등 뒤로 마법진이 떠올랐다.

그리고 그 마법진과 함께 사라졌다.

"후-!"

태영의 입에서 한숨이 흘러나왔고.

-후-!

그리모어에서도 한숨을 흘러나왔다.

-정말 진땀 나게 하는군. 불길 속으로 뛰어드는 것도 그렇고, 방금도 그렇고. 주인이 정상이 아니라는 건 알고 있었지만…… 이번만큼은 뭐라고 할 수도 없겠군. 주인이 정상이었다면 이렇게 끝나지는 않았을 테니까. 운이 좋은 건지, 촉이 좋은 건지는 모르지만.

경험이다.

그리고 다행이라는 생각도 들지 않았다.

'내가 조금만 더 강했어도…….'

결과는 달라졌을 테니까.

그러나 이미 지난 일에 연연할 이유는 없었다.

부족하다면 더 강해지면 그만이고, 앞으로도 기회는 얼마든지 있을 테니까.

그리고 놈과의 대결은 흐지부지 끝나 버렸지만, 확실하게 말할 수 있는 건…….

"가, 갔다! 놈이 도망갔어!"

"레온 경이 소드 마스터였어! 놈은 그걸 보고 도망간 거야!"

"베라틴 놈들도 몽땅 타 버렸어!"

"이긴 거야! 우리가 이긴 거라고! 노웨인의 승리다!"

"와아아아-!"

적어도 이 전투에서는 이겼다는 것이다.

그 결과 카자드와 함께 베라틴군도 병력의 70% 이상을 잃은 상태로 퇴각.

불길이 사그라든 뒤에 계곡을 나온 노웨인군은 그 뒤를 따라 잃었던 영지를 수복했지만, 베라틴 영지 안까지 진군해 들어가지는 않았다.

그리고 다시 하루가 지났을 때.

종전 회담을 요청합니다.

베라틴 영주 앞으로 이런 서신이 전달되었다.

첫 전투가 있었던 노웨인과 베라틴 영지의 경계.

해안과 이어진 넓은 평야에는 그때처럼 수천의 병사가 1킬로미터 정도의 거리를 두고 늘어서 있었다.

그 중간 지점.

깃발을 세우고 원을 그리며 늘어선 병사들 안에 네 사람이 모여 있었다.

한쪽은 노웨인 남작과 태영.

반대쪽은 베라틴 백작과 카자드였다.

당연히 이번 전쟁을 일으켜 원수지간이 된 베라틴 백작을 바라보는 노웨인 남작의 눈길이 고울 리가 없었고, 그건 카자드를 바라보는 태영도 마찬가지였다.

과거의 원한 때문이 아니다.

뭐 이미 과거를 운운할 필요도 없이 현재진행형으로 적대관계가 돼 버리기도 했지만, 가장 큰 이유는 너무나 멀쩡해 보여서다.

'전장에서 봤을 때는 꽤 대미지를 입은 것처럼 보였는데…… 그렇게 보였던 것뿐이었나? 아니면 그새 회복한 건가?'

어느 쪽이든 태영으로서는 달갑지 않은 일이다.

그나마 위안이 되는 부분이 있다면 카자드도 같은 눈빛으로 바라보고 있다는 점이다.

태영 역시 그때 꽤 심한 화상을 입었지만, 지금은 흔적도 보이지 않을 정도로 회복되어 있어서다.

각성자의 신체와 불의 정수로 얻은 화염 저항의 힘이다.

즉, 꿀릴 이유는 없다는 말이다.

몸도 그렇지만, 어제의 전황을 생각하면 더.

이에 태영은 자신만만한 얼굴로 바라보았고, 카자드는 별다른 표정 변화 없이 마주 보다가 먼저 입을 열었다.

"의외로군. 그쪽에서 먼저 종전 회담을 요청하다니."

태영은 빙긋 웃으며 대답해 주었다.

"카자드 경의 명성은 익히 들어 알고 있으니까요. 마음만 먹으면 혼자서도 한 영지의 군대를 상대할 수 있을 정도로 굉장한 마법사라고 말입니다."

"모르겠군, 해 본 적이 없어서."

"겸손하시네요. 당연히 할 수 있겠죠. 다름 아닌 그 카자드 경인데. 이번에는 그런 마음을 먹어 주시지 않아서 얼마나 다행스럽게 생각하고 있는지 모릅니다."

"글쎄……."

카자드가 눈매를 좁히며 태영을 바라보았다.

태영은 실실 쪼개 주었다.

카자드의 미간이 살짝 찌푸려졌지만, 잠깐이었다.

"베라틴 백작과 개인적인 친분이 있어 조금 거들기는 했지만, 나도 입장이라는 게 있으니 선은 지켜야겠지. 물론 노웨인 남작님과도 친분이 있었다면 애초에 이런 사태가 벌어지지 않도록 애썼겠지만."

카자드가 슬쩍 태영의 뒤에 앉아 있는 노웨인 남작을 돌아보며 말했다.

"저도 그럴 기회가 없던 게 안타깝군요."

"원하신다면 지금이라도 만들 수 있을 것 같습니다만."

"그건 장담드릴 수 없겠군요. 이미 영지의 피해가 심각하니, 신경 써야 할 일이 한둘이 아니라 한동안은 짬을 내기 힘들 겁니다."

카자드는 이제라도 귀족파에 들어오라는 말을 우회적으로 한 것이고, 노웨인 남작은 우회적으로 까 버린 것이다.

'하여간 이런 점이 마음에 든단 말이지.'

태영은 노웨인 남작에 대한 호감도가 상승했다.

거기에 카자드의 얼굴까지 일그러져 주면 한층 좋은 기분이 들겠지만, 아쉽게도 그런 일은 벌어지지 않았다.

담담한 얼굴로 태영을 돌아볼 뿐이었다.

"그럼 본론으로 들어가지. 자네가 얘기하는 그런 마음이라는 걸 먹어 봐야 할지 어떨지는 이 회담의 결과에 달려 있으니까."

원래 이런 놈이다.

"단, 그 전에 미리 말해 두지. 이쪽은 노웨인 영지로 밀려난 해안가를 포기할 생각이 없다. 베라틴은 오래전부터 해안가를 끼고 발전해 온 영지, 합당한 권리를 가지고 있다."

전멸에 가까운 피해를 입은 패전 뒤에도 당당하게 이런 요구를 하는.

아니, 애초에 놈은 졌다는 생각조차 하지 않을 것이다.

놈에게 병사는 소모품에 불과하고, 정말 마음만 먹으면 작은 영지 하나쯤은 혼자서도 괴멸시킬 힘을 가지고 있으니까.

물론 실제로 그런 일이 벌어질 확률은 매우 낮다.

놈도 일단은 아르키네아 제국의 귀족, 대놓고 그런 짓을 저지르면 놈은 물론 그 뒤에 있는 왈드 공작도 꽤 곤란해질 테니.

과거와 달리 그라디오스 후작이 살아 있는 지금이라면 더.

조금 전 카자드가 흘리듯 말한 선을 지켜야 하는 입장이라는 말은 그런 의미다.

그래서 태영도 참고 넘어가 준 것이다.

'설사 네가 그럴 마음이 생겨도 생각처럼 되지는 않을 거다. 그때는 나도 보고만 있지는 않을 테니까.'

목까지 치밀어 오르는 이런 말을 꺼내지 않고 말이다.

괜한 치기로 자극해 감정싸움을 돼 버리면 놈이 선을 넘지 않으리라는 보장은 없고, 그건 태영이 바라는 바가 아니다.

원만한 해결을 바라고 있었다.

태영도, 노웨인 영지에도, 시간이 필요하니까.

따라서 이쪽도 한발 물러설 필요가 있었고 그게 태영이 대리인으로 나선 이유다.

이번 전쟁을 끝내기 위해서가 아니라, 태영이 원하는 것을 얻기 위해서.

그러니까, 협상은 지금부터다.

"절대 포기할 수 없다는 겁니까? 어떤 대가를 치르더라도?"

"같은 말을 또 해야 하나?"

"아니, 됐습니다."

카자드의 말에 태영이 고개를 저었다.

그리고 짐짓 심각한 얼굴로 고민하다가 이내 벙긋 웃으며 입을 열었다.

"그럼 돈으로 해결하죠."

"……돈?"

"방금 말하지 않았습니까? 그쪽은 절대 해안가를 포기할 수 없다고. 하지만 이쪽도 영지의 땅을 그냥 내줄 수는 없으니 전쟁이 일어난 것이고, 더 싸워 봐야 양측 피해만 커질 테니 차라리 돈으로 해결하는 게 좋지 않겠습니까?"

태영이 대리인으로 나선 이유가 이것이다.

노웨인 남작은 할 수 없는 일이니까.

"얼마나 원하는 거지?"

"500만 골드. 어떠십니까?"

이런 식으로 대놓고 영지를 팔아넘기듯이 돈을 요구하는 건 말이다.

"……좀 과하지 않나?"

"아시다시피 해안은 노웨인 영지의 서남부까지 밀려 들어왔습니다. 그로 인해 이미 영지의 일부를 잃은 상황이죠. 그런데 해안가까지 모두 내준다면 사실상 영지의 절반을 잃는 것이나 다름없습니다. 게다가 이번 전쟁으로 입은 피해도 적지 않습니다."

"그건 베라틴도 마찬가지다."

"그쪽에서 시작한 전쟁이죠. 또 말씀하셨듯이 베라틴은 지금까지 해안을 기반으로 삼아 발전해 온 영지. 베라틴은 해안가를 얻으면 그곳에서 이익을 얻을 수 있겠지만, 저희는 이번 전쟁으로 입은 피해조차 복구할 방법이 없습니다. 그런 점을 고려하면 500만 골드도 그리 큰 금액이라고 할 수는 없습니다."

또 이런 식의 능숙한 흥정도 기대하기 힘들다.

그러나 태영에게는 이게 일상이다.

그리고 하나 더 추가하자면, 마법은 몰라도 말발이라면 카자드에게도 밀리지 않을 자신이 있었다.

뭐 애초에 카자드는 이런 흥정에는 관심조차 없겠지만.

"일리가 없지는 않군."

역시나 카자드는 대수롭지 않게 고개를 끄덕였다.

그러나 그 뒤의 베라틴 백작은 어둡기 짝이 없는 얼굴로 머리를 흔들어 대고 있었다.

당연히 그럴 거다.

500만 골드가 뉘 집 개 이름은 아니니까.

하물며 베라틴 영지는 이번 전쟁으로 영지군의 70% 이상을 잃은 상황. 아무리 쥐어짜도 500만 골드를 만들어 내기는 쉽지 않을 것이다.

그러나 문제 될 건 없었다.

태영은 이미 그런 부분까지 감안해 두 번째 안을 준비해 두고 있었으니까.

"좋습니다. 뭐 저도 그쪽 사정을 모르는 것도 아니고, 그럼 딱 잘라서 300만 골드로 하는 대신 베라틴 영지의 나실강 북부 지역을 노웨인 영지에 양도한다는 조건은 어떻습니까?"

"아! 그 정도라면……."

역시나 베라틴 백작의 얼굴이 바로 밝아졌다.

나실강 북부는 대부분이 산, 그것도 화산까지 있어 개척조차 힘든 땅이다.

그러니 베라틴 백작의 얼굴이 밝아질 수밖에 없었고, 태영도 만족스러웠다.

"베라틴 백작님이 얼굴을 보니 꽤 마음에 드시는 모양이군요. 저도 만족할 만한 제안을 할 수 있어서 기쁘게 생각합니다. 단, 한 가지 요구 조건을 더 충족시켜 주실 수 있다면 말입니다."

마침 이런 말을 덧붙이려던 참이니까.

이에 카자드가 살짝 인상을 찌푸리며 베라틴 백작을 흘겼지만 어쨌든.

"말해 봐라."

"노웨인 영지와 인접한 모든 영지의 불가침 서약서를 받아 주십시오. 다시 이런 일이 벌어지는 건 바라지 않으니까요."

"그건 베라틴 백작님의 능력 밖의 일이라고 생각하는데?"

"카자드 경이라면 가능하겠죠."

인접한 영지의 영주는 대부분 귀족파이기 때문이다.

그리고 그게 과거 노웨인이 이 전쟁에서 결국 영지의 일부를 잃었던 이유다.

그러나 지금은 상황이 다르고, 카자드도 이 요구를 거절할 수 없을 것이다.

태영이 이미 알아냈으니까.

이번에는 베라틴 백작도 그럴 만한 이유가 생겼지만, 적어도 과거에 그 지역을 원한 건 그보다 카자드였고, 지금도 마찬가지라는 걸 말이다.

"……해 보지."

따라서 당연히 이런 대답이 나올 수밖에 없다.

태영이 알아낸 김에 탈탈 털고 나왔으니 곧 후회하게 되겠지만.

'뭐든 마음먹기에 달렸군. 그런 생각을 떠올리는 것만으로 저 카자드 자식과 대면하고 있으면서도 기분이 좋아지는 걸

보면.'

"더 요구할 건 없나?"

"하면 들어주실 용의는 있습니까?"

"네가 마음에 안 들어서 하는 말이다. 화낼 빌미가 될 테니까."

"그럼 없습니다. 그냥 서둘러 주시면 됩니다."

"그건 나도 바라는 바다."

주요 안건이 처리되니 나머지는 일사천리로 진행되었다.

"그럼 됐군요. 이만 돌아가 보겠습니다."

그리고 양측 영주의 인장이 찍힌 합의서를 교환하고 몸을 돌릴 때였다.

"잠깐."

"왜 그러시죠?"

"혹시 나와 만난 적이 있나? 이번 전투 외에, 다른 곳에서."

"글쎄요. 기억에 없군요, 앞으로 만날 일이 생길지도 모르겠지만."

"그런가……."

태영의 대답에 잠시 묘한 눈길로 바라보던 카자드가 고개를 흔들며 몸을 돌렸다.

"그래, 그럼 그때를 기대하도록 하지."

회담은 그것으로 끝났다.

태영에게는 여러모로 만족스러운 결과라고 할 수 있었다.

그러나 노웨인 남작은 그렇지 않은 모양이다.

"이렇게라도 마무리가 된 건 다행스러운 일이라고 해야겠지만, 본래 그곳은 비옥한 토지였네. 그게 바다로 바뀌고, 다시 쓸모없는 산악 지대로 바뀌었으니 금이 은으로 바뀌고, 은이 동만도 못하게 된 셈이군."

회담을 마치고 돌아오는 길에 노웨인 남작이 한숨처럼 중얼거렸다.

태영이 그를 돌아보며 히죽 웃었다.

"그거야 두고 봐야 알겠죠."

일단 태영과 워트 일행은 영주성에서 묵기로 했다.

태영은 아직 마무리해야 할 일이 남아 있어서지만, 워트와 리디아, 젬은 전투에서 입은 상처를 치료하기 위해서였다.

심각한 건 아니다.

"젠장, 어째서 너만 그렇게 멀쩡한 거야?"

"인간미가 없는 거지, 전쟁을 치르고도 상처 하나 없는 건."

나란히 누워서 이런 말이나 떠들어 대고 있을 정도면 살 만하다는 말이다.

"그게 불평할 일이냐? 그리고 나도 꽤 다쳤어. 너희들보다 회복이 빠를 뿐이지."

"그래서 하는 말이야. 너도 상처가 꽤 많았잖아. 게다가 불구덩이로 뛰어드는 미친 짓을 해서 화상도 엄청 심각했고. 그런데 하루도 안 돼서 멀쩡해지는 게 말이 돼? 대체 어떻게 생겨 먹은 몸뚱이야? 난 그런 몸뚱이는 처음 본다고!"

태영도 처음 본다.

각성자의 몸을 얻은 것도 이번이 처음이니까.

그러나 태영의 인간미 없는 회복력이 100% 각성자의 신체 덕분이라고는 할 수 없었다.

물론 상당 부분 도움이 되었다고 생각하지만.

—특성 [불의 화신]의 화염 속성 마력이 55% 상승했습니다.

—특성 [불의 화신]의 화염 속성 저항력이 55%로 상승했습니다.

—특성 [불의 화신]의 화염 흡수력이 15%로 상승했습니다.

—특성 [불의 화신]의 [염화] 능력이 소폭 상승했습니다.

첫 번째 이유는 이것이다.

그런 변화가 일어난 이유는 바로 화염 흡수력 덕분이다.

화염 흡수력은 '불의 화신'의 특성 중 가장 핵심적인 능력으로 이름처럼 불의 힘을 흡수해 화염 계열의 능력치를 상승해 주는 효과를 가지고 있다.

그게 '불의 화신'의 진정한 가치.

화염 계열에 한해서는 타의 추종을 불허할 정도로 빠른 성장이 가능하다는 말이다.

'그리고 아직 쓸모는 없지만…….'

최종적으로 '염화'는 그 한계마저 뛰어넘게 해 준다.

과거 태영이 대마법사의 반열에 오를 수 있던 것도 바로 이 '불의 화신' 덕분이었다.

물론 그렇다고 무턱대고 몸을 구워 댄다고 그렇게 되는 것은 아니다.

나름의 요령도 필요하지만.

'요령만으로 이렇게 빠른 성장을 할 수는 없지. 예전에 작정하고 이쪽에만 매달렸을 때도 지금처럼 빨리 능력치를 올리지는 못했으니까.'

당연히 그 부분은 각성자의 특성이 영향을 주었을 것이다.

달궈진 쇠처럼 두들기면 두들길수록 더 많이, 더 빨리 성장하는 각성자의 신체!

-스킬 [회복력 상승]을 습득했습니다.

이런 스킬이 생긴 것도 그 덕분이다.

결국, 워트 일행보다 험하게 몸을 굴린 태영이 멀쩡한 이유는 그런 것들이 합해져서 나온 결과였고, 이를 한마디로 정리하자면.

"단련법이 다른 거지."

-……그렇게 얘기할 문제인가?

그렇게 얘기할 문제다.

각성자의 몸이든 '불의 화신'이든 태영이 목숨 걸고 싸워 얻어 낸 것이니까.

뭐 워트나 리디아, 젬은 조금도 이해되지 않는다는 얼굴이었지만, 태영도 이래저래 피곤한 몸인지라.

"몸조리나 잘해. 상처는 제때 회복해 두지 않으면 언제고 탈이 나는 법이니까."

"네가 할 소리냐?"

"말했잖아, 단련법이 다르다고."

태영은 히죽 웃으며 대답해 주고 자신의 방으로 향했다.

[——][각성자 Lv. 2]

근력 : 316(+15)
순발력 : 343
지구력 : 339(+15)
마력 : 317(+47)
종합 평가 레벨 : 126

그리고 결산하는 의미에서 간단하게 정보창을 확인.

'노웨인에 도착했을 때가 124이었으니 2가 오른 건가…….'

이계에서는 마력을 가진 존재를 쓰러뜨리면 마소, 즉 경험치를 얻는다.

그러나 100% 흡수하는 건 아니다.

실제로 흡수할 수 있는 마소는 극히 일부에 불과하고, 상대가 사람이라면 더 떨어진다.

많은 용병이 헌터를 겸임하는 이유가 그래서다.

애초에 전쟁이 매일 벌어지는 것도 아니지만, 전장은 그리 효율적인 레벨 업 장소가 되지 못하니까.

물론 그와는 별개로 실력을 키우는 데는 도움이 되겠지만.

'그런 의미에서 보자면 살인을 주업으로 삼으며 레벨까지 높은 놈이 가장 상대하기 까다로운 놈이지.'

태영이 그런 생각을 하는 건 슬슬 올 때가 됐기 때문이다.

그런 까다로운 놈이 말이다.

그리고 역시나.

-주인.

"그래, 알고 있어."

그리모어의 목소리에 고개를 끄덕이며 시선을 돌리자 창가에 시커먼 놈이 앉아 있었다.

태영이 피식 웃으며 중얼거렸다.

"시커먼 수호신이 왔군."

"시커먼 수호신? 뭐냐, 그건?"

"그런 게 있어."

"됐고. 보수를 받으러 왔다. 추가 의뢰까지 완수했으니, 딴말하지는 않겠지?"

물론 딴말할 생각은 없다.

워트를 통해 추가 의뢰도 성실하게 실행해 왔다는 말도 전해 들었으니까. 그리고 사실, 태영도 하루빨리 보수를 줄 날이 오기를 기다리고 있었다.

"그럼 이제 선택하는 일만 남았군."

"선택?"

"보수를 돈으로 받을지, 정보로 받을지 말이야."

"돈으로 주는 편이 나을 텐데?"

"어째서?"

"내가 정보를 선택한 뒤에 듣는 말이 어설픈 말장난이라면 꽤 불행한 사태가 벌어질 테니까."

"그런 배려는 해 주지 않아도 돼."

"너무 장담하지 않는 게 좋을 거다. 나는……."

"블랙 캣의 장화라면 어때?"

살기를 드러내며 중얼거리던 미스트가 움찔하며 입을 다물었다.

태영이 씨익 웃으며 말을 이었다.

"찾던 거 아니었나?"

"그걸 네가 어떻게……."

"말했잖아, 나는 너에 대해 꽤 많은 걸 알고 있다고. 아니, 뭐 그런 말을 할 필요도 없지. 너와 같은 업종에 종사하는 사람이라면 누구든 마찬가지일 테니까. 하지만 누구도 모르고."

"너는 알고 있다는 말인가?"

"뻔한 걸 묻는군. 괜히 떠볼 생각하지 말고 이제 대답해라. 어느 쪽이야? 500골드와 블랙 캣의 장화에 대한 정보."

사실 이것도 뻔한 질문이었다.

블랙 캣의 장화는 과거 같은 별명으로 불리던 전설적인 대도가 사용했다고 전해지는 물건으로 '은신'을 포함해 암행에 관련된 능력치를 비약적으로 상승해 주는 장화다.

누구라도 군침을 흘릴 만한 아이템.

하물며 암살자, 더구나 암살자임에도 마스터 수준의 검기를 익힐 정도로 향상심이 충만한 미스트라면 1천 골드라도 거절하지 못할 것이다.

따라서 당연히, 태영도 500골드만으로 그런 정보를 넘겨줄 생각은 없었다.

"단, 정보를 선택할 때는 조건이 있다."

"조건?"

"알잖아. 그 장화에 대한 정보가 얼마의 가치가 있는지. 네 보수인 500골드를 제하고도 거스름돈이 꽤 남는다는 것 정도는."

"정보를 듣는다고 내 손에 들어온다는 보장은 없지."

"아니, 너라면 틀림없이 얻을 수 있어."

그렇게 장담하는 이유는 실제로 얻었기 때문이다.

과거의 미스트가, 수천 골드나 써 가며 정보를 모은 끝에 말이다.

태영도 그래서 아는 것이다.

즉, 애초에 정보의 출처가 미스트라는 말이지만 딱히 중요하지는 않다.

어차피 지금 태영이 말해 주지 않으면 미스트는 수천 골드를 쓰면서도 한참 뒤에나 찾게 될 테니 거스름돈 정도는 요구할 자격이 있었다.

"그렇다고 특별히 다른 뭔가를 해 달라는 건 아니야. 그냥 나누자는 말이지."

"나눈다고?"

"그래, 내가 말할 장소에는 그 장화만 있는 게 아니야. 그 외에 잡다한 게 몇 개 더 있기는 하지만, 중요한 건 붉은색의 장갑이야. 너는 블랙 캣의 장화, 나는 그 장갑, 그리고 나머지는 대충 반으로 나눠 갖자는 게 내 조건이다. 너도 딱히 손해 볼 건 없잖아."

"그렇긴 하지만……."

미스트가 찜찜하기 짝이 없는 눈빛으로 말끝을 흐렸다.

"어차피 네가 원하는 건 그 장화잖아. 조금 전까지는 그 외의 것은 생각도 않던 건데 아까워하는 것도 좀 그렇지 않냐?"

"아까워서는 아니지만…… 아니, 됐다. 어차피 네 녀석과 길게 얘기해 봤자 머리만 복잡해질 테고, 정보만 확실하다면 받아들이지."

"잘 생각했다."

태영이 씨익 웃으며 가방에서 종이 한 장을 꺼내 주었다.

그 내용을 읽어 본 미스트가 새삼 황당하다는 눈으로 태영을 바라보았다.

"대체 이런 걸 어떻게 아는 거지?"

"그 정보는 꽤 비쌀 텐데? 그래도 듣고 싶어?"

"됐다. 하지만 배달까지 기대하지는 마라. 물론 정보가 잘못된 거라면 네가 어디에 있든 찾아가겠지만."

"다음 의뢰를 맡길 때 받는 거로 하지."

"내게 연락하는 방법은……."

"알고 있어."

태영의 말에 미스트가 살짝 미간을 찌푸렸다.

그리고 그대로 몸을 기울이며 창밖으로 떨어졌고, 이내 흔적도 없이 사라졌다.

-하! 정말 말이 안 나오는군. 저 녀석도 딴에는 꽤 실력 있는 암살자인데, 일은 일대로 부려 먹히고 심부름까지 해 주는 모양새가 돼 버렸군. 혹시 처음부터 이럴 생각으로…….

물론이다.

태영은 수많은 회귀 덕에 방대한 정보를 가지고 있었다.
그러나 태영의 몸은 하나.
모든 걸 챙기기는 무리였고, 그래서 과거보다 1년 가까이 일찍 미스트를 만났을 때 바로 떠올릴 수 있었다.
"이런 걸 현대어로 셔틀이라고 하는 거지."
그렇게 써먹으면 되겠다고.
빵을 몰라도 던전이나 누군가의 금고에 들어 있는 물건을 물어다 주는 일이라면 미스트만큼 최적화된 셔틀은 달리 없으니까.
"다시 만날 날이 기대되는군."

다음 날.
오랜만에 푹 자고 일어난 태영은 창문을 활짝 열었다.
영주성에서도 꽤 전망이 좋은 방이라 시원한 바람과 성 앞의 마을이 한눈에 들어왔다.
전쟁이 끝난 지 이제 불과 하루.
당연히 아직 어수선한 감은 있지만, 거리는 활기가 넘치는 모습이었다.
태영도 딱 그런 기분이었다.
일도 많고 탈도 많았던 전쟁이 끝났다는 건 이제 보상을 받을 때가 됐다는 말이니까.

그것도 영주가 인장까지 찍어 주며 보장한 보상을 말이다.

'자, 이제 슬슬 가 볼까?'

이에 태영은 날듯이 가벼운 발걸음으로 영주의 집무실을 찾아갔다.

그러나 성문 쪽에 있다는 말을 전해 듣고 가 보니 줄지어 늘어선 수레를 바라보고 있었다.

"뭡니까, 이건?"

"아침에 베라틴 백작이 보내온 것이네. 300만 골드."

"그게 이만큼이나 됩니까?"

"뭐…… 은화와 동화도 섞여 있으니까."

베라틴 백작도 이래저래 꽤 힘들기는 한가 보다.

"불가침 서약서도 보내왔더군."

카자드는 꽤 급하고.

"나도 돌아가는 베라틴 백작의 수행원에게 해안가 지역을 양도한다는 증서를 보내 주었네."

"그럼 다 정리됐군요."

"그런 셈이지."

노웨인 남작이 한숨 섞인 목소리로 대답했다.

"하지만…… 솔직히 기뻐할 수는 없군. 결과적으로 대대로 물려받은 영지의 일부를 팔아먹은 셈이니…… 아, 오해는 하지 말게. 자네에게 불평을 늘어놓을 생각으로 한 말이 아니네. 나도 이게 최선이라고 생각해서 찬성한 것이니까. 그저 마음이 편하지 않다는 말이지."

"이해합니다."

태영은 방긋 웃으며 말해 주었다.

그러나 노웨인 남작의 얼굴은 되레 더 어두워졌다.

그 옆의 중년 기사, 도리안도 꽤 불편한 얼굴로 태영의 눈치를 살피기 시작했다.

"뭔가 더 하실 말씀이 있습니까?"

"아니, 그…… 일전에 자네와 한 약속 말이네."

"정확히는 계약이죠."

태영은 여전히 방실방실 웃으며 정정해 주었다.

약속과 계약은 다르니까.

"아, 그래, 계약이지. 음, 그 계약에 대해서 말인데, 그게 이번 전쟁에서 얻어지는 수익 중에서 우리 영지가 입은 손실을 제외한 나머지에서 50%를 자네에게 주기로 한 내용이지 않나?"

"네, 뭐 문제라도 있습니까?"

"문제라기보다는…… 어젯밤에 재무관과 각 마을의 촌장을 불러 놓고 밤새 계산을 해 보았네. 아직 정확하게 산출된 금액은 아니지만, 워낙 사상자도 많고 훼손된 집이나 논밭도 많아서 복구 자금을 빼면……."

"남는 게 없다는 말이군요."

태영은 과거 귀족이 돼 본 적도 있다.

물론 무장으로서의 지위였지만, 그렇기에 전후 처리에 관련된 건 웬만한 영주보다 잘 알고 있다.

굳이 밤새 계산할 필요도 없이 한번 주욱 훑어보면 바로 견적이 나온다.

'300만 골드라면…….'

아슬아슬하게 맞아떨어지는 금액이다.

그것도 노웨인 남작이 양도한 영지의 땅을 빼고 계산했을 때의 얘기다.

애초에 태영이 300만 골드를 제시한 이유가 그 때문이다.

그래야 베라틴 백작이 냉큼 받아들일 테니까.

즉, 태영은 처음부터 베라틴의 배상금에서 떨어질 콩고물 따위에는 관심이 없었다는 말이다.

"하지만 그래서야 계약을 한 의미가 없겠지. 그러니 내 나름대로 성의를 표시하고 싶은데, 보다시피 넉넉한 상황은 아니라 많이는 못 해 주겠지만……."

"됐습니다."

노웨인 남작의 주머니에도 관심이 없다.

이런 상황이면 어차피 나올 금액은 뻔하기도 하지만, 지금은 당장 돈 몇 푼보다 노웨인 남작과의 신뢰 관계가 더 중요하기 때문이다.

이에 시원하게 고개를 저어 준 태영이 몸을 돌리며 말했다.

"일단 가시죠."

"응? 어디를 말인가?"

"말하지 않았습니까? 이번 거래의 결과가 어떤지는 두고 봐야 알 일이라고요. 그러니 이제 확인하러 가 봐야죠. 남작님이 말씀하신 대로 금이 동으로 변했는지, 아니면 다른 게 됐는지. 그게 여기서 떠들어 댈 말은 아니거든요. 도리안 경도 같이 가시죠."

"네? 저도 말입니까?"

전쟁이 끝난 뒤, 정확히는 계곡에서 태영이 오러를 줄기줄기 뿜어내는 장면을 본 뒤부터 도리안의 말투는 극존칭으로 바뀌어 있었다.

어쨌든 태영은 흑영을 타고 노웨인 남작과 도리안을 이끌고 성을 나왔다.

그리고 말을 달리기를 몇 시간.

삐이-!

앞서 날아가던 청영의 울음과 함께 수풀 사이로 시커먼 연기를 뿜어 올리는 화산이 보이기 시작했다.

바로 태영이 노웨인 영지에 가기 전에 들렀던 단라이라 화산이었다.

베라틴 백작에게 나실강 북부 지역을 양도받은 이유가 바로 그것, 그 산악 지대가 단라이라 화산을 포함하고 있는 지역이기 때문이었다.

"여기는?"

"하쿠인의 시설입니다. 광산이죠."

태영이 산비탈에 자리 잡은 건물로 들어서며 대답했다.

정확히는 군사용으로 용도 변경된 광산 시설이라고 해야겠지만, 굳이 그런 것까지 설명할 이유는 없었다.

"그럼 자네가 베라틴 백작에게 이 지역을 받아 낸 이유가……."

"이 광산이 목적이었죠."

어차피 다시 광산으로 용도 변경될 테니까.

"베라틴 백작이 남부의 해안가에 정신이 팔려 이 지역을 신경 쓰지 않고 있던 건 남작님이나 저에게는 천운이라고 할 수 있죠."

"천운이라…… 이 지역이 완전히 쓸모없는 땅은 아니라는 건 다행이지만, 그 탓에 전쟁이 일어나고, 해안가 일대의 땅을 넘겨준 대가로 받은 걸 그렇게 말할 수는 없지 않나? 여기서 어떤 광석이 나올지는 모르겠지만……."

"이겁니다."

태영이 가방에서 광석 덩어리를 꺼내 건네주었다.

엉겁결에 받아 든 노웨인 남작이 유심히 살펴보다가 놀란 얼굴로 태영을 바라보았다.

"이, 이건 은? 이 광산에서 은광석이 나온다는 말인가?"

"다시 한번 자세히 보시죠."

"그게 무슨……."

"자, 잠깐! 영주님, 잠깐 줘 보십시오!"

그때 눈매를 좁히며 바라보던 도리안이 화들짝 놀라며 소리쳤다.

그리고 어리둥절한 얼굴로 돌아보는 노웨인 남작에게 받아든 광석을 바닥에 내려놓더니 검을 뽑아 내리쳤다.

카캉–!

날카로운 쇳소리와 함께 튀어 오르는 불똥!

그러나 광석 사이로 드러난 은빛 금속에는 흠집 하나 생기지 않았다.

당연히 은이라면 그럴 리가 없었고, 그것으로 도리안도 그 광석의 정체를 알게 된 모양이다.

완전히 정신이 나가 버린 듯한 얼굴로 굳어 있는 걸 보면 말이다.

"여, 영주님, 이거…… 진은(眞銀)입니다."

그리고 도리안의 입에서 떠듬떠듬 흘러나오는 말에 노웨인 남작도 덩달아 굳어 버렸다.

정답이다.

태영이 건네준 건 이 광산에서 샐러맨더가 녹여 버린 암석 사이에서 발견한 광석.

즉, 돌조차 녹이는 열기에도 버틸 수 있다는 금속이라는 말이고, 은처럼 보이는 금속 중에 그런 금속은 방금 도리안이 말한 진은, 미스릴밖에 없다.

"그, 그럼 여기가 하쿠인의 미스릴 광산이었다는 말인가?"

물론 그건 아니다.

그리고 태영도 아직 왜 현대의 광산에서 미스릴이 나오게 됐는지는 밝혀내지 못했지만, 그게 어떤 가치가 있는지는 잘 알고 있었다.

같은 무게의 금, 아니 2배 이상!

내구성은 이미 샐러맨더와 도리안이 증명해 주었으니 더 말할 필요도 없고, 거기에 마력을 흡수하기 쉬운 성질을 가지고 있어 각종 병장기는 물론, 고급 마도구 제작에 필수적으로 사용되는 희귀 금속이기 때문이다.

"어떻습니까? 이만하면 해안가와 바꿀 만하지 않습니까?"

"그걸 말이라고 하는가?"

노웨인 남작이 펄쩍 뛰었다.

그리고 새삼스러운 눈으로 미스릴 덩어리를 바라보며 중얼거렸다.

"그렇군. 그래서 주변 영지의 불가침 서약서를……."

"300만 골드도 생겼죠."

태영이 히죽 웃으며 덧붙였다.

"지금 영지 상황이 어떤지는 저도 압니다. 하지만 그 돈으로 당장 눈앞의 문제를 해결하는 것과 미래를 위해 투자하는 것, 어느 쪽이 더 도움이 될지는 영주님도 아실 겁니다."

"물론이네. 그런 건 망설일 문제조차 아니지. 하지만…… 과연 이게 무턱대고 좋아할 일인지는 모르겠군. 자네는 아직 젊어서 잘 모를 수도 있지만, 귀족, 특히 영주에게 서약이란 은보다는 귀해도 금보다는 못한 것이네. 이득이 있다면 한때의 불명예를 감수할 영주는 얼마든지 있지."

모르지 않는다.

일단 노웨인 남작과 도리안만 데리고 온 이유도 그래서다.

"숨겨야죠."

"광산 개발이네. 숨길 수 있겠는가?"

"네, 남작님이 더 잘 아시겠지만, 현재 영주성은 이제 베라틴의 영지가 돼 버린 해안가 지역과 너무 가깝습니다."

"그렇지. 그것도 문제네. 당장은 아니라도……."

고개를 주억거리던 노웨인 남작이 갑자기 퍼뜩 고개를 들어 올렸다.

태영은 고개를 끄덕여 주었다.

"옮겨야겠지요, 아마도 이곳으로. 그럼 어쩔 수 없이 공사를 시작해야 할 테고."

"광산을 숨길 수 있겠지."

"믿을 수 있는 인부만 고용한다면 말입니다."

"그 부분은 걱정하지 말게."

걱정하지 않는다.

본래 태영이 노웨인 영지를 목적지로 삼은 이유는 두

가지. 하나는 워트 일행을 만나기 위해서고, 다른 하나가 바로 노웨인 남작이었다.

그는…….

"그럼 이제 한 가지만 더 정리하면 되겠군. 아니, 따로 얘기할 필요도 없겠지. 그래, 이제야 모든 의문이 풀리는군. 자네가 왜 내게 그런 계약서를 쓰게 했는지 말이야."

"불쾌하십니까?"

"불쾌? 대체 어디의 어떤 부분이 말인가? 이번 전쟁을 잘 마무리할 수 있던 것도, 이런 미스릴 광산을 얻을 수 있었던 것도 모두 자네의 공이네. 그저 앉아서 지켜보기만 하던 내가 어찌 그런 말을 할 수 있겠는가? 되레 받아 주지 않으면 곤란하네. 그렇지 않은가, 도리안 경?"

"물론입니다. 소드 마스터와의 인연은 미스릴, 아니 오리하르콘보다 귀합니다."

"꼭 그런 이유는 아니지만……."

"그렇게까지 말씀하신다면 저도 부담 없이 받겠습니다. 계약서대로 개발비와 운송비, 판매 수수료를 제한 수익의 50%."

"알겠네. 그런데…… 괜찮겠나?"

"뭐가 말입니까?"

"방금 말했듯이 영주라는 자는 이득을 위해서는 잠깐의 불명예 정도는 얼마든지 감수하는 존재네. 베라틴 백작이 해안가를 차지하기 위해 전쟁을 일으켰듯이 말이야. 하물며 미스릴 광산은 몇 개의 영지와 같은 수준의 수익을 벌어들일 수 있는 곳. 내가 다른 마음을 먹게 될지 걱정되지 않느냐는 말이네. 자네는 나에 대해 제대로 알지도 못하지 않은가?"

"이미 충분히 잘 알고 있다고 생각합니다."

……이계에서 태영이 신뢰하는 몇 안 되는 사람 중 한 명이기 때문이다.

"그 믿음, 배신하지 않도록 노력하지."

굳이 그런 말을 하지 않아도, 이미 수많은 회귀에서 단 한 번도 그 믿음을 배신하지 않았던.

"그런데 자네 말을 들어 보니 한 가지 생각하지 못했던 문제가 있군. 유통 말이네. 개발이야 어찌어찌 속인다고 해도 유통까지 그러기는 힘들겠지."

"어차피 본격적으로 채굴을 시작하게 될 때까지는 적어도 몇 개월은 걸릴 겁니다. 그러니 유통 문제는 그사이에 방법을 찾아보겠습니다."

이미 생각해 두었다.

이곳에서 미스릴 광석을 발견했을 때부터.

'원래 그쪽은 좀 미뤄 둘 생각이었지만…….'

상황이 바뀌면 할 일도 바뀌는 법.

노웨인 남작에게도 그렇겠지만, 태영에게도 자금원 확보는 중요한 과제 중 하나였다.

태영의 최종 목표, 아니 그 역시 중간 목표라고 해야겠지만 어쨌든, 자신만의 기반을 만드는 것은 힘 이상으로 돈이 필요한 일이다.

당연히 미룰 수 있는 일이 아니다.

이에 태영은 노웨인 남작과 좀 더 세부적인 계획을 의논하고 돌아와 다시 영주성에서 1박.

아침이 밝자마자 여장을 꾸린 뒤 워트 일행을 찾아갔다.

그런데 워트 일행도 여장을 꾸리고 있었다.

"뭐 하냐?"

"뭐 하냐니? 보면 몰라? 너 오늘 떠날 거라면서? 그럼 당연히 우리도 따라가야지."

"어디 가는 줄 알고?"

"어디든."

워트가 배낭을 둘러매며 짐짓 진지한 표정을 지었다.

"이번에 널 보고 깨달았어. 역시 독학으로는 한계가 있다고. 그래서 널 따라다니며 수련하기로 했지. 리디아와 젬도 찬성했고."

"뭐……."

워트의 말에 리디아는 입술을 샐쭉였고.

"응! 난 대찬성했어! 와아! 기대된다! 엄청 신날 거야!"

젬은 팔짝팔짝 뛰었다.

"그런 이유라면 컬리지로 돌아가는 편이 낫지 않겠냐?"

"그런 답답한 곳에 뭐 하러 돌아가? 정치니 외교니 매일 똑같은 얘기뿐이라고. 그래도 검술 쪽은 그럭저럭 배울 만하지만, 이제 교관보다 나은 친구도 생겼잖아. 지금까지 마스터인 걸 속인 건 좀 괘씸하지만, 너그러운 마음으로 용서해 줄 생각이야. 여행은 화기애애하게 해야 하니까. 왜? 싫어?"

"싫진 않지만……."

태영도 하루빨리 그런 날이 오기를 바라고 있었다.

그러나 알고 있었다.

지금 함께 떠난다고 해도 그 여정은 길지 않을 것이다.

잘해야 이삼일, 아니 이번에는 다른 때보다 더 오래 머무르고 있었으니 아마도…….

"아쉽게도 세상일이란 좀처럼 제 뜻대로는 되지 않은 법이죠."

워트 일행의 뒤에서 이런 말을 들린 건 그때였다.

터닝 포인트

"사람은 그 뜻대로 되지 않는 세상일을 조금이라도 뜻대로 되도록 만들기 위해 배우는 것이고 말입니다."

태영의 앞에서 붉은빛이 감도는 갑옷을 입은 기사가 다가오고 있었다.

워트 일행의 뒤통수를 노려보며.

"응? 뭔…… 헉!"

고개를 돌리던 워트가 기겁했다.

'역시 이렇게 되는군.'

노웨인에서 출발하는 워트 일행과의 여정이 항상 며칠 만에 끝난 이유가 바로 그 기사다.

기사가 슬쩍 워트 일행을 훑어보며 말했다.

"자, 가시죠."

"아, 아니, 나는 따로 할 일이……."

워트는 창백해졌다.

"그게 뭔지는 가면서 듣기로 하죠. 저도 할 얘기가 많으니까. 리디아, 제이미, 너희들도."

"흑! 때릴 건가요? 때릴 거예요?"

젬은 눈물이 그렁그렁한 얼굴로 바들바들 떨었다.

리디아는 대답조차 못 하고 얼어 있었다.

기사는 해맑게 웃었다.

"헛된 저항을 하게 된다면 그렇게 되겠지."

"그, 그러지 마! 재들은 그냥 나를 따라왔을 뿐이라고! 다 내 잘못이야!"

"물론 그것도 잘 알고 있습니다. 말하지 않았습니까? 할 얘기가 많다고. 네, 정말 많죠. 특히 워레스트 님과는. 아마 밤을 지새우며 대화를 나누게 되지 않을까 합니다."

"레, 레온, 보고만 있을 거야? 너도 뭐라고 말 좀 해 봐!"

"……레온?"

그때 기사가 움찔하며 태영을 돌아보았다.

"혹시 얼마 전에 그라디오스 후작님에게 자유기사로 임명됐다는 그 레온 경입니까?"

"절 아십니까?"

"동생이 보낸 편지에 적혀 있더군요. 아, 실례했습니다.

전 드미트리 베라드. 제 동생이 모어입니다.”

물론 알고 있다.

청기사 모어와 그의 형인 적기사 드미트리, 그리고 백기사 에단. 그 세 명의 기사가 그라디오스 후작의 세 자루 검이라고 불리는 심복이자 나이트 마스터라는 것도.

“모어가 그러더군요. 무슨 말인지는 모르겠지만, 경을 만난 뒤로는 토끼 꿈만 꾼다고.”

그래도 이런 말을 듣게 될 줄은 몰랐다.

“어쨌든 지금은 급한 용무가 있어 이만 실례하겠습니다. 저는 특별한 일이 없으면 항상 황도의 컬리지에 있으니 혹시 황도에 들를 일이 생기면 연락 주십시오. 오늘 저지른 결례는 그때 갚도록 하겠습니다.”

드미트리가 꾸벅 고개를 숙이고 몸을 돌렸다.

“사, 살려 줘, 레온!”

“레온 형, 이대로 끌려가면 살해당할지도 몰라!”

이렇게 소리치는 워트와 젬, 그마저 못하고 굳어 있는 리디아의 뒷덜미를 움켜쥐고.

“응, 무리야.”

태영은 해맑은 미소를 지으며 손을 흔들어 주었다.

워트 일행은 어떨지 모르지만, 태영에게는 꽤 훈훈한 장면이었다.

과거 태영이 이곳에서 드미트리를 처음 만났을 때는 항상 우울한 장면을 봐야 했으니까.

워트가 그라디오스 후작의 부고를 듣는.

'좀 아쉽기는 하지만, 그때와 비교하면 해피엔딩이지. 지금은 컬리지에 있는 편이 워트나 리디아, 젬에게 더 안전하기도 하고 어차피 곧 다시 만나게 될 테니까.'

태영이 몸을 돌리자 흑영이 다가왔다.

그 머리 위에는 청영이 앉아 있었고, 안장에는 그리모어가 끼워져 있었다.

―이제 볼일은 다 본 건가?

"뭐 그럭저럭."

―지나고 나서 생각해 보니 뭔가 되게 정신없이 지나가 버린 느낌이군. 뭐 마경의 숲이나 남양주라는 곳에서도 그랬지만. 그럼 이번에는 또 어디로 가는 건가?

"그야 뻔하잖아."

태영이 고삐를 쥐며 피식 웃었다.

"더 강해지고, 더 많이 벌 수 있는 곳이지."

삐이―!

청영이 경쾌한 울음을 터뜨리며 날아올랐다.

덜컹.

문소리에 왈드 공작이 시선을 들어 올렸다.

방문객의 얼굴을 확인한 그는 손에 든 책을 덮어 놓고 피식 웃으며 물었다.

"그래, 갔던 일은 어찌 되었나?"

왈드 공작이 바라보는 그, 카자드가 책상 한쪽에 수북이 쌓인 편지를 힐끗 쳐다보며 쓴웃음을 지었다.

"짓궂으시군요."

"흔치 않은 일이니까. 뭐 결과적으로는 자네가 원하는 대로 됐지만 말이네."

"그걸 포함해서, 즐거운 여행이었다고는 할 수 없었습니다."

"그런 거야 운도 따라 줘야 하는 법이니까. 본래 유적이나 던전은 그런 곳이 아닌가. 힘들게 찾아내도 뭔가 얻을 수 있다는 보장은 없지. 곧 다른 기회가 있을 테니 너무 상심하지 말게."

"상심이라니, 들어 본 적이 없는 말이군요."

"그렇겠지."

왈드 공작이 얼굴 가득 주름을 그리며 웃었다.

"하지만 그냥 웃어넘길 일만은 아닐지도 모르겠군. 그런 변경의 촌구석에 자네를 곤란하게 만들 정도의 사내가 있다니."

"딱히 곤란할 정도는 아니었지만, 평범한 자가 아니기는 하더군요."

"호오, 더 관심이 생기는군."

"무슨 생각을 하시는지는 압니다만, 괜한 수고는 안 하시는 편이 좋습니다."

"왜? 노웨인 남작과 모종의 관계라도 있어 보이던가?"

"아니, 그보다는……."

말을 멈추고 기억을 더듬어가듯이 잠시 생각하던 카자드가 다시 입을 열었다.

"그런 것과는 다른 부류의 신념을 가진 눈빛이더군요."

왈드 공작이 피식 웃었다.

"신념이란 의외로 쉽게 무너지는 법이네. 그리고 나는 그런 쪽에 꽤 재능이 있지. 자네도 잘 알 텐데?"

"그런 신념을 지켜 온 게 1년이라면 어떻습니까?"

"어렵지 않지."

"10년이라면요?"

"흠, 쉽지는 않겠지만……."

"그럼 100년이면 어떨 것 같습니까?"

이어지는 카자드의 말에 공작의 미간에 주름이 잡혔다.

"나와 말장난을 하자는 건가?"

"아니, 아까 한 말처럼 괜한 수고를 하지 말라고 말씀드리는 겁니다. 이제 불과 스무 살 조금 넘은 나이일 텐데도, 그런 눈빛을 하고 있었으니 말입니다. 그런 자는 같은 편으로 끌어들일 수 있는 상대가 아닙니다. 경계해야 하는 상대죠."

"흠……."

왈드 공작이 한층 깊은 주름을 만들며 생각에 잠겼다.

그러다가 문득 카자드의 허리에 매어진 검을 발견하고 살짝 고개를 꺾었다.

"그건 웬 검인가?"

"이번 여행의 유일한 수확이죠."

"그렇게 대단한 검으로 보이지는 않는데……."

"네, 이건 오는 길에 산 검입니다. 수확이란 건 그럴 마음이 들도록 만들었다는 거죠. 그자가 제게, 검을 좀 배워 봐도 나쁘지 않겠다고 말입니다."

"허……."

왈드 공작이 놀란 눈으로 카자드를 바라보았다.

그러나 곧 그 얼굴에 다시 웃음이 번졌다.

"재미있어지는군."

카자드의 얼굴에도 웃음이 번졌다.

"네, 그래서 저도 적극적으로 참여해 볼 생각입니다. 한발 물러나 관망만 하기에는 너무 흥미로운 세상이 되어 버렸으니 말입니다."

울창한 숲.

한 오크가 뛰어가고 있었다.

수풀을 뛰어넘고 엉킨 나뭇가지 아래로 몸을 굴리며, 숲을 질주하던 오크가 재빨리 옆의 아름드리나무 뒤쪽으로 뛰어 들어갔다.

학! 학! 학!

오크는 애써 숨을 가라앉히며 살짝 상체를 기울여 나무 뒤쪽을 돌아보았다.

별다른 기척은 느껴지지 않았다.

얼른 다시 나무 뒤로 몸을 숨긴 오크가 긴 한숨을 불었다.

그리고 천천히 몸을 일으킬 때였다.

위이이잉.

바로 위에서 들려오는 미세한 소음.

흠칫 놀라며 고개를 든 오크의 얼굴이 공포에 물들었다.

그 눈에 비친 건 나뭇가지 사이에 떠 있는 검은 물체였다.

오크는 그게 뭔지 모른다.

그러나 여기까지 오면서 몇 번이나 본 적이 있다.

일단 그 검은 비행 물체가 나타나면…….

크아아아!

오크가 와락 도끼를 움켜쥐고 몸을 돌렸다.

탕-!

동시에 숲 저편에서 울리는 굉음!

순간 오크의 이마에 구멍이 뚫리고, 뒤통수가 터져 나갔다.

털썩 주저앉은 오크의 상체가 뒤로 넘어갔다.

빠르게 탁해지는 그 눈에 비친 마지막 장면은 나뭇가지 사이에 떠 있던 검은 비행 물체가 다시 어디론가 날아가는 모습이었다.

탕-!

그리고 다시 울려 퍼지는 굉음.

철컥!

"클리어."

"오…… 뭔가 되게 있어 보이지 말입니다."

"있어 보이는 게 아니라 있는 거야, 인마. 일반 소총으로 망원 렌즈도 없이 300미터 거리에서 헤드샷을 날리는 게 개나 소나 다 되는 일인 줄 알아? 장난감이나 조종하는 것과는 차원이 다르다고."

장갑차 위에서 소총을 견착하고 엎드려 있는 병사가 중얼거렸다.

"그렇게 말하면 섭섭하지 말입니다. 이런 숲에서 드론을 움직이는 것도 개나 소나 다 되는 일이 아니란 말입니다."

그 옆에서 머리에는 헤드마운트 디스플레이를 쓰고, 게임

패드 같은 조종기를 조작하는 병사가 입술을 삐죽대며 대답했다.

"그럼 너희 둘을 뺀 나머지는 개나 소라는 말이냐?"

그때 뒤에서 그들의 직속상관이 끼어들었다.

"에이, 뭘 또 그렇게까지……."

"어쭈? 이 자식, 말본새 보소. 조금만 더 있으면 아주 그냥 맞먹겠다? 내가 요즘 너무 풀어 줬지? 오랜만에 얼차려가 뭔지 생각나게 해 줘?"

"나 참, 그게 전장에서 싸우는 부하의 뒤통수에 대고 할 말입니까?"

"그런 말 듣기 싫으면 싸우는 데나 집중하라는 말이야. 너나 저 녀석이나, 놀러 왔냐? 게임방 왔어?"

"언제는 그래야 한다면서요?"

"내가 언제?"

"스승님이 말하지 않았습니까. 그런 감각이 되레 더 도움이 될 거라고 말입니다."

"그거야……."

상관은 대꾸할 말을 찾지 못했다.

아무리 그라도 스승이 한 말을 반박할 수는 없어서다.

그들, 박일우와 소대원들에게 스승, 태영의 말은 곧 진리이자 복음이니까.

실제로 그들이 한때 공포의 존재로 여기던 오크를 이처럼 일상적인 느낌으로 사냥할 수 있는 이유도 그 스승의 진리와 복음을 실천한 덕분이었다.

박일우 소대만이 아니었다.

"아, 저쪽도 끝난 모양입니다."

헤드마운트를 쓴 김 일병이 이런 말을 하고 얼마 지나지 않았을 때.

부아아앙-!

수풀 사이로 20여 대의 오토바이가 질주해 왔다.

"어이! 갔다 왔어!"

"수고하셨습니다. 사상자는 없습니까?"

"그런 질문을 받을 정도의 일도 아니었어. 시작하자마자 좀 세 보이는 놈을 몇 마리 작살내 놨더니 금세 뿔뿔이 흩어져 도망치더라고. 뭐, 오면서 둘러보니 멍청한 짓이었던 것 같지만 말이야. 그보다…… 이제 존댓말은 쓰지 않기로 한 거 아니었어?"

"쉽지 않네요. 저보다 아래 계급장이 붙은 사람 외에는 다 존댓말을 하는 게 습관이 돼 버려서."

"그래도 좀 고쳐. 내가 불편해."

오토바이를 세운 사내가 장갑차 주위에 쌓인 오크 사체를 둘러보며 말했다.

"존댓말을 들을 때마다 고작 이런 오크 한 마리도 낑낑대며 잡던 주제에 잘난 듯이 큰소리 뻥뻥 치던 시절이 떠올라 얼굴이 화끈거린다고."

가장 큰 변화가 이것이다.

그들, 특활대와 리더가 주제 파악을 하게 됐다는 것.

"그렇게까지 말할 일은 아니죠. 어쨌든 그때는 그것만으로도 굉장한 것이기도 했고, 또 그 이후로도 꽤 강해지지 않았습니까?"

"강해져?"

박일우의 말에 리더가 자조적인 웃음을 지었다.

"진심으로 하는 말이야? 박 중사도 봤잖아, 바로 앞에서 연발로 쏴 대는 총알을 막아 내는 괴물 같은 인간이 있다는 걸."

"그분은 예외죠."

"아니라고 말할 수는 없겠지만……."

뚱한 얼굴로 중얼거리던 리더가 와락 고개를 저었다.

"아니, 됐어! 나도 언제까지나 고만고만한 수준에 머물러 있을 생각은 없다고! 언젠가는 따라잡고 말겠어!"

리더가 분한 듯이 중얼거렸다.

그러나 정작 태영의 말을 가장 충실하게 실천하는 사람은 그였다.

오토바이 뒤에 각종 가죽과 잡동사니가 산더미처럼 쌓여 있는 이유도 그래서다.

해체는 현장에서, 쓸 만한 물건은 일단 챙기고 보라는 태영의 말을 충실히 따른 결과물이다.

“박 중사, 이제 주변 정리는 다 끝난 거지?”

“네, 일단.”

“그렇단다! 어이, 졸개들, 내려!”

오토바이에서 내려 그 짐을 짊어지는 것도.

신체 능력이 향상돼도 수련을 통해 완전히 제 것으로 만들지 않으면 의미가 없다는 태영의 말을 실천하기 위해서다.

“뭐 해, 인마? 너희들도 내려!”

물론 박일우 소대도 예외는 아니었다.

그리하여 박일우 일행을 멀쩡한 장갑차를 두고 바닥을 벅벅 기며 따라가고, 특활대는 짐을 짊어진 채 멀쩡한 오토바이를 끌면서 숲을 가로질렀다.

그리고 한참 뒤.

수풀 사이로 마을이 보이기 시작했다.

길게 둘러쳐진 목책 너머에서 간간이 연기가 피어오르는, 이계의 마을이었다.

쿠쿠쿠쿠.

장갑차가 묵직한 울림을 일으키며 이동했다.

양옆으로 목제와 벽돌을 쌓아 만든 집들이 스쳐 지나갔다.

마치 중세 시대의 영화 속에 현대 전쟁 영화의 한 컷이 잘

못 끼워진 것처럼 이질적인 장면이었다.
그러나 창을 열고 내다보는 사람들의 얼굴은 평온했다.
되레 웃으며 손을 흔들어 주는 사람도 있었고, 몇몇 아이들은 슬금슬금 다가와 특활대가 끌고 가는 오토바이를 탁탁 치기도 했다.
"야, 이놈들아, 만지지 말라고 했잖아! 이건 장난감이 아니라고 몇 번이나 말해? 자꾸 까불면 확 잡아먹어 버린다?"
뭐 리더의 고함에 꺅꺅 소리치며 도망치기는 하지만.
"잡아먹는다니, 살벌한 소리 하지 마십시오. 저희까지 이상한 오해를 받아 버린다고요."
"쳇, 어차피 알아듣지도 못하는데 뭔 오해?"
"그 얼굴만으로도 충분히 위협적이라고 생각합니다만."
"저게 위협을 느끼는 녀석들의 얼굴이야?"
리더가 히죽대며 다시 슬금슬금 다가오는 아이를 돌아보며 대꾸했다.
그러나 그 시도는 뒤이어 등장한 부모로 보이는 어른에게 머리를 쥐어박히며 실패!
리더가 만면에 웃음을 지으며 소리쳤다.
"하핫! 꼴좋다!"
"누가 애인지 모르겠군."
"그래도 저는 이전보다 지금의 특활대가 더 보기 좋습

니다, 제가 대하기도 더 편하고."

쓴웃음을 짓는 박일우 옆으로 김 병장이 다가오며 말했다.

그리고 새삼 주위를 둘러보며 말을 이었다.

"뭔가 안정되는 기분이네요. 처음에는 이계의 마을이라 꽤 긴장했는데, 지금은 집에 돌아온 듯한 기분마저 듭니다."

"그러게. 다행스러운 일이지. 다시 세상이 뒤바뀌는 일이 일어나지 않는 한 이계와 섞여 살아가는 수밖에 없으니까."

"그래도 이계인이 이렇게 빨리 받아들여 줄지는 몰랐습니다."

"이계에는 꽤 다양한 종족이 사는 모양이야. 우리처럼 단순히 피부색이 다른 정도가 아니고 외형이 전혀 다른 수인족이라는 종족까지 있다더군. 뭐 그들 모두가 평화롭게 사는 건 아닌 것 같지만, 아무래도 우리보다는 다른 문물을 받아들이는 데 익숙하겠지."

그래도 말처럼 쉽지만은 않았다.

박일우 일행이 이 마을에 도착한 건 약 열흘 전.

장갑차와 오토바이 탓이 크겠지만, 당시 이 마을 주민들은 굳이 문을 걸어 잠그고 수성전이라도 돌입할 분위기였다.

그런 경계심을 완화해 준 건 두 가지.

첫째는 미리 그런 상황을 내다본 태영에게 이계어를 배운 한지영.

그리고 둘째가 바로 오크다.

박일우도 이 마을에 도착하고 나서야 알게 되었다.

과거 남양주에서 격퇴당한 오크 군단은 모두 다시 북부로 돌아간 게 아니었다.

일부는 여전히 남양주 주변에 남아 있었다.

그러나 태영이 들렀던 때를 기점으로 남양주의 병사들도 본격적으로 성장을 시작.

시간이 갈수록 전력 차가 벌어져 급기야 병사들의 경험치용 사냥감으로 전락하는 신세가 되었다.

당연히 오크들도 더 얼쩡대 봐야 좋을 게 없다고 판단.

좀 더 만만한 약탈 대상을 물색하다가 이 마을 근방까지 흘러들어 온 것이다. 그리 크지 않은 이 마을이 감당하기 힘든 숫자의 오크들이 말이다.

이에 박일우 일행은…….

"하! 이 녀석들, 다들 어디로 사라졌다 했더니 이런 곳에 있었군."

"경험치다!"

매우 기뻐하며 때려잡았다.

족족 때려잡히는 오크를 본 주민들도 매우 기뻐했다.

그리하여 문이 열리고, 마침내 마을로 입성.

그다음은 한지영 차례였다.

"여기에 전직소라는 게 있다는 말을 들었어요."

"네, 예전에는 이 근방에도 헌터 지망자가 꽤 많아서 그때 사용하던 것이 있긴 합니다만."

"저희도 사용할 수 있을까요?"

"특별한 제약은 없습니다. 본래 전직의 보주는 국적이나 종족과도 상관없이 누구나 이용할 수 있습니다. 하지만 저희 마을에 있는 건 노멀 타입이라 초기, 그러니까 1차 전직만 가능합니다. 상급 직업인 2차 전직을 할 수 있는 전직의 보주는 대도시의 신전에나……."

"1차? 2차? 직업에도 단계가 있는 건가요? 그리고 전직의 보주? 그럼 구슬처럼 생긴 물건이라는 건가요? 어떻게 그런 거로 직업을 얻는다는 거죠? 아니, 애초에 직업이라는 게 뭐죠? 전직하지 않으면 레벨이 오르지 않는다던데 대체 무슨 원리죠?"

"아니, 저도 거기까지는……."

탐구심이 넘쳐 나는 한지영 탓에 되레 더 지체되어 버린 감도 있지만 어쨌든, 일행은 마침내 전직을 할 수 있게 되었다.

그리고 그건 또 다른 의미의 충격적인 경험이었다.

–[레인저]로 전직되어 신체 능력이 해당 직업에 적합하게 재조정됩니다.

[—]

근력 : 70(+5)
순발력 : 71(+25)
지구력 : 101(+15)
마력 : 33(+10)
종합 평가 레벨 : 35

일단 이런 정보창을 보는 것조차 처음이니까.

그러나 더 놀라운 건.

[레인저]의 직업 특성을 습득했습니다.

생존 : 유해한 자연환경으로 인해 받는 피해에 대한 저항력 20% 상승
뛰어난 시야 : 시력이 30% 상승
지형 적응 : 험한 지형에 대한 적응력이 10% 상승
인지 : 주위의 변화에 대한 감지 능력 10% 상승

[레인저]의 기초 스킬을 습득했습니다.

은신 : 주위의 환경과 동화되어 잠시 몸을 숨김
마력 주입 : 자신이 사용하는 모든 종류의 무기에 마력을 주입해 위력 증강
출혈 추가 : 무기에 주입한 마력을 더 넓은 범위에 출혈을 일으킬 수 있는 형태로 변환

바로 이거였다.

단지 전직을 하는 것만으로 일어나는 신체의 변화와 스킬.

그걸 체감하기까지는 오래 걸리지 않았다.

특히 스킬은, 저절로 관련 지식이 머릿속으로 들어와 버리는 느낌이었다.

그래도 바로 사용할 수 있는 것은 아니었다.

현재 박일우가 능숙하게 사용할 수 있는 스킬도 '마력 주입' 하나.

그러나 몰랐던 지식이 생기고, 이를 통해 스킬을 익히고 사용한다는 감각은 지금까지의 상식이 송두리째 흔들리는 경험이었다.

물론 그런 경험은 박일우만이 아니었다.

좀 전에 300여 미터 거리에서 오크 머리를 저격한 최 상병도 본래 사격을 잘하기는 했지만, 그 정도는 아니었다.

'스나이퍼'로 전직한 뒤부터 가능해진 것이다.

그 오크를 찾아낸 김 일병 역시 마찬가지. 입대 전부터 드론 조종이 취미였다고 했지만, 그 정도로 잘 조종하게 된 건 '서포터'로 전직한 뒤부터였다.

대부분 '레이더스'로 전직한 특활대는 크게 달라진 게 없어 보이기는 하지만.

"솔직히 아직도 이해는 안 돼. 대체 어떻게 이런 일이 가능하고, 이곳 사람들은 어떻게 그런 걸 아무렇지도 않게 받아들이는 건지."

"우리도 바닷물이 왜 짠지 설명하지 못하지만, 거기서 소금이 나오는 걸 당연하게 받아들이지 않습니까. 그런 것과 비슷하지 않을까요. 애초에 다른 세계의 일을 우리의 상식으로 이해하려는 게 무리일지도 모릅니다."

"그럴지도 모르지. 어쨌든 이제야 태영 씨가 게임 감각으로 받아들이는 편이 나을 거라고 한 말의 의미를 제대로 이해하게 된 기분이야. 당장 나도 게임 캐릭터가 돼 버린 느낌이니까."

"그게 꼭 나쁜 일만은 아니지 않습니까."

"나쁘다는 게 아니야. 실제로 별생각 없이 받아들이는 최 상병과 김 일병의 성장이 가장 빠른 걸 보면 되레 도움이 된다고 할 수 있겠지. 하지만 우리가 목숨이 하나뿐인 사람이라는 것까지 잊어버리면 곤란하다고."

"그래서 걱정입니다."

박일우의 말에 김 병장이 한숨을 불었다.

"저는 어떤 게임이든 보스전에서 최소 20번 이상 죽어 버리는 발컨 중의 발컨이란 말입니다. 게다가 전 지금 떨어지는 낙엽에 스치기만 해도 치명상을 입는다는 말년 병장 아닙니까? 그 둘이 합쳐지면……."

웅얼대던 김 병장이 움찔하며 입을 꾹 다물었다.

"뭐야? 왜 그래?"

"아니요. 왠지 더 말하면 사망 플래그가 서 버릴 것 같아서…….”

“이미 늦은 감이 있는 것 같은데?”

“그런 말 마십시오. 정말 겁난단 말입니다.”

“……다음 임무에서 빼 줘?”

“그럼 계속 쪼렙일 거 아닙니까? 후임보다 쪼렙인 것도 자존심 상하지만, 나중에 고렙 몬스터라도 만나 버리면 한 방에 죽는다고요!”

“어쩌라고, 인마?”

“별수 있습니까? 상대가 만만한 놈들일 때 부지런히 레벨을 올려 두는 수밖에.”

그러나 그것도 슬슬 한계였다.

보통 내가 생각하는 건 다른 사람도 생각하기 마련.

김 병장처럼 생각하는 대원이 많아 지나치게 부지런히 사냥한 탓에 이 마을 주변의 오크도 씨가 말라 버린 탓이다.

조금 전 사냥한 오크 무리도 꼬박 하루를 돌아다닌 끝에 찾아낸 놈들이었다.

게다가 이미 대원 대부분이 레벨 40대.

그만큼 쉬운 사냥이 가능하지만, 그만큼 경험치도 적어질 수밖에 없었다.

그리고 역시나, 그길로 바로 전직소를 찾아가 확인해 보니 뒤떨어져 있던 대원 5명만 1씩 올라 있었다.

그것도 모두 박일우 소대원이었고, 특활대는 그대로.

"젠장, 며칠째 제자리걸음만 하는 사이에 다 따라잡혔군. 뭐 불평할 생각은 없지만, 뭔가 다른 방법을 찾아야 하는 거 아니야?"

리더가 이런 말을 하는 것도 무리는 아니었다.

박일우도 같은 생각이었다.

"레벨을 올리기 위해 이곳에 온 건 아니지만……."

일단 전직소가 있는 마을과 협력 체제를 구축한다는 목적은 달성된 셈이다.

다음 단계를 생각할 여유가 있다는 말이다.

이미 생각해 둔 곳도 있었다.

"이제 마을도 안정됐고, 사단장님이 다른 명령을 내린 것도 아니니 이참에 던전이라는 곳을 찾아가 보는 것도 나쁘지 않겠습니다."

"던전이라고?"

"네, 이 마을에 처음 왔을 때 한 박사님에게 촌장이 그런 말을 한 적이 있다고 들은 적이 있습니다. 그때는 오크 처리가 급선무라 흘려들었지만, 이 마을 근처에 던전이 몇 개 있다고 하더군요. 원래 이 마을의 전직소도 그 던전을 찾아오는 모험가들이 레벨이나 스킬 확인을 하는 데 주로 쓰였다고 합니다."

"그런 건 됐고! 던전이라면 그거잖아! 몬스터가 득실대고 보물 상자 같은 게 있는 동굴!"

"뭐 그런 느낌은 아닌 것 같습니다만……."

"그래도 뭐든 있을 거 아니야! 나 참, 그런 얘기를 왜 이제야 하는 거야? 가자고! 당장!"

"위치부터 알아봐야죠. 그럼 한 박사님이 통역을 좀 해 줘야 할 텐데……."

주위를 둘러보던 박일우가 갸웃거렸다.

"웬일로 안 보이지?"

"그러고 보니 그러네. 내내 전직소에 살다시피 붙어 있던 여자가. 하여간 성격이 개똥 같으니 하는 짓도 개똥 같네. 개똥도 약에 쓰려면 없다더니……."

"됐어요! 딱 잡혔어요!"

그때 한지영이 뛰어 들어오며 소리쳤다.

"어? 어? 아니…… 나는 딱히 한 박사가 개똥이라고 한 게 아니라……."

"뭐래? 비켜요!"

한지영이 움찔하는 리더를 밀치며 박일우에게 소리쳤다.

"잡혔다고요! 신호가!"

"신호? 혹시 통신기를 말하는 겁니까?"

"그것밖에 더 있겠어요?"

"하지만 얼마 전에는 이 세계에서는 아예 전파 자체가 출력되지 않는다고……."

"그건 지금도 마찬가지예요."

"네?"

"그런데 너무나 간단한 방법이 있었어요! 바로 마력! 여기서 마도구라고 불리는 물건들도 모두 마력으로 작동하잖아요! 그건 현대의 전기나 다름없는 에너지라는 말이고! 그러니 전파를 마력으로 변환해서 출력하면 되는 거였어요!"

"되는 겁니까, 그런 게?"

"당연히 그냥 되는 건 아니죠. 하지만 제가 누구예요?"

"그야……."

박일우가 알 리가 없었다.

그리고 이 마을에 와서 더 알 수 없어졌다.

한지영도 그렇지만, 이 세계의 전직 시스템이라는 것도.

지금까지 박일우는 무직 상태에서 한계까지 레벨을 올려야 전직이 가능하다고 알고 있었다.

실제로 그 역시 이곳에 와서 바로 전직을 하지 못했다.

그러나 한지영은 해 버렸다.

전직의 보주를 보자마자 눈을 초롱초롱 빛내며 뛰어가 가장 먼저 손을 올렸고, 잠시 후 돌아서며 지금처럼 히죽 웃으며 말했다.

"마도 공학자라고요."

그러니 새삼 따지고 싶지도 않았다.

잠시 후 보게 된, 박일우가 가져온 통신기에 덕지덕지 붙어 있는 것들이 뭔지도.

어차피 핸드폰의 원리도 모르고, 관심도 없었으니까.

그냥 잘만 터지면 그만이고.

"아! 아! 사단장 아저씨 나와라, 오버!"

-네, 들립니다.

그 괴상한 기계는 놀라운 통화 품질을 들려주었다.

"정말……."

"내가 며칠 밤을 새웠으니 당연히 이 정도는 돼야죠. 자, 받아요. 난 이제 관심 없으니까. 아우, 일이 끝나니 갑자기 졸리네."

박일우에게 마이크를 던져 준 한지영이 하품을 하며 털레털레 걸어갔다.

"사단장님, 박 중사입니다."

-아, 박 중사, 조금 전 한 박사님에게 들었네. 모두 전직까지 마쳤다고. 수고했네.

"아닙니다."

-그래, 직접 본 이계인은 어떻던가?

"태영 씨의 말대로 저희와 크게 다르지 않습니다. 다른 종족에 대한 거부감도 없어 보이고. 저희가 오크 잔당을 처리해 준 덕도 있겠지만, 먼저 나서서 숙식을 제공하겠다고 할 정도로 꽤 우호적입니다."

-추가 병력을 보내도 될 것 같나?

"그 부분은 아직 확실하게 대답하기 힘들 것 같습니다. 저희 정도라면 모험가 무리쯤으로 치부할 수 있지만, 대대 단위가 되면 이 지방의 영주도 생각하지 않을 수 없으니 말입니다. 촌장도 그런 걱정을 하는 눈치였습니다."

—하긴 그쪽도 체계가 있을 테니 섣불리 자극하는 일은 피해야겠지. 자칫 영주와 대립하게 되면 위험해지는 건 우리만이 아닐 테니까. 좀 더 정보를 모으며 시기를 보는 게 좋겠어. 그래도 전직의 중요성을 알았으니 일단 현재 체류 인원을 유지하는 선에서 병력을 교대하며 전직소를 이용하도록 하지.

"저도 그렇게 생각합니다."

—그럼 곧 전직 대기 병력을 보낼 테니 인수인계에 차질이 없도록 신경 쓰게. 그 과정에서 혹시라도 오해가 생기면 곤란하니까.

"물론 그렇게 하겠습니다만…… 다른 임무를 맡기실 게 아니라면 교대한 뒤에 며칠 정도 시간을 주실 수 있겠습니까?"

—무슨 말이지?

"얼마 전 이 근방에 던전이 있다는 정보를 입수했습니다. 근래 성장이 더뎌진 면이 있어 전직으로 얻은 힘의 시험을 겸해 대원들을 데리고 탐사해 보고 싶습니다."

—의욕은 좋지만, 목숨은 하나네.

"제가 대원들에게 항상 하는 말입니다."

—그럼 문제없겠지. 알겠네.

"감사합니다."

채 10분도 되지 않는 통신이었다.

그러나 결코 짧은 시간이라고 할 수는 없었다.

현대를 살아 본 사람이라면 누구라도 알고 있는 일이다.

그게 뭘 의미하는 것인지, 또 어떻게 세상을 변화시켜 왔는지도.

그리고 이제 곧 이계의 사람들도 겪게 될 것이다.

설사 원하지 않더라도.

넓은 창으로 햇빛이 쏟아져 들어왔다.

그 방의 한쪽 벽에는 갑옷과 방패, 검 따위의 무구(武具)가 줄지어 늘어서 있었다.

맞은편은 벽 전체가 책장으로 되어 있었다.

그럼에도 꽤 많은 책이 여기저기 탑처럼 쌓여 있었고 검이나 활, 혹은 둘둘 말린 양피지 따위가 꽂혀 있는 바구니가 어지럽게 흩어져 있었다.

이를 피해 다가오던 기사가 한숨을 불며 입을 열었다.

"이 방에 들어올 때마다 생각하는 거지만……."

"무슨 말을 하고 싶은지는 아니 그만두게. 남에게 사생활을 지적받는 건 그리 유쾌한 일이 아니니까. 귀가 따갑도록 들어온 말이면 더 그렇고."

"이런 게 사생활이라면 좀 슬퍼지는군요."

"귀족으로 태어난 죄지."

창가의 책상에 앉아 있는 은발의 중년인, 그라디오스 후작이 웃음을 지었다.

"어쨌든 마침 잘 들어왔네. 거기, 자네 옆에 있는 바구니."

"이거 말입니까?"

"그래, 그거, 그걸 옆으로 좀 옮겨 주게. 아니, 왼쪽으로. 그리고 그 옆에 있는 바구니도 그만큼 왼쪽으로 옮기고. 흠, 그래, 대강 그쯤이면 되겠어."

"네? 아니, 그럼 설마……."

지시에 따라 바구니를 옮기던 모어가 놀란 얼굴로 고개를 돌렸다.

그러나 후작의 눈은 이미 손에 든 편지로 향해 있었다.

모어는 당혹스러운 표정을 지었지만, 그대로 입을 꾹 다물고 기다렸다.

"훗."

후작이 피식 웃으며 편지를 내려놓을 때까지.

"무슨 내용이기에 그러십니까?"

"드미트리가 보낸 거네."

"형님이요?"

"그래, 불효자 녀석을 잡았다는군."

"아, 워레스트 님을…… 이번에는 평소보다 시간이 걸려 걱정하고 있었는데, 다행이군요."

"그걸 잘 모르겠단 말이지."

"네?"

"그때 워트와 함께 있던 사람이 있었다는군. 그것도 공교롭게도 우리도 아는 사람과 말이야. 바로 그, 레온 경 말이네."

"레온 경? 아니, 어떻게 그 두 분이……."

"거기까지는 알 수 없지. 어쨌든 드미트리 말로는 꽤 친해 보였다고 하더군. 워트의 말로는 그 덕에 몇 번이나 죽을 고비를 넘기기도 했다네. 그게 사실이라면 아버지에 이어 아들까지 죽을 뻔한 데다 같은 사람에게 구해지기까지 했다는 말이지. 이거야 원, 가문의 체면이 말이 아니군."

"……면목이 없습니다."

모어가 고개를 떨구며 한숨을 불었다.

"앞서가지 말게. 그게 자네 형제의 능력이 부족해서는 아니니까. 세상에는 능력만으로 되지 않는 일이 더 많은 법이지. 그럼에도…… 레온 경은 불과 한 달 사이에 나와 워트를 위기에서 구해 주었네. 이쯤 되면 이미 우연이라고 보기는 힘들겠지."

"혹시 레온 경을 의심하시는 겁니까?"

"앞서가지 말라고 하지 않았나."

모어의 말에 후작이 웃으며 고개를 저었다.

"그런 의미로 한 말이 아니네. 내 눈은 장식이 아니야. 워트도, 다른 건 몰라도 그것 하나만은 확실하게 가르쳐 놨으니까. 설사 그에게 사심이 있다 해도 자네가 걱정하는 것과는 거리가 멀 거네."

"그럼……."

"조금 뜬구름 잡는 것 같은 말이기는 하지만, 운명 같은 것이 느껴진다는 말이지. 그와 나, 워트 사이에 말이야. 그래서 잘 모르겠다는 거네. 가출을 취미 정도로 생각하는 녀석을 억지로 붙잡아 둔다고 학업에 열중할 리는 없고, 같은 일을 반복하느니 차라리 이참에 레온 경에게 맡겨 두는 편이 나았을지도 모르겠다는 생각이 든다는 말이네."

"그렇게까지 평가하시는 겁니까?"

"그래, 그렇게까지 평가하게 됐네. 이 편지를 읽어 보고."

후작이 책상 위의 다른 편지를 가리켰다.

"노웨인 남작의 편지네. 앞으로 나와 좋은 관계가 되고 싶다는 내용이 적혀 있지."

"도와 달라는 의미입니까?"

모어가 조금 전 자신이 옮긴 바구니를 돌아보며 물었다.

후작이 고개를 저었다.

"아니, 이미 도움을 받아서 그리 결정하게 되었다고 하더군. 베라틴 영주 사이에 일어난 영토 분쟁에서, 워트와 레온 경에게 말이야."

"워, 워레스트 님이 두 영지 사이의 분쟁에 끼어들었다는 말입니까?"

"그 둘만이 아니네."

"네? 그럼 또 누가……."

"카자드네."

후작의 대답에 모어가 눈을 껌뻑였다.

이어 살짝 고개를 갸웃거리다가, 퍼뜩 고개를 들어 올리며 소리쳤다.

"카, 카자드? 서, 설마 그 카자드를 말하는 겁니까?"

"그 외에 누가 더 있겠나? 전후 과정까지는 모르겠지만, 카자드도 베라틴 영지 측에 붙어 참전했었다고 하네. 그리고 이건 드미트리가 워트에게 들었다는 내용인데, 꽁무니를 빼 버렸다고 하더군. 레온 경에게 밀려서, 그 카자드가 말이야."

"레온 경이 카자드를……."

"물론 그건 워트의 말이니 실제로 어떤 상황이었는지는 모르지. 하지만 노웨인 영주의 서신에도 레온 경이 카자드가 지휘하던 베라틴 영지군을 물리쳤다는 내용이 있으니 적어도 그와 비슷한 상황이 있었던 건 사실이겠지."

후작의 말에 모어는 잠시 생각에 잠겨 있다가 다시 바구니를 돌아보며 물었다.

"이해할 수가 없군요. 그렇다면 왜 저렇게 된 겁니까?"

"거기까지는 나도 모르네. 확실한 건 그게 레온 경의 주도로 결정된 일이고, 노웨인 남작은 그 결과에 매우 만족하고 있다는 것이지."

"영지의 핵심적인 땅과 쓸모없는 땅을 바꾸고도 말입니까?"

"그렇다는군."

후작은 그렇게 말하면서도 웃음을 지었다.

"내가 레온 경을 높게 평가하게 된 이유는 카자드보다 그 쪽이네. 싸워서 이기는 건 어찌 보면 간단한 일이지. 그저 상대보다 강하면 되니까."

"말처럼 쉬운 일은 아니죠."

"물론 그렇지. 하지만 내 경험으로는 싸워서 이기는 것보다 그만두는 쪽이 더 어렵더군. 하물며 양쪽 모두 만족시키며 그만두게 만드는 건 거의 불가능에 가깝지. 설사 홀로 1만 대군을 무찌를 수 있는 전사라도 말이야. 애초에 그건 전투의 영역이 아니니까."

"정치적인 역량도 가지고 있다는 말이군요."

"그래, 그리고 워트는 이미 그 옆에서 그걸 지켜봤겠지. 그런 녀석이 컬리지의 수업에 만족할 리도 없고, 어떤 교수도 그와 같은 걸 가르칠 수 없겠지."

"워레스트 님과 비슷한 나이로밖에 보이지 않는데…… 대체 레온 경은 어디서 그런 걸 배웠을까요?"

"배운다……."

후작이 곱씹듯이 중얼거렸다.

그러다 문득 생각난 듯이 다시 말을 이었다.

"그러고 보니 한동안 정신이 없어서 살펴보지를 못했군. 성에 모아 둔 하쿠인의 대륙어 교육은 어떻게 돼 가고 있나?"

"놀라운 수준입니다. 이미 반 이상이 일상 회화에 문제가 없고, 레온 경이 데리고 온 여자를 포함해 비교적 젊은 사람들은 저희와 차이를 못 느끼지 못할 정도입니다. 심지어 그중 몇 명은 북방이나 남방 대륙의 말을 동시에 익히고 있습니다."

"이제 고작 한 달이 조금 넘었는데 말인가?"

"네, 저도 처음에는 이해가 되지 않았는데, 몇 번 들러 보니 이해가 되더군요. 낮이든 밤이든, 모든 방에 불이 꺼져 있는 모습을 한 번도 본 적이 없습니다."

"그렇게까지……."

"아니, 그쪽 세계에서는 그게 보통이라고 합니다. 특히 젊은 사람은 하루에 4시간만 자고 나머지 시간을 오직 공부만 하며 몇 년을 보내기도 한답니다."

"모든 사람이 그런 건 아니겠지."

"저도 처음에는 그렇게 생각했습니다만, 자밀 님을 보고 생각이 달라졌습니다."

"자밀? 그는……."

통역은 단순히 말만 할 줄 안다고 되는 게 아니다.

여러 상황, 특히 고위 인사들의 통역을 위해서는 일정 수준의 지적 능력은 필수.

후작은 다른 분야를 가르칠 사람도 붙여 주었다.

자밀도 그중 한 명.

한때 황도의 아카데미에서 귀족이나 상인, 신관 들에게 수학을 가르치던 교수였다. 그리고 지금은…….

"학생이 되었습니다."

"응?"

"첫 수업을 마치고 저를 찾아와 울면서 말하더군요. 지금까지 자기가 배운 건 수학조차 아니었다고. 아예 차원이 다르답니다. 하쿠인이 수학이라고 부르는 건. 심지어 열다섯 살짜리 소년도 그 정도 수준의 수학을 익히고 있다고 합니다. 참고로 자밀 님이 스승이라고 부르며 따라다니는 하쿠인도 그 열다섯 살짜리 소년입니다."

"대체……."

황망한 얼굴로 중얼대던 후작이 입을 꾹 다물었다.

그리고 복잡한 얼굴로 한숨을 불었다.

"무섭군."

"저도 그런 느낌입니다. 그들이 살던 세상이 어떤 곳이었는지 상상도 되지 않습니다."

"어쨌든 하쿠인에 대한 생각을 조금 정정할 필요는 있겠군. 이번 사태가 서부에 집중되어 곤란하다고 생각하고 있었는데, 되레 이게 기회가 될지도 모르겠어. 모어, 각 지방의 영주들에게 전하라. 오늘부터 내 영향권 안에 있는 하쿠인에게는 제국인과 동등한 시민권을 부여한다."

"모든 하쿠인에게 말입니까?"

"그래, 물론 적대하는 하쿠인은 예외가 되겠지만, 지금은 일단 확보가 먼저다. 옥석을 가리는 건 그다음이지. 필요하다면 그와 관련된 자금은 내가 대겠다고도 전하라."

"알겠습니다. 그런데 하나 걸리는 게……."

고개를 끄덕이며 대답하던 모어가 찜찜한 얼굴로 말을 흐렸다.

후작이 슬쩍 시선을 돌리며 되물었다.

"울란 말이군."

"네, 일단 두고 보라고 하셔서 놔두고 있기는 합니다만, 어제는 울란의 수하 중 하나가 하쿠인의 숙소 근처를 맴돌고 있었습니다. 문제가 되지 않겠습니까?"

"하쿠인에게 관심이 있어서 그런 건 아니겠지."

"알고 있습니다. 여기저기 쑤시고 돌아다니는 이유는 분명 후작님의 암살이 실패한 원인, 레온 경에 대해 캐내기 위해서겠죠."

"그렇겠지."

"후작님은 놈들이 레온 경에 대해 알아내도 상관없다는 말입니까?"

“물론 아니네. 레온 경도 바라지 않는 일이고, 나 역시 바라지 않네. 노웨인의 소식을 들은 지금은 더 그렇고. 그래서 단속을 해 두라고 하지 않았나.”

“더 쉬운 방법이 있지 않습니까? 일단 정체를 숨기고 발트하츠에 숨어들어 왔다는 것만으로도 충분히…….”

“도발에 넘어가라는 말인가?”

“네?”

모어가 고개를 갸웃거렸다.

후작이 자리에서 일어나 빙긋 웃으며 말을 이었다.

“왈드 공작이 정말 나도 모를 정도로 용의주도하게 숨어들어 정보를 캐낼 수 있다고 기대하며 울란을 보냈다고 생각하나?”

“그럼…….”

“미끼지. 그것도 제대로 낚을 수 있다는 기대조차 하지 않는, 그저 내가 어떤 반응을 보이는지 보기 위한 미끼에 불과해. 그래도 딴에는 제법 대어라고 자부하는 내가 그런 조잡한 미끼에 입질할 수는 없지.”

천천히 방을 가로지른 후작이 들고 있던 편지를 바구니에 떨어뜨렸다.

조금 전 모어가 옮겨 둔 바구니였고, 그 아래에는 노웨인이라는 이름이 적혀 있었다.

다른 바구니가 있는 자리도 마찬가지였다.

그 옆의 베라틴부터 아스칼, 바르카스, 워딘…… 중앙 대륙의 모든 영지가 적혀 있었다.

그 중앙을 차지하고 있는 이름은 투란.

아르키네아 제국의 황도였다.

툭.

후작이 드미트리의 서신을 그 위의 바구니에 떨어뜨리며 웃었다.

"왈드가 내 반응을 보고 싶어 한다는 건, 아직 움직일 때가 아니라는 말이다. 그리고 그게 가장 효과적인 벌이 되겠지. 내 영지에 숨어들어 온 쥐새끼에게는."

"빌어먹을!"

쾅-!

날아간 의자가 벽에 부딪히며 다리가 부러져 날아갔다.

그러나 사내는 성에 차지 않는지 다시 의자를 집어 들고 내리쳤다. 이에 남은 다리까지 부서져 날아가고, 결국 손에 쥔 부분만 남았을 때였다.

쾅! 쾅! 쾅!

"어이! 문 열어! 당장 열어!"

들썩대는 문 뒤에서 고함이 들려왔다.

거친 숨을 몰아쉬던 사내가 와락 문을 열며 소리쳤다.

"뭐야?"

"내가 물을 말이다! 대체 방에서 무슨 짓거리를 하는 거야? 어라? 의자 꼴은 또 왜 저래? 보아하니 도둑이 든 것 같지는 않고…… 어이, 너, 인성에 문제 있어?"

"너? 이 자식이 어디서……."

"어디긴 어디야? 내 여관이지. 나는 주인이고. 아니, 됐고! 나도 긴말하기 싫으니 간단하게 말하지. 기물 파손은 3배로 배상하는 게 내 여관의 규칙이다. 저 의자라면 3골드가 되겠군. 물론 고분고분하게 낼지, 경비대에 끌려갈지는 손님 자유고."

"이……."

"경비대를 부르지."

"아니, 잠깐! 그…… 좋다. 내지. 낸다고, 3골드! 자! 됐나?"

돌아서는 주인을 잡은 사내가 이를 바득바득 갈아붙이며 던지듯 금화를 건네주었다.

주인이 씨익 웃으며 끄덕였다.

"흠, 다행히 의자를 부술 자격은 있는 사람이었던 모양이군. 그럼 나야 불만 없지."

"그럼 꺼져!"

"어허, 진정하라고. 사람을 치면 돈으로 해결하기도 힘드니까. 대신 침대든 책상이든 내키는 대로 부수라고. 다른 것도 얼마든지 갖다줄 테니까. 자네 주머니만 넉넉하다면 말이야.”

주인이 들으라는 듯이 짤랑짤랑 소리를 내며 돌아갔다.

한층 열 받은 사내가 부서진 의자를 집어 들다가 멈춰 섰다. 그리고 이내 맥 빠진 얼굴로 침대에 걸터앉으며 한숨을 불었다.

“빌어먹을, 이런 곳에서 저따위 하층민에게 돈이나 뜯기고 있어야 하다니…… 대체 왜 내가 이런 꼴을…….”

몰라서 하는 말이 아니다.

그의 이름은 울란, 왈드 공작의 명령으로 발트하츠에 잠입한 귀족이다.

목적은 그라디오스 후작의 암살을 방해한 자에 대한 정보를 캐기 위해서.

문제는 그게 벌써 열흘 전이고, 아직 아무것도 알아내지 못했다는 것이다.

‘만약 암살 실패에 이어 이번 일마저 실패해 버린다면…….’

울란은 왈드 공작을 잘 알고 있다.

그만큼 오래 섬겨 왔으니까, 그만큼 오래 섬긴 사람이라도 필요 없다고 판단되면 가차 없이 버려 버리는 사람이라는 걸.

그리고 귀족파의 귀족에게 왈드 공작에게 버림받는 건 파멸을 의미한다.

그 자신은 물론 가문도.

'안 돼! 무슨 일이 있어도 그것만큼은 막아야 해! 그렇다면…….'

이제 남은 방법은 하나밖에 없었다.

'그자가 누구인지는 아무도 모른다. 그자에 대한 말을 꺼낸 카자드조차. 즉, 내가 누구를 들이밀든, 그자가 암살을 방해한 자가 아니라고 증명할 수 있는 사람은 없다는 말이다.'

물론 그렇다고 아무나 들이밀 수는 없다.

당연히 산 채로 데려갈 생각은 없지만, 왈드 공작이라면 머리통 하나만으로도 신원을 파악해 낼 능력이 있으니까.

'하지만 아무리 왈드 공작이라도 하쿠인의 신원을 알아낼 방법은 없다. 물론 하쿠인 따위가 암살을 방해했다고 주장하기는 힘들 테니 놈이 저항해서 어쩔 수 없었다는 식으로 적당히 얼굴을 뭉개 놓고 아스토리아 출신 용병이었다고 하면 돼.'

울란이 알 리가 없었다.

궁지에 몰린 자신이 궁여지책으로 떠올리는 생각이야말로 정답에 가깝다는 걸.

물론 방향은 전혀 다르지만.

'그래! 이거다! 더 생각할 필요도 없어! 그런 있는지 없는지도 모를 놈을 찾자고 이 몸이 이런 빌어먹을 여관방에 계속 처박혀 있을 수는 없어! 당장 나가서 적당한 하쿠인 한 마리 사냥해서 황도로 돌아간다!'

마침내 울란이 그렇게 결정을 내렸을 때였다.

"백작님."

한 사내가 문을 열고 들어왔다.

"조금 전에 정보 길드를 통해 왈드 공작님의 서신이 도착했습니다."

"왈드 공작님이?"

울란이 약간 당황한 얼굴로 서신을 받아 들었다.

그리고…….

다른 임무를 주겠다.

노웨인 영지전에서 용병으로 참전한 레온이라는 자가 있다.

그를 찾아 나에게 데려와라.

무력이 아니라면 어떤 방법을 사용해도 상관없다.

그게 무슨 의미인지 이해하지 못할 정도로 멍청한 놈은 아니기를 바란다. 그건 나와 너, 모두에게 불행한 일이 될 테니까.

한층 더 당황한 얼굴이 되었다.

"자, 다시 시작해 볼까?"

넓게 펼쳐진 숲의 작은 언덕 위.

천천히 팔과 손목을 돌리던 태영이 발치에 놓인 줄을 집어 들었다.

그 줄 끝에는 액체로 채워진 병이 묶여 있었다.

붕붕붕-!

태영은 그 줄을 돌리기 시작했다.

처음에는 팔 전체로 돌렸지만, 곧 가속이 붙어 손목만 사용하게 되었다.

그러나 작아지는 움직임과 반대로 회전 속도는 급상승.

위잉-! 위잉-!

금세 바람을 가르는 줄에서 살벌한 파열음이 울릴 정도로 빨라졌다.

그리고 그 상태로 대략 10여 분이 지났을 때.

핑-!

맹렬히 회전하던 물병이 날아올랐고.

팍! 삐이이이-!

동시에 나뭇가지에 앉아 지켜보던 청영도 날아올랐다.

아니, 발사됐다는 표현이 더 정확했다.

수직으로 치솟았다가 날개를 접으며 떨어져 내리는 청영

의 속도는 그야말로 탄환!

순식간에 물병을 따라잡고 묶여 있는 줄을 낚아챘다.

감탄할 만한 건 그다음이었다.

줄을 낚아챈 청영은 그대로 끌려가듯이 같은 방향으로 이동하며 천천히 속도를 줄였다.

그리고 다시 돌아올 때도, 미끄러지듯이 움직이며 발아래에 매달린 물병을 작은 흔들림조차 없이 운반해 왔다.

"반성을 좀 해야겠군."

-응? 뜬금없이 그게 무슨 말이야?

"처음에는 정말 될까 싶던 일도 이렇게 빨리 숙달되는 걸 보니 새삼 그동안 청영에 너무 무심했다는 생각이 들어서 말이야. 내 상황에만 정신이 팔려서 청영의 훈련을 잊고 있었어."

-듣고 보니 그런 감이 없진 않군. 그래도 처음에는 꽤 신경 쓰는 것 같았는데 말이지. 하지만 그런 게 꼭 필요한 건가? 딱히 저 녀석이 마음에 드는 건 아니지만, 지금도 충분히 도움이 된다고 생각하는데.

굳이 지적하자면 그게 문제였다.

시야 공유는 모든 환수가 가지고 있는 기본 능력이다.

그러나 같은 능력이라도 청영은 지금까지 얻어 본 쥐나 늑대와는 차원이 달랐다.

하늘에서 내려다보니 색적이나 추적 능력도 월등히 뛰어

나고, 이는 태영 혼자 사냥할 때도 그렇지만 특히 전장에서는 압도적인 위력을 발휘한다.

그 탓에 잊고 있었다.

청영이 지금까지 얻어 본 어떤 환수보다 고위 환수, 더 큰 가능성을 가진 존재라는 걸 말이다.

그렇다고 당장 뭘 어쩌겠다는 말은 아니다.

'서두른다고 될 일도 아니지. 비행형 환수는 나도 처음이고, 성장이란 건 한번 방향을 잘못 잡으면 되돌리기 힘드니까. 먼저 어떤 방향으로 성장시키는 게 최선일지 신중하게 생각해 보고 거기에 맞춰 훈련해 나가면 돼.'

중요한 건 항상 염두에 둬야 한다는 것이다.

삐삐! 삐이-!

물병을 들고 와 칭찬해 달라는 눈빛으로 바라보는 청영.

이렇게 귀여워 보여도 고위 환수고, 그 잠재력을 얼마나 끌어낼 수 있는지는 태영의 판단과 노력에 달려 있다는 사실을 말이다.

'하지만 속도 조절과 타이밍, 정확도는 어느 방향으로 성장시키든 필요한 능력이니 굳이 고민할 이유가 없지. 그리고 기왕 할 훈련이면 내게도 도움이 되는 편이 좋을 테고.'

물병을 던지기 전에 죽어라 돌려 댄 이유가 그래서다.

"잘했다."

태영이 받아 드는 물병 속의 액체는 3개 층으로 분리되어 있었다.

약초를 으깨 넣은 물이 원심력에 의해 물과 약초의 진액, 찌꺼기로 분리된 것이다.

태영은 일단 물을 따라 버리고 중간 층의 진액만 다른 병에 담았다.

처음 하는 작업이 아니었다.

태영은 지난 며칠 부지런히 약초를 모았고, 일정량이 쌓일 때마다 엑기스를 추출해 놓았다.

그렇게 모은 엑기스가 2리터 생수병으로 30병 분량!

"이 정도면 충분하겠지."

다음은 간단하다.

"먼저 기본이 되는 울부란을 30cc, 람다를 15cc, 흡수율을 올려 주는 모이스트도 빼먹으면 안 되지. 물론 증폭제 역할을 해 주는 멜티렌도, 각각 5cc씩 첨가하고……."

일단 눈금을 표시해 둔 병에 엑기스를 분량대로 투입.

다음은 잘 섞이도록 흔들어 주면 끝이다.

"중급 회복약 완성!"

-뭐야? 이게 중급 회복약이라고? 그게 이렇게 간단하게 만들어지는 거였어?

물론 아니다.

본래는 좀 더 복잡한 작업을 거쳐야 만들 수 있는 것이다.

그리고 과거 태영도 연금술에 입문할 때 그렇게 배웠지만, 다 배우고 나서야 알게 되었다.

다 쓸데없는 짓이었다.

"보통 연금술사들이 하는 복잡한 작업의 목적은 결국 하나야. 도중에 열을 가하거나 냉각, 마력을 주입해 독자적인 방식으로 변형시킬 때도 있지만, 대부분은 고농도의 엑기스만 추출하기 위해서지. 단지 그게 목적이라면 굳이 그런 번거로운 작업을 할 필요가 없어. 이렇게 원심분리로 비중이 다른 물질을 분리해 내면 간단하게 해결되니까."

-원심분리? 비중?

그리모어가 이해하지 못하는 것도 당연하다.

연금술사들도 모르니까.

여담으로 과거 태영은 이 원리를 발표해 연금술 학회에서 마스터 칭호를 받은 적이 있다.

어쨌든 엑기스만 뽑아 조합한 회복약이니 당연히 효과도 상승!

지금까지 사용하던 회복약은 마신 뒤에 마력을 운용해야 제대로 효과를 볼 수 있었지만, 이건 마시는 것만으로도 같은 효과를 낼 수 있었다.

물론 마력까지 운용해 주면 금상첨화, 더 빠르게 회복이 된다.

"치료제는 이 정도면 될 것 같고……."

뒤이어 만들어지는 스태미나 회복제, 마력 회복제 등도 마찬가지다.

중급이라는 이름이 붙은 만큼 효과는 2배 이상!

태영이 꾸역꾸역 모아 온 엑기스로 중급 포션을 양산하자 그리모어가 기가 막힌다는 목소리로 중얼거렸다.

-정말 도통 알 수가 없군. 잊을 만할 때마다 이런 황당한 짓을 하니. 비중이니 원심분리니 하는 게 뭔 말인지는 모르겠지만, 보통 포션 조제 레시피는 사제 간에도 쉽게 알려 주지 않는다고 들었는데…… 대체 어떻게 이 많은 종류의 포션을 아무렇지도 않게 만들어 내는 거야? 뭐 어차피 나올 답은 뻔하니 물어볼 생각도 들지 않지만…….

"천재니까."

삐이-!

태영이 씨익 웃으며 말하자 청영이 부리를 쩍 벌리며 감탄의 울음을 터뜨렸다.

처음 들어서 그런 게 아니다.

-그 말도 정말 잊을 만할 때마다 나오는군. 그래도 굳이 부정할 생각은 없다만, 이제 레퍼토리를 바꿀 때도 되지 않았나? 슬슬 지겨워지는데.

그리모어의 말처럼 이제 태영도 좀 물리는 생각이 들 정도로 자주 한 말이다.

그럼에도 청영만은 항상 같은 반응을 보여 주고 있었다.

예뻐하는 데는 다 이유가 있다는 말이다.

—뭐 그런 건 됐다 치고, 그런데 대체 왜 갑자기 포션 만들기에 열을 올리는 거야? 전부터 틈틈이 만들기는 했지만, 이번에는 아예 그것만 하고 있잖아.

"필요하니까."

태영이 찍어 내듯이 포션을 양산해 내며 대답했다.

"이번 전쟁, 아니 정확히는 카자드와 싸워 보고 느낀 바가 많거든."

—그야 뭐…… 그런 전투를 한 다음이니 뭐든 느끼는 바가 있긴 하겠지. 결과적으로 이긴 싸움이기는 하지만…… 뭐랄까…….

"너답지 않게 무슨 눈치를 보고 있어? 어울리지도 않고, 그럴 필요도 없어. 내 힘이 놈에게 미치지 못했다는 건 내가 가장 잘 알고 있으니까."

모르고 있던 것도 아니다.

태영의 힘은 아직 미스트에도 미치지 못한다.

하물며 카자드는 그런 미스트조차 능력 밖이라고 단언할 정도의 힘을 가진 마법사.

그런 놈과 싸우고도 살아 있는 건 천운이라고 해야 할 정도다.

그러나 다음에도 그런 운이 따라 주리라는 보장은 없다.

아니, 솔직히 말하면 확률 제로다. 놈은 이미 태영을 적으로 인식했고, 그에 걸맞은 방식으로 대응할 테니까.

그럼 방법은 하나뿐이다.

'놈보다 강해지는 수밖에 없다! 그동안 놈도 그 자리에 머물러 있어 주지는 않겠지만, 그보다 빨리 강해지면 될 일이다! 그리고…… 할 수 있다! 그래, 이번에는!'

태영은 놈과의 격차를 실감하고도 좌절하지 않았다.

믿는 구석이 있어서다.

바로 각성자!

지금의 태영은 과거와 달리 뭐든 할 수 있는 존재다.

게다가 수많은 회귀를 통해 배운 수많은 지식까지 가지고 있다. 그러니 충분히 할 수 있는 일이라고 믿고 있었고, 그 생각은 지금도 달라지지 않았다.

그러나 문제가 하나 있었다.

-눈치 볼 필요 없다고 말하니 한마디 하지. 포션으로 샤워를 하고 있어도 죽을 놈은 죽는 법이다. 뭐 그래도 직접 중급 포션까지 만드는 건 대단하다만, 그럴 바에는 차라리 그냥 상급이나 최상급 포션을 사는 게 좋지 않겠냐? 돈도 많잖아.

"돈은 아무리 많아도 부족한 거야."

-나 참, 정말 초지일관이군. 그래도 뭐, 인간을 기준으로 삼으면 딱히 틀린 말도 아니다만, 그런 것도 어차피 죽으면 다 소용없는 거잖아. 그러니 포션을 만들 시간에 다른 거, 예를 들면 이 몸으로 몬스터를 썩썩 썰어 대는 편이 낫지 않냐는 거다.

이 녀석도 초지일관 칼부림이다.

뭐 검이니 어쩔 수 없는 일이고, 틀린 말도 아니지만.

"그것만으로는 부족해."

—부족하다니? 어디가? 포션을 말하는 거야, 썩썩 써는 걸 말하는 거야?

"양쪽 다."

—포션이 부족하다는 거야 주인의 주머니 사정에 따라 달라지겠지만, 썩썩 써는 게 부족하다는 말은 무슨 말인지 모르겠군. 그게 부족하고 말고 할 일이냐? 그럼 강해지는 데 그것 외에 달리 또 뭐가 있다는 거지?

태영을 고민하게 만드는 문제가 바로 그것이다.

과거에는 그런 고민이 없었다.

할 수 있는 범위가 한정되어 있으니 할 일도 명확했다.

그러나 한계도 명확했다.

'예전에 그리모어가 지적한 적이 있었지. 할 줄 아는 게 많은 게 꼭 좋은 것만은 아니라고. 하지만 그건 틀린 말이야. 할 줄 아는 게 많으면 당연히 좋다. 물론 어느 시점에서는 선택과 집중이 필요하겠지만, 앞서 걱정하며 가능성까지 닫아 놓을 이유는 없어.'

문제는…….

—그것만으로 충분한가?

카자드와 싸우고 나서 떠오른 질문이고, 답은 바로 나왔다.

'무리겠지.'

레벨 1의 마법을 100개 배운다고 레벨 100의 마법이 되는 건 아니다.

각종 보조 마법을 덕지덕지 붙여도 레벨 1은 레벨 1.

검술도 마찬가지다.

많이 익히면 그만큼 여러 상황에 대처할 수 있겠지만, 결국 딱 그 정도 수준.

태영 역시 이를 알고 있기에 더 쉬운 방법을 두고 새로운 검술을 창안해 익힌 것이다.

우수한 검술 중에서도 뛰어난 부분만 결합해서.

'그건 틀리지 않았어. 실제로 아직 부족한 실력으로도 미스트와 대등하게 싸울 수 있던 건 그 검술 덕분이기도 하고. 분명 그런 식으로 검술을 익혀 나가다 보면, 머지않아 미스트를 넘어설 수도 있을 거다. 하지만…….'

상대가 카자드로 바뀐다면 얘기가 달라진다.

과거 태영은 그 검술을 모두 극성까지 익혀 봤지만, 놈을 넘어선 적은 없기 때문이다.

'장점만 뽑았다고 해도 과연 그런 검술로 놈을 넘어설 수 있을까?'

솔직히 비관적이다.

설사 가망이 있다 해도 확률은 반반.

당연히 태영은 그런 반반의 확률에 몰방할 생각은 없었다.

이에 태영은 모든 걸 처음으로 되돌려 다시 한번 생각해 보았다.

그 결과 두 가지 문제점을 발견했다.

'그동안 나는 각성자의 몸을 활용하는 방법만 생각했지, 정작 그 몸의 능력을 더 향상할 방법에 대해서는 깊게 생각해 본 적이 없어.'

그게 태영이 포션 조제에 열을 올리는 첫 번째 이유다.

'슬슬 올 때가 됐는데…….'

그리고 태영이 그런 생각을 할 때였다.

–스킬 [포션 조제]를 습득했습니다.

–[포션 조제 Lv. 1]의 효과로 이후 제작하는 포션의 효과가 10% 상승합니다.

–[직업 : 연금술]의 카테고리 중 일부가 활성화되었습니다.

눈앞에 떠오르는 메시지.

–뭐 생기겠지. 주인은 각성자니까, 부지런히 만들면. 그래서? 주인이 말한 부족한 부분을 채워 줄 게 이 스킬로 생기는 포션 효과 10%라는 건가?

물론 아니다.

태영이 원했던 건 스킬 그 자체다.

'각성자는 직업이 아니야. 하지만 직업처럼 신체 자체의 레벨이 올라가는 특성이 있다. 그때 상승하는 능력치는 내가 아는 어떤 직업보다도 높아. 그리고 이전에 각성자 레벨이 오른 건 스킬 습득에 집중하던 시기!'

즉, 그게 각성자의 레벨이 올리는 데 필요한 조건일 확률이 높다는 말이다.

'그게 뭐든, 어떤 스킬이든, 일단 내가 아는 지식을 총동원해 최대한 많은 스킬을 익힌다!'

이게 태영이 내린 결론이었다.

그러나 포션을 만드는 건 단순히 그 이유만이 아니었다.

"이건 준비야."

-준비라니? 뭘 할 생각인데?

"해 보지 않은 것."

-뭐?

"이번 일로 깨달았거든. 내가 그동안 너무 노력을 게을리해 왔다는 걸 말이야."

-흠…… 그건 잘 모르겠군. 적어도 내가 보기에는 주인이 노력을 게을리했다고 생각하지는 않는데…….

태영도 그렇게 생각해 왔다.

그러나 이번 일을 계기로 다시 생각하며 깨달았다.

태영이 노력해 온 건 아는 범위 안에서였고 그 이상을 벗어날 이유도 없었다.

심지어 마경의 숲에서도.

태영은 필사적이라고 생각했지만, 실제로는 아니었다.

어디에 얼마나 강한 몬스터가 있는지 알고 있었으니까. 말하자면 할 수 있던 것을, 할 수 있을 때 했을 뿐이다.

노력을 게을리했다는 말은 그런 의미다.

"할 수 있다는 걸 뻔히 알고 있는 걸 하는 건 노력이라고 할 수 없어. 해 보지 않은 일에 도전해서 이겨 내는 과정이 노력이지."

-무슨 말인지는 알겠다만…….

그리모어가 찜찜한 목소리로 중얼거렸다.

-주인은 약하지 않다. 물론 그런 건 비교하는 인간에 따라 다르겠지만, 적어도 성장 속도 면에서는 지금까지 내가 봐 온 어떤 인간보다도 빠르다고 할 수 있지. 그런데도 만족하지 못한다는 건가?

만족하고 말고의 문제가 아니다.

해야만 하는 거다.

이미 경험해 봤으니까. 지금까지 해 온 대로는 닥쳐올 미래에 대한 대비로 충분하지 않다는 것을.

발트하츠에서 생각한, 자신만의 기반이 필요하다고 한 이유도 그래서다.

카자드를 만난 이후로 그 생각은 더 강해졌다.

'거기에 필요한 건 돈과 사람, 그리고 힘이다. 그중 돈 문제는 해결됐어. 물론 그 전에 해결해야 할 문제가 남아 있기는 하지만, 그건 서두른다고 될 문제가 아니다. 그럼 지금 내가 해야 할 일은…….'

기반은 그저 원하는 장소에 원하는 사람을 모아 둔다고 만들어지는 게 아니다.

자신의 영역을 지키고 사람들을 이끌 힘이 있어야 성립되는 것.

그러니 필요한 거다.

더 많은 힘이! 가능한 한 빨리!

– 모르겠군. 주인이 말하는 힘이 어떤 건지, 또 얼마나 있어야 만족하겠다는 건지도. 하지만 가장 궁금한 건 이거다. 그래서 뭘 하겠다는 거지?

"이거야."

태영이 가방에서 원반을 꺼내 보이며 대답했다.

– 그건…… 그 후작이라는 인간의 창고에서 가지고 나온 물건이군. 그렇지 않아도 궁금했지. 주인이 욕심이 없는 사람도 아니고, 대체 왜 금은보화가 넘쳐 나는 곳에서 고작 그런 냄비 뚜껑으로나 쓸 수 있을 것 같은 물건을 가지고 나왔는지. 분명 뭔가 꿍꿍이가 있기는 하겠지만…….

"이건 열쇠야."

– 열쇠? 이게? 대체 자물쇠가 어떻게 생겨 먹었기에 열쇠가 그따위로 생긴 건데? 아니, 그보다 뭐가 있다는 건데? 그 냄비 뚜껑

으로 열 수 있는 자물쇠 뒤에?

"나도 몰라."

태영이 아는 건 두 가지.

그곳에 굉장한 아티팩트가 숨겨져 있다는 것과 굉장히 위험한 곳이라는 것뿐이다.

"그곳에 들어갔다고 돌아 나온 사람은 없거든."

－돌아 나온 사람이 없다고? 그럼 굉장한 아티팩트가 있는지는 어떻게 아는데?

"고대 문헌에 적혀 있던 내용이야."

－……뭐? 그럼 그런 낡은 책에 적혀 있는 글자 몇 줄 때문에 그런 보고에서 그딴 냄비 뚜껑을 들고 나오고, 아무도 돌아오지 못했다는 찜찜한 괴담이 떠도는 곳에 가겠다는 건가?

물론 아니다.

해 보지 않은 일을 하겠다는 게 무턱대고 아무 데나 쑤시고 돌아다니겠다는 의미는 아니니까.

최소한의 준비와 정보 정도는 필요하다.

포션을 만들며 이곳으로 온 이유가 그 때문이다.

사실 태영이 봤다는 고대 문헌은 원본이 아니다. 고대 문헌에서 흥미로운 내용만 발췌해 적어 놓은 일종의 안내서 같은 책이었다.

'내 기억이 틀림없다면 그 책의 저자는 도노반, 헌터 생활을 하다가 은퇴한 마법사다. 내가 그 책을 처음 봤을 때는 이

미 죽은 뒤였지만…….'

이 시기에는 살아 있었다.

삐이이이-!

지금, 하늘 위에서 맴도는 청영의 눈에 비치는 마을에!

뼈와 살, 그리고 밥?

따각, 따각.

태영은 흑영을 몰아 마을로 들어갔다.

사실 마을이라고 부르기에는 꽤 부족함 감이 있었다.

조금 전부터 보이기 시작한 밭 안쪽, 그저 경계를 표시하기 위한 용도의 울타리와 그 너머에 모여 있는 20여 채의 가옥이 전부.

–떨거지들의 집합소였군.

그렇다고 이렇게 말하는 것도 좀 과하다 싶지만, 대략 그런 느낌이기는 하다.

이런 마을은 십중팔구 개척민의 촌락.

이런저런 이유로 도시에서 버티지 못하고 떨려 나온 사람들은 대부분 이렇게 불모지를 개척하며 살아간다.

물론 그 역시 영주의 허가가 필요하고, 결국 이런저런 이유로 세금을 뜯기게 되지만, 보통 2~3년 이상 면제해 주기 때문이다.

"그래도 이 정도면 나쁘지 않아. 시작한 지 얼마 안 돼 보이는 것치고는 밭의 규모도 큰 편이고, 작물의 상태도 꽤 괜찮아. 개척민의 촌락 중 반 이상이 3년을 버티지 못하고 사라지는 데 비하면 성공한 축에 속한다고 봐야겠지."

–그런 걸 이해 못 하겠다는 말이지. 그럴 바에는 차라리 헌터나 용병을 하는 게 낫잖아. 영주라는 놈들에게 돈 뜯길 일도 없고, 뭣보다 신나게 썩썩 썰어 버릴 수도 있고 말이야. 누가 봐도 죽도록 땅 파서 영주에게 갖다 바치는 것보다는 백배 낫지.

"헌터나 용병도 세금은 내."

–어? 진짜냐?

"헌터가 길드에서 받는 의뢰비는 30~40%의 세금을 떼고 지급하는 거야. 용병은 그런 건 없지만, 통행세나 보증비 같은 명목으로 받는 세금이 많아 크게 다르지 않지."

–뭐야, 그게? 말이 돼? 그럼 누가 뭘 하든 결국 아무것도 하지 않는 영주만 부자가 된다는 말이잖아.

"아무것도 하지 않는 건 아니지만……."

–대체 인간들은 왜 그런 걸 고분고분 받아들이는 거야? 확 엎어 버리지 않고.

그런다고 달라지지도 않는다.

몇 번이나 확 엎어 버린 현대도 다를 게 없으니까.

영주가 정치인, 혹은 기득권자라는 이름으로 바뀌었을 뿐이다. 뭐 그렇다고 인제 와서 인류의 역사에 딴지를 걸 생각은 없다.

"그래도 주머니 사정만 생각하면 헌터나 용병이 더 낫기는 하지. 문제는 그걸 써 보지도 못하고 죽어 나가는 사람도 많다는 거지만. 헌터든 용병이든 네가 떠들어 대는 것처럼 썩썩 써는 것보다 썰리는 쪽이 몇 배나 많다고. 어떤 세상이든 그런 위험보다 안정을 택하는 사람이 더 많은 법이야."

-하! 어차피 100년도 살지 못하는 주제에 안정은 무슨…….

어차피 그리모어를 이해시키기도 힘들 테고.

-여기도 딱히 그런 느낌은 아니잖아.

태영도 이쪽이 더 신경 쓰였다.

청영을 통해 볼 때도 좀 이상하다고 생각했다.

한낮인데도 밭에서 일하는 사람이 보이지 않았다.

20~30명, 아마도 마을 인구 대부분일 사람들이 마을 광장에 피워 놓은 모닥불 주위에 모여 있었다.

아직 불을 쬘 계절은 아니다.

사람들도 멀찍이 거리를 두고 지켜보고 있을 뿐이었다.

묘한 불안감이 떠돌아다니는 분위기.

딱히 경계하는 눈치는 아니었지만, 태영을 힐끔대는 사람들의 얼굴도 그다지 밝아 보이지는 않았다.

'뭔가 일이 있는 건가?'

일단 좋은 일은 아닌 분위기다.

그러나 본래 개척민의 마을에는 항상 이런저런 문제가 있는 법.

태영은 대수롭지 않게 넘기며 그들에게 다가갔다.

"말 좀 묻겠습니다. 이곳에 도노반이라는 분이 살고 계시다는 말을 듣고 찾아왔습니다. 혹시 이 중에 계십니까?"

"아니…… 이 중에는 없소."

"이 마을에 살고 있기는 하다는 말이군요."

"그렇소."

한 중년인이 고개를 끄덕였다.

그러나 그다지 호의적이지 않은 얼굴로 말을 이었다.

"하지만 우리도 얼굴조차 보기 힘들지. 저기 보이는 저 집에 틀어박혀 통 나오지를 않으니. 뭐, 애초에 그런 조건이기는 했지만……."

"감사합니다."

"……아니, 잠깐만."

구시렁대듯이 중얼대던 중년인이 몸을 돌리는 태영을 붙잡았다.

"혹시 헌터요?"

"네, 주업은 아니지만."

"그럼……."

"어이, 한슨, 그만둬."

그때 뒤에서 다른 사내가 끼어들었다.

그리고 슬쩍 태영의 얼굴을 훑어보다가 작은 목소리로 중얼대듯이 말했다.

"우리에게 헌터를 고용할 돈이 어디 있어? 게다가 딱 보면 알잖아. 무리라고, 이런 사람은. 그렇다고 파티가 있는 것도 아니고…… 괜히 일만 더 커질 수도 있어."

뭔가 무례한 말을 들은 기분이다.

-새삼스럽지도 않군. 이번에는 정말 진지하게 하는 말이다만, 정말 얼굴에 칼자국이라도 만들어 두는 게 낫지 않겠나?

그리모어에서도.

그러나 이번만큼은 그리모어도 맥락 없이 떠들어 대는 건 아니었다.

헌터에게 상처는 곧 이력서.

상처가 많을수록 능력 있는 헌터로 취급하는 경향이 있다.

물론 태영은 굉장한 착각이라고 말해 주고 싶지만.

'뭐 헌터 등급이 F인 건 사실이지.'

앞으로의 일을 생각하면 조만간 그것도 올려 둬야겠다는 생각을 하고 있기는 했다.

그러나 여기에 온 목적은 그게 아니다.

하물며 대놓고 무시하는데 굳이 영업까지 해 가며 사정을 듣고 싶은 생각은 들지 않았다. 뭐 결정적인 이유는 돈 나올 구석이 보이지 않는다는 점이지만.

"그럼 가 보겠습니다."

태영은 마을 사람들이 떠들어 대는 말을 가볍게 씹어 주며 말을 돌렸다.

중년인이 가리킨 오두막은 마을에서 조금 떨어져 있었다.

태영은 그 앞에 흑영을 세워 두고 문을 두들겼다.

"실례합니다!"

"또 뭔가? 몇 번이나 말했지 않나? 난 이제 헌터가 아니야! 은퇴한 지 오래라고! 더구나 현역 시절에도 난 그런 일 전문이 아니었어! 마법사라고 다 불덩이를 펑펑 쏴 대는 게 아니라고! 뭣보다, 난 한가한 사람이 아니야!"

문 너머에서 짜증 섞인 목소리가 들려왔다.

"무슨 말인지는 모르겠지만, 저는 마을 사람이 아닙니다. 도노반 님에게 묻고 싶은 게 있어서 찾아온 사람입니다."

"묻고 싶은 거?"

"네, 분명 도노반 님도 흥미가 있을 겁니다. 도노반 님이 고대 문헌을 모아 정리한 책에 관련된 내용이니까요."

별다른 대꾸는 없었다.

이에 다시 입을 열려 할 때 갑자기 문이 열렸다.

그리고 그 안쪽, 책이 탑처럼 쌓여 있는 책상 너머에 앉아 있는 노인이 눈에 들어왔다. 고깔모자에 로브를 걸치고 긴

담뱃대를 빼끔거리는, 영락없는 마법사였다.

"일단 들어오게."

그가 손가락을 까딱였다.

그러나 그가 관심을 보인 건 태영보다 되레 어깨 위에 앉아 있는 청영이었다.

"응? 그 새는…… 자네가 키우는 새인가?"

"네, 보다시피 저는 아스토리아 출신이고, 이 매도 그렇습니다."

삐이!

청영이 고개를 끄덕였다.

묘한 눈길로 바라보던 마법사, 도노반이 살짝 고개를 갸웃거렸다.

"희한하군."

"뭐가 말입니까?"

"아니, 뭐 내가 착각한 거겠지. 그보다, 내가 고대 문헌을 정리해 책을 쓰고 있다는 걸 자네가 어떻게 알고 있는 건가?"

도노반이 시선을 태영의 얼굴로 옮기며 물었다.

아직 책이 완성된 게 아닌 모양이다.

실수했다는 생각이 들었지만, 그리 큰 문제는 아니다.

"어떤 헌터에게 들었습니다."

"헌터에게 들었다고? 내가 그런 말을 한 녀석은…… 딱히 떠오르지 않는데…… 뭐 그런 놈이 있었던 모양이지. 비밀도 아니었으니까."

기억이란 본래 애매한 법이라 우기면 어떻게든 넘어가기 마련이다.

"그보다 고대 문헌과 관련된 내용이라는 말에 관심이 가는군. 내 흥미를 끌 수 있는 것이라면 더 좋겠는데 말이야."

"이겁니다."

태영이 원반을 꺼내 들었다.

원반을 살펴보던 도노반이 미간에 주름을 잡으며 되물었다.

"뭔가, 이건?"

"그걸 알아봐 달라는 부탁을 하러 온 겁니다."

도노반의 미간에 잡힌 주름에 실망감과 짜증이 더해졌다.

"나는 감정사가 아니네."

"저도 감정을 해 달라는 게 아닙니다. 제가 알고 싶은 건 이 물건이 어떤 것이냐가 아니라, 어떻게 사용하는지입니다."

"더더욱 내 분야가 아니군."

-뭐야, 저 노인네. 아무것도 모르잖아. 잘못 찾아온 거 아닌가?

그럴 리가 없다.

단지, 좀 전에도 말했듯이 사람의 기억이란 본래 애매한 것이기 때문이다.

"아니, 도노반 님의 분야입니다. 제가 아는 한 이건 어둠의 계곡에서 흘러나온 것이고, 또 그곳의 비밀을 밝혀낼 유일한 물건이기 때문입니다."

이에 태영은 좀 더 구체적으로 말해 주었다.

"어둠의 계곡이라고?"

역시나 도노반은 바로 반응을 보였다.

그리고 황급히 원반을 집어 들고 한참, 꼼꼼히 살펴보더니 놀란 얼굴로 중얼거렸다.

"확실히…… 연대를 보면 고대, 아니 신대(神代)까지 봐도 될 정도로 오래된 물건이군. 게다가…… 자네 말을 듣고 보니 본 기억이 있는 것도 같아. 실물을 본 건 아니지만…… 대체 이런 걸 어디서 얻은 건가?"

"그건 말씀드릴 수 없습니다."

"아, 그래. 그렇겠지. 헌터에게 물건의 출처를 묻는 것만큼 무례한 짓은 없지. 미안하네. 은퇴한 지 오래되어 감을 잃은 모양이네."

"괜찮습니다. 그보다 알아봐 주실 수 있겠습니까?"

"이게 진짜 고대나 신대의 물건이고, 어둠의 계곡과 관련이 있다면 적어도 단서 정도는 찾을 수 있을지도 모르지."

도노반이 고개를 돌렸다.

책상 위에 쌓여 있는 책이 탑이라면 그 뒤에는 성벽, 수백 수천 권의 책이 집의 반 이상을 메우고 있었다.

"저기 어딘가에서 말이야."

다시 고개를 돌린 도노반이 태영을 바라보며 웃었다.

"그런 눈으로 보지 말게. 자네에게는 어떻게 보일지 몰라도 내게는 보물이나 다름없으니까. 모두 내가 헌터 생활을 하며 모은 책들이지. 아니, 정확히는 저걸 얻기 위해 헌터 생활을 했다고 할 수 있지."

태영도 알고 있다.

그의 책에 적혀 있던 내용대로라면 그는 5레벨급 마법사.

비록 공격 마법 전문은 아니라도 결코 낮은 수준은 아니다. 그런 그가 임관도 하지 않고 헌터 생활을 한 이유는 오직 고대 문명에 관한 관심 때문이었다.

"고대의 얘기는 너무 허황하거나, 미화된 부분이 많아. 그 탓에 되레 평가 절하되어 있는 부분도 있고. 나는 그런 내용을 모두 정확한 자료에 근거해 제대로 된 안내서를 만드는 걸 일생의 과제로 삼고 있지. 그 탓에 무턱대고 모으다 보니 저렇게 돼 버렸지만…… 요점은 저렇게 연대별로 정리하는 데만 꽤 많은 시간이 걸렸다는 말이네. 그걸 다시 까뒤집어서 자네가 알고 싶은 정보를 찾아내는 건 쉬운 일이라고 할 수 없지."

"물론 사례는 하겠습니다."

태영은 악착같이 모아도 써야 할 때는 쓴다.

"보다시피 아직은 여물지 않은 헌터라 주머니 사정이 넉

넉지는 않습니다만."

단지 지출을 줄여야 잘살 수 있다고 생각할 뿐이다.

그러나 도노반은 고개를 저었다.

"그런 문제가 아니네."

"그럼 뭔가 달리 원하시는 거라도 있습니까?"

"흠……."

태영의 말에 잠시 생각하던 도노반이 슬쩍 고개를 들어 올리며 물었다.

"일단 확인부터 하지. 자네가 나를 통해 알고 싶은 건 이 원반의 용도 하나뿐인가? 다른 건 없는 건가?"

알고 물어보는 건지는 모르겠지만, 있긴 하다.

도노반처럼 왕성한 지식욕을 가진 헌터는 그리 많지 않다.

물론 그 관심의 대부분은 고대 문명에 집중되어 있었지만, 그처럼 경험 많은 헌터라면 알고 있을지도 모른다고 생각했다.

"있습니다."

아직 태영이 알아내지 못한 두 가지.

하나는 마경의 숲에서 얻은, 정보 길드에서도 알아내지 못한 인장이 새겨진 반지. 다른 하나는 얼마 전 정체불명의 마법사 레어에서 찾은 '디비니티'라는 이름의 마도서다.

태영은 아직 그 마도서를 해석하지 못하고 있었다.

지금까지 익혀 온 마법과는 너무나 달라서 정말 마법 술식인지조차 의심스러울 정도였다.

한때 대마법사였던 태영이 이론조차 이해하지 못하는 것이다.

'도노반이 그때의 나보다 높은 레벨의 마법사라고 할 수는 없겠지만…….'

레벨이 전부가 아니다.

특히 지식은, 이론보다 경험이 더 중요할 때가 많은 법.

물론 그렇다고 마법사에게 마도서를 들이밀 수는 없는지라 태영은 술식 일부를 옮겨 적은 종이를 내밀었다.

"고대 문명과 관련은 없겠지만, 혹시 뭔가 알 수 있겠습니까?"

"자네는 무슨 수수께끼 상자 같군. 이렇게 내 관심을 끌 만한 게 연거푸 나오는 걸 보니 말이야. 그런데…… 이게 다인가?"

"네?"

"아니, 됐네. 나도 아직 확신은 없으니까."

고개를 저은 도노반이 다시 반지와 종이를 유심히 바라보며 말을 이었다.

"이 두 가지도. 반지의 문장은 그렇다고 쳐도, 이 종이에 그려진 술식은 나도 일찍이 본 적이 없는 것이라 아직은 뭐라 대답하기는 힘들군. 그래도 일단 찾아봐 주기는 하겠네. 어차피 원반에 대해 알아보려면 저 책 더미를 뒤져야 할 테니까.”

“정말입니까?”

“대신 조건이 있네.”

도노반이 슬쩍 태영을 돌아보며 물었다.

“혹시 내 집에 오는 사이에 마을 사람들이 자네를 붙잡고 뭔가 말하지 않던가?”

“붙잡히기는 했습니다, 뭔가 말하려고도 했고. 그런데 옆에 있던 사람이 저를 보더니 어차피 무리라며 말을 막더군요.”

도노반은 웃음을 터뜨렸다.

“이 마을 녀석들은 사람 볼 줄을 모르지.”

“무슨 일이 있는 겁니까?”

“있기는 하지, 얼마 전부터 마을 근처를 얼쩡거리고 있거든.”

도노반이 고개를 끄덕였다.

그리고 담뱃대를 물고 한번 쭉 빨아들인 연기를 뿜어내며 말했다.

“언데드가 말이야.”

“언데드?”

“혹시 경험이 있나?”

“네, 몇 번…….”

고개를 끄덕이던 태영이 살짝 갸웃거렸다.

"하지만 그런 것치고는 그리 험한 분위기는 아니던데요? 게다가 만약 정말 언데드가 나타났다면 단순히 이 마을만의 문제가 아니지 않습니까. 영주나 신전에 알리는 게 먼저 아닙니까?"

"물론 알렸네."

도노반이 고개를 끄덕였다.

"무시당했고."

"네? 그럴 리가…… 아직 세금을 내기 전이라면 영주가 개척 마을까지 보호해야 할 의무는 없지만, 언데드는 일종의 재해입니다. 언데드를 방치하다가 영지가 피폐해진 사례는 얼마든지 있죠. 그런데 보고를 받고도 무시했다는 건 이해가 되지 않습니다. 물론 갑자기 세상이 뒤바뀌어 버렸으니 영주도 이래저래 여유가 없긴 하겠지만……."

"아, 그래, 그런 이유도 있겠군. 나야 이런 곳에 처박혀 있으니 아직 실감하지 못하겠지만, 일전에 들른 행상인이 아주 난리가 났다고 떠들어 대더군."

"다른 이유도 있다는 말입니까?"

"있지."

도노반이 다시 담뱃대를 입에 물었다.

그리고 한껏 빨아들인 연기를 뿜어 올리며 말을 이었다.

"그 언데드라는 게 이런 놈들이라서네."

"이런? 그게 무슨……."

뭔 말인가 하고 바라보던 태영의 얼굴이 괴상하게 일그러졌다.

– 호오, 굉장한 기술이군.

도노반이 그 굉장한 기술로 만들어 내고 있어서다.

입에서 흘러나오는 연기를 이용해서.

– 저건 딱 봐도 소군. 다음은 돼지겠고, 그리고 저건…… 어이, 청영, 네 사촌이다. 쓸데없이 날아다니기를 포기한 대신 저렇게 알을 쑴풍쑴풍 낳는 길을 선택한, 너보다 훨씬 생산적인 녀석이지.

삐익–!

청영이 날카로운 울음을 터뜨렸다.

그러자 그리모어가 떠든 것처럼 닭에 이어 조그만, 달걀 모양의 연기를 퐁퐁 뿜어 올리던 도노반이 움찔했다.

"응? 자네 매가 갑자기 왜 저러나?"

"별일 아닙니다. 그보다 이 마을 근처에서 나오기 시작했다는 언데드가 그런 거란 말입니까? 소, 돼지, 닭?"

"일단은. 뭐 한 번은 들개 같은 놈도 있었지만, 대체로 이런 놈들이지. 그래도 언데드는 언데드, 위험하다는 점에서는 마찬가지겠지만 말이야. 아무래도 할 일 많은 영주님께서 위기감을 느끼기에는 좀 약하지. 실제로 사나흘에 한두 마리 정도밖에 보이지 않는 수준이기도 하고."

확실히 그런 느낌이라면 영지군을 움직이기는 쉽지 않다.

물론 잠재적인 위험이 존재하는 건 사실이지만, 영지군도 공짜로 움직여지는 게 아니다.

그 연료는 영주의 주머니에서 나오는 돈.

영주는 위험도와 금화의 무게를 저울질할 수밖에 없다는 말이다.

그러니 일단 상황은 이해는 되지만.

"이상하군요."

"어떤 부분이 말인가?"

"언데드가 발생하는 이유는 여러 가지가 있죠. 그리고 그건 꼭 사람이나 들짐승에게만 해당하는 일은 아닙니다. 가축이 언데드로 변하는 일도 많죠. 하지만…… 애초에 그 정도로 많은 겁니까? 개척 마을에, 가축이 말입니다."

당연히 있을 리가 없다.

개척 마을은 여유 있는 사람들이 모이는 곳이 아니니까.

주변에 다른 부촌이 있다 해도 마찬가지다.

보통 가축은 죽어도 언데드가 되기 전에 뼈도 남지 않는다. 마을 사람이 모두 채식주의자가 아닌 다음에는 말이다.

그게 태영이 제기한 의문의 의미고.

"합격이네."

도노반은 활짝 웃으며 대답했다.

"그게 조건인 모양이군요."

"그런 셈이지. 내가 원하는 건 원인을 찾고, 가능하다면 제거까지 해 주는 거네. 내 얘기를 듣고 그런 의문조차 떠올리지 못하는 사람에게 그런 기대를 하기는 무리겠지."

"저도 장담은 못 합니다."

"나도 꼭 해 줘야 한다는 말은 아니야. 이런 일이 그저 맘먹고 나선다고 되는 게 아니라는 것 정도는 알고 있으니까."

"왜 직접 나서시지 않는 겁니까?"

"난 전투 마법사가 아니네. 몇 가지 사용할 줄 알아도 전투력만 보자면 이 마을의 젊은 녀석들과 크게 다를 것도 없지. 내가 이 마을에서 살기로 한 조건도 간간이 작물에 도움이 되는 마법을 써 주는 게 전부였네. 그런데 이 마을 녀석은 마법사라면 다들 불덩이를 펑펑 쏴 대는 줄 아는지, 어떻게든 해 달라며 엄청 귀찮게 굴어 댄단 말이지."

"그런데도 돕고 싶습니까?"

"그럼? 이걸 짊어지고 이사라도 가야겠나?"

도노반이 뒤쪽에 쌓여 있는 산더미 같은 책을 돌아보며 되물었다.

태영이 피식 웃으며 끄덕였다.

"무리겠군요."

"그래, 무리지. 뭐 이 마을 녀석들에게는 빚도 있고. 나처럼 수상한 은퇴 마법사를 군말 없이 받아 주는 마을도 흔치 않으니까. 그러니 내가 자네 부탁으로 책을 뒤지는 동안 뭔가 하는 척이라도 해 달라는 거네. 그렇게 얼렁뚱땅 시간만 때울 것 같은 사람으로는 보이지 않지만."

"그렇게 말씀하시면 부담스럽고요."

"그러라고 하는 말이네."

도노반이 얼굴 가득 주름을 만들며 웃었다.

은퇴한 마법사와 오래 얘기하면 주머니가 홀쭉해진다는 말이 괜히 나온 게 아닌 모양이다.

그러나 태영도 불평할 입장은 아니었고.

"해 보겠습니다."

도노반이 말한 대로 맡은 이상 어영부영 시간만 때울 생각은 없었다.

"그럼 나도 해 보지."

태영은 도노반의 이런, 응원인지 협박인지 모를 말을 끝으로 밖으로 나왔다.

그리고 마을 사람에게 대강 설명해 주었다.

"자네가 언데드 일을 조사해 주겠다고? 그럼 보수는……."

"도노반 님에게 받았습니다."

정확히는 받을 예정이니 상관없지만.

"그건 감사한 일이지만…… 괜찮겠나? 자네 혼자? 아니, 도노반 영감님이 의뢰한 헌터를 못 믿겠다는 말은 아니고……."

그런 걱정은 집어치워 주면 좋겠다.

그러나 보수를 어디서 받는 일단 고객은 고객, 태영은 영업용 미소를 지으며 대답했다.

"최선을 다해 보죠. 하지만 그러기 위해서는 정보가 필요합니다. 언데드가 나타나기 시작한 게 언제인지. 대체로 언제, 어느 방향에서 나타나는지. 그동안 얼마나 나타났고, 어떤 피해가 있었는지. 혹시 근처에 다른 마을이 있다면 그곳에 대한 것도. 뭐든 좋으니 아는 건 모두 말해 주십시오."

태영은 일단 정보를 수집했다.

언데드가 나타나기 시작한 건 약 한 달 전.

그러나 꽤 시간이 지난 것치고는 피해가 크지는 않았다.

기괴한 울음소리를 내며 작물을 훼손하다가 날이 밝기 전에 사라지는 정도가 전부였다.

물론 콩 한 쪽도 아쉬운 개척 마을에는 그것도 적지 않은 피해이기는 하지만, 그 정도는 멧돼지라도 할 수 있는 일이다.

실제로 주민이 궁여지책으로 설치한 덫에 걸리기도 했고.

날이 밝은 뒤에 확인했을 때는 다리만 남아 있었지만, 태영이 본 모닥불은 그 뼈다귀를 태우던 것이었다고 한다.

-정말 시답지 않은 일이군. 그 정도면 그냥 저 녀석들끼리 처리해도 되는 거 아니야?

태영도 살짝 그런 생각이 들었지만 어쨌든.

"역시 이상해."

-또 뭐가?

"언데드가 발생하는 이유가 뭔지 알아?"

-그야…… 자세히는 모르지만, 저주나 대지의 오염, 대충 그런 거 아니야? 아, 하나 더 있겠군. 네크로맨서도 만들 수 있지.

"그래, 하지만 이 마을은 어디에도 해당하지 않아."

삐이-!

태영이 그렇게 확신하는 이유는 이미 청영으로 훑어봤기 때문이다.

저주를 받거나 오염된 땅은 티나 나기 마련이지만, 근방에 그런 장소는 보이지 않았다.

"그런 장소가 있다 해도 언데드가 되는 건 들짐승이었겠지. 그런데 주변에 다른 마을이 있는 것도 아닌데 가축 언데드라니…… 자연스러운 일이 아니야. 그리고 네크로맨서 역시 그리 흔한 존재가 아니야. 아라크라는 북부의 소수 종족, 그중에서도 만에 하나 나올까 말까 한 재능을 타고난 사람만 될 수 있지."

-그래도 있긴 하다는 말이잖아. 그럼 놀러 왔을 수도 있고, 심심하니까 몇 마리 만들어 볼 수도 있겠지.

"너 같으면 그러겠냐? 아라크가 북방으로 밀려난 이유가 중앙 대륙의 왕국들이 현상금까지 걸어 가며 말살시킨 탓인데. 놀러 와서 언데드나 만들며 놀겠어?"

-정신 나간 네크로맨서가 없다는 보장도 없지.

그렇긴 하다.

그러나 그건 그것대로 문제다 싶고, 대충 결론만 내려놓고 놀 수도 없는지라.

'일단 기다려 보는 수밖에 없겠군.'

태영은 일단 적당한 곳에 자리 잡았다.

그리고 밤이 되었을 때.

삐이-!

갑자기 조용하던 밤하늘에 청영의 울림이 퍼졌다.

'……나타났다!'

시야를 바꾸자 태영의 눈에도 보였다.

흔들리는 수풀 속에서 느릿느릿하게 움직이는 세 마리의 언데드.

곳곳에 드러난 뼈 사이로 내장 따위를 질질 끌어 대는 놈들은 노도반에게 들은 대로 소와 돼지의 모습을 하고 있었다.

"놈들의 경로를 보면 서쪽 계곡 쪽에서 오고 있는 모양이군. 저런 몸으로 절벽을 내려왔을 리는 없으니 그 근처 어딘가에서 나왔다는 말인가?"

놈들의 출현과 동시에 바로 유력한 후보지를 찾아낼 수 있었다.

-그럼 얼른 가 보자고.

"아니, 그래도 마을로 오는 놈들을 그냥 놔둘 수는 없지."

태영은 일단 놈들을 향해 이동했다.

그리고 마주치는 순간.

꾸엑—!

바로 두 마리의 돼지가 도살!

—시시하군. 재미도 없고.

"재미로 하는 일이 아니잖아."

—그야 그렇지만, 며칠 만에 써는 게 이런 썩어빠진 뼈다귀와 물러 터진 살이라니, 욕구불만이 해소되기는커녕 더 쌓이는 것 같단 말이지. 게다가 뭔가 찜찜한 것들까지 눌어붙어서 기분도 영 좋지 않은데?

굳이 필요하다는 생각은 들지 않지만, 그리모어가 그렇게 말한다면.

위이이잉—!

"자, 이러면 되지? 깔끔해졌잖아."

—뭐 한결 낫군.

오러를 뿜어 올리자 깔끔해진 그리모어가 웃음기 섞인 목소리로 대답했다.

물론 태영도 그편이 한결 낫다.

태영도 썩어빠진 뼈와 물러 터진 살을 베는 감촉을 좋아하는 변태는 아니니까.

이에 한가하게 잡담을 주고받으며 남은 언데드 소에게 다가갈 때였다.

놈이 갑자기 이상 반응을 보이기 시작했다.

오리를 보더니 움찔하며 뒷걸음질을 치기 시작한 것이다.

그리고 이내 와락 몸을 돌리며 도주!

"뭐지? 언데드가 되고도 아직 본능이 남아 있는 건가? 분명 가끔 그런 언데드가 있기는 하지만 그런 것치고는……."

-너무 썩었지.

그런 감이 있었다.

물론 그렇다고 딱히 달라질 건 없었다.

"뭐 되레 잘됐지. 저 녀석을 따라가면 찾는 수고를 덜 수 있을 테니까."

태영이 그런 생각으로 놈을 따라 이동할 때였다.

꽤엑-!

돌연 근처의 수풀 속에서 괴성이 터져 나왔다.

동시에 너덜대는 살점 사이로 날카로운 이를 드러내며 뛰어나오는 또 다른 언데드!

"뭐야, 이건?"

서걱-!

일단 반으로 쪼개 놓고 확인해 보니 언데드 돼지였다.

그러나 놈만이 아니었다.

끼엑-!

그 직후에 나무 위에서 울리는 괴성!

뼈대만 남은 날개를 퍼덕이며 날아드는 언데드 닭이었다.

삐이이이-!

그러나 나타나기가 무섭게 청영에게 멱살을 잡힌 채 밤하늘 위로 올라갔고, 곧 닭 뼈가 우수수 떨어졌다.

하늘에서 무슨 일이 벌어졌는지는 굳이 상상할 필요도 없지만.

"어쩌면 네 말이 맞을지도 모르겠다."

–뭐?

"저 녀석이 오리를 보고 도망간 것도 그렇고…… 이놈들, 나를 유인하며 기습하고 있어. 언데드가 아니라도 소나 돼지 따위에게 그런 머리가 있을 리가 없어. 그럼 답은 하나밖에 없겠지. 누군가 조종하고 있다는 말이야."

–그럼…….

"놈을 잡아야지."

–흠, 기왕이면 그놈은 펄떡펄떡 뛰는 싱싱한 사람이었으면 좋겠군.

태영은 뒤이은 그리모어의 말을 못 들은 척하며 꾸준히 언데드 소의 뒤를 쫓아갔다.

그리고 언데드 역시.

꾸준히 수풀이나 나무, 바위 뒤에서 갑자기 튀어나오며 기습해 왔다. 물론 그래 봤자 소나 돼지, 닭인지라 나오는 족족 서걱서걱!

–젠장, 슬슬 짜증이 나기 시작하는군. 뭔가 하려면 제대로 하든지. 우리를 막겠다는 거야, 같이 놀자는 거야? 대체 이 망할 썩은

것들을 조종하는 놈은 언제 나오는 거냐고!

"머지않을 거야. 곧 절벽이니……."

불평을 터뜨리는 그리모어를 휘두르던 태영이 움찔하며 멈춰 섰다.

-뭐야, 놈이냐? 어디? 어디야?

그래서가 아니었다.

발아래의 땅이 통째로 들썩대고 있었다.

이에 태영이 반사적으로 뒤로 몸을 날리며 바닥을 구를 때였다.

빠직-!

등으로 딱딱하고 평평한 뭔가가 부딪히며 부서지는 느낌이 전해져 왔다.

상체를 일으킨 태영은 그 방향으로 시선을 돌렸다.

그리고 그때 알게 되었다.

적어도 어디서 그 많은 가축 언데드가 나오고 있었는지는.

출입 금지.

구제역 살처분 대상 가축 매립지.

부러진 나무 팻말에 적혀 있는 문구.

순간 태영의 머릿속에 자연스럽게 다음에 벌어질 일이 떠올랐다.

쿠쿵!

우워어어엉—!

그 상상은 들썩이던 땅이 주저앉으며 현실이 되었다.

꾸에에엑! 우워어어엉! 끼에에엑!

움푹 꺼져 들어간 땅속에서 들끓는 구더기처럼 우글대며 괴성을 질러 대는 소, 닭, 돼지!

그렇게만 늘어놓으면 긴박감이 느껴지지 않지만.

—썩은 뼈! 썩은 살!

이렇게 말해도 딱히 달라지지 않는다.

그러나 이 둘을 합쳐 놓으면 분위기는 확 달라진다.

너덜대는 살점 사이로 뼈와 내장 따위를 드러낸 모습으로 기어 올라오는 언데드 가축!

그야말로 지옥문이 열린 듯한 장면이었다.

물론 진짜 지옥을 몇 번이나 경험해 본 태영이 새삼 그딴 장면에 기겁할 이유도 없고, 그리모어도 마찬가지였다.

—대체 이게 다 몇 마리야? 영지의 가축을 몽땅 모아다가 처박아 두기라도 한 건가? 뭐가 됐든 이래서야 진짜 마을 녀석들이 떠들어 대던 대로 괜히 일만 더 키운 꼴이 돼 버렸군.

"마을에서 불과 수 킬로미터밖에 떨어지지 않은 곳이야. 어차피 언제고 벌어질 일이었어."

—그래서?

"그래서는 뭘 그래서야? 해치워야지."

－저 많은 걸?

역시 문제는 이쪽이다.

아무리 별것 아닌 놈들이라도 백 단위가 넘어가면 얘기는 달라질 수밖에 없다.

그러나 태영의 말대로 뭐가 됐든 할 일은 하나!

위이이잉－!

태영이 곧바로 다시 오러를 뽑아 올리며 놈들을 향해 돌진했다. 아니, 돌진하려 할 때였다.

"뭐……."

콰직! 지직! 와드득!

움찔하며 멈춰 서는 태영의 앞에서 연이어 울리는 뼛소리.

놈들이 뭉치고 있었다.

너덜대는 살점이 실처럼 얽히고, 밀려 나온 뼈가 그 위를 겹겹이 둘러싸며 마치 갑주를 걸친 짐승의 형태로.

그 과정은 순식간에 이루어졌고.

쿠쿵－!

무수한 뼈로 뒤덮인 놈의 다리가 대지를 흔들대며 떨어졌다. 그와 함께 성큼 다가오는 거대한 사체 덩어리!

"이런 식으로 나오면……."

황망한 얼굴로 그 모습을 바라보던 태영은.

"나야 고맙지."

절로 웃음이 터져 나왔다.

태영이 난감해하던 건, 뭐 사실 그렇게까지 난감해하던 것도 아니었지만 어쨌든, 놈들을 감당할 자신이 없어서가 아니었다.

숫자가 늘어 봤자 어차피 소나 돼지, 닭.

지금보다 2~3배쯤 많아도 써는 데는 문제가 없었다.

그러나 태영의 체력에도 한계는 있다.

이기기 힘들다는 말이 아니라, 그사이에 마을로 향하는 놈들까지 막기는 힘들다는 말이다.

즉, 태영이 우려하던 것은 놈들이 뿔뿔이 흩어져 날뛰는 상황.

그런데 놈들이 되레 한 덩어리가 되어 주었다.

－하! 이거야 원, 웃어 주지 않을 수가 없군. 커지면 이길 수 있다고 생각하는 건가?

"아니, 그럴 수밖에 없었겠지. 놈들을 조종하는 누군가가 있다면."

－응?

"언데드는 간단한 명령으로밖에 움직이지 못해. 마을에서 난동을 부려라, 혹은 숨어 있다가 기습해라 같은. 좀비나 스켈레톤처럼 인간형, 특히 병사의 언데드라면 전투 본능이 남아 있어서 그것만으로도 충분하지만, 가축이라면 얘기가 달라. 술자가 직접 조종해야겠지. 하지만 이 많은 숫자를 일일이 조종할 수는 없으니 하나로 뭉칠 필요가 있던 거야."

-흠, 그렇군. 그런데…….

쿵! 콰콰콰콰-!

-그런 말이나 하고 있을 때가 아니지 않을까?

그렇긴 하다.

휩쓸듯이 날아드는 거대 사체의 발에 수수깡처럼 부러져 나가는 나무들!

그러나 문제 될 건 없었다.

놈들이 뭉치는 순간 태영의 머릿속에서 바로 답이 나왔다.

"그리모어, 양손 도끼!"

펑! 펑! 펑! 펑!

거대한 도끼로 변하는 그리모어에 축적되는 마법의 힘!

도끼날에서 화염이 치솟아 올라왔다.

'확실히 다르군.'

태영은 불의 정수를 통해 화염 속성 마력 +50%!

아니, 얼마 전에 불길에 뛰어든 덕분에 5%가 더 추가되어 55%의 보너스를 얻었다.

그러나 아직 그 효과를 제대로 느껴 보지는 못했다.

이를 염두에 두고 화염 마법에 집중했지만, 아직 레벨 2 수준. +55%라고 해도 어차피 하급 마법의 수준을 벗어나지 못하기 때문이다.

'그 위력을 제대로 체감하려면 4레벨 화염 마법 정도는 돼야겠지. 하지만 축적할 수 있다면!'

얘기는 달라진다.

물론 마력이 그처럼 단순한 연산 법칙대로 적용되는 것은 아니지만.

콰직! 펑! 콰콰콰쾅—!

위력은 확실!

그리모어도 마력 축적과 소드 오러를 동시에 발동시킬 수는 없었다.

그러나 양손 도끼를 흡수해 얻은 무기 스킬 '충격'은 일단 도끼로 변환하면 상시 발동!

도끼로 내갈기자 먼저 그 '충격'이 발동하며 놈의 몸을 덮은 뼈가 산산이 부서져 날아갔다. 그리고 이를 중심으로 확 퍼져 나가며 덜렁대는 살을 태우는 불길!

꾸에에에에—!

놈이 비명을 터뜨리며 주저앉았다.

반 이상이 날아간 데다 불길까지 번지는 다리가 꺾여 버린 탓이다.

그러나 바로 옆에서 돌기처럼 솟아 나온 사체가 다리 역할을 대신하며 몸을 일으켰다.

'그래 봤자 이대로도 충분하겠지만…….'

시간을 끌 생각은 없다.

이에 태영은 가방에서 휘발유 통을 꺼내 들었다.

"청영, 받아라!"

그리고 바로 청영에게 전달!

삐이이이-!

통을 움켜쥐고 날아오른 청영은 불붙은 놈의 위에 휘발유를 끼얹어 주었다.

효과는 즉각적이었다.

펑! 화르르르-!

폭발하듯이 치솟으며 몸 전체로 퍼지는 불길!

놈이 미친 듯이 몸부림쳤다.

꾸에에엑! 우워어어엉! 끼에에엑!

그 몸에 붙은 소, 닭, 돼지의 입에서 일제히 소름 끼치는 비명이 터져 나왔다.

되레 보고 있는 쪽이 괴로울 지경인지라.

콰직! 콰콰콰콰-!

보고 있지만은 않았다.

발광하는 놈의 몸에서 연이어 폭발하는 마법의 힘!

겹겹이 쌓인 뼈도 돌풍을 일으키며 날아드는 도끼를 막아내지는 못했고, 그때마다 내부에서 폭발하는 화염은 10여 마리 분의 살을 태우며 뿜어져 나왔다.

삐이이이-!

그사이 청영도 부지런히 그 위를 오가며 휘발유를 투하!

놈은 반격조차 제대로 하지 못했다.

몸부림치는 놈은 그저 양파 껍질처럼 벗겨지며 점점 줄어들 뿐이었다.

그리고 태영이 다섯 번째 화염 도끼를 폭발시켰을 때.

—종합 평가 레벨이 상승했습니다!

뼈대만 남아 버티던 놈이 맥없이 허물어지며 이런 메시지가 떠올랐다.

막상 재로 변한 사체 더미를 보니 허탈하기도 하지만.

—그래도 이번에는 시원하기라도 하군.

그런 느낌도 있었다.

그러나 이걸로 사건이 종결된 것은 아니었다.

"이제 원흉을 잡으러 가 볼까?"

거대화된 사체 더미로 배후가 있다는 심증은 더 굳어졌다.

그리고 꽤 여유가 있던 전투인지라 이미 의심되는 장소도 찾아 두었다.

놈이 날뛰던 장소에서 10여 미터 정도 떨어진 절벽 아래.

비교적 최근에 무너져 내린 듯이 쌓여 있는 토사 뒤로 벌어진 공간이 보였다.

—어떤 놈이려나…….

그 사이를 비집고 들어가자 그리모어가 잔뜩 기대하는 목소리로 중얼거렸다.

그와는 다르겠지만, 태영도 궁금하기는 했다.

그러나 다음 순간.

–응? 뭐지?

그리모어의 목소리와 함께 태영도 우뚝 멈춰 섰다.

–이 느낌은…….

"그래, 아무래도 내가 잘못 생각하고 있던 것 같다. 그렇게 간단한 문제가 아닌 모양이야. 토굴을 채우고 있는 기운은…… 예전에도 느껴 본 적이 있어. 분명……."

–■■! ■■■■■!

"……뭐?"

태영이 화들짝 놀라며 그리모어를 바라보았다.

지금까지와는 전혀 다른 톤, 전혀 다른 언어가 튀어나왔기 때문이다.

그렇다고 알아듣지 못한 것은 아니었다.

"네가 어떻게 그 언어를……."

문제는 이쪽이다.

–응? 어…… 잘 모르겠는데? 그냥 나도 모르게 갑자기 튀어나왔어. 뭐지?

"그럼 무슨 말인지도 모르고 한 말이라는 거야?"

–아니, 그건 아닌데…… 이유를 모르겠군. 왜 갑자기 그런 생각이 든 거지? 아니, 지금도 그런 생각이 들어.

태영은 잠시 묘한 눈길로 그리모어를 바라보았다.

항상 함께하면서도 새삼 그리모어에 대해 아는 게 없는 생각이 들어서다.

그리고 그건, 그리모어도 마찬가지였다.

오크 로드의 도끼를 흡수해 버렸을 때도 그랬다.

태영도 그런 능력이 있는지는 모르고 있었지만, 그리모어도 그 전까지는 전혀 모르고 있었다.

'그게 그리모어를 만든 사람의 의도인지, 다른 이유가 있는지는 모르겠지만…… 당장 고민한다고 알 수 있는 것도 아니겠지. 지금은 일단 여기다.'

잠시 생각하던 태영이 토굴로 시선을 돌렸다.

"청영, 나가 있어라."

삐이?

"아무래도 느낌이 좋지 않아. 네가 움직이기에는 공간도 넓지 않고. 혹시 필요하게 되면 부를 테니 밖에서 기다리고 있어."

삐이…….

"괜찮아. 이래 봬도 산전수전 다 겪어 본 몸이니까. 위험한 일은 없을 거야."

청영이 할 수 없다는 듯이 밖으로 날아갔다.

태영은 다시 토굴을 따라 들어갔다.

그사이 그리모어와 몇 마디 더 대화를 주고받았지만, 길게 이어지지는 않았다.

통로가 거의 파고 들어간다고 해야 할 정도로 좁아지기 시작해서다.

그러나 그것도 잠시.

돌로 된 틈을 지나자 넓은 공간이 나왔다.

오러로 주위를 밝히자 가장 먼저 그 안쪽, 평평한 돌 위에 놓인 작은 병이 눈에 들어왔다. 그리고 그 아래에 병을 중심으로 그려진 오망성 형태의 마법진도.

태영의 미간에 주름이 잡혔다.

"역시……."

-역시라니? 그럼 주인은 여기 이런 게 있을 줄 알고 있었다는 말이야?

그런 건 아니다.

그러나 관련이 있을지도 모른다는 생각은 하고 있었다.

"이건 데드 사인이야."

바닥의 마법진, 정확히는 그 마법진을 사용하는 놈들과.

모를 리가 없다.

분명 지난 회귀에서 태영을 가장 많이 죽인 사람은 카자드다. 그러나 피할 방법은 있었고, 또 피한 적도 있다.

그럼에도 태영이 번번이 같은 운명을 맞이하게 됐던 이유가 바로 놈들 때문이다.

놈들은…….

푸확-!

그때 갑자기 병 아래쪽에서 시커먼 연기가 뿜어져 나오기 시작했다.

움찔하며 고개를 돌린 태영은 그제야 볼 수 있었다.

병 아랫부분에 퍼져 있는 실금!

그리고 이를 눈으로 확인하는 순간, 검은 연기는 이미 태영의 머리를 뒤덮고 있었다.

-……이리 와라.

머릿속에서 울리는 목소리.

-어? 어이, 주인, 갑자기 뭐 하는 짓이야?

뒤이어 울리는 그리모어의 목소리.

앞서 들린 건 그와는 다른 존재의 목소리였고, 태영이 그 말에 따라 움직이고 있기 때문이다.

태영은 홀린 듯이 멍한 눈으로 마법진 안으로 걸어 들어가 병을 집어 던졌다.

챙강-!

그리고 병이 깨졌을 때.

그 위로 시커먼 연기가 치솟으며 사람의 형상을 갖추기 시작했다.

그리고 중심에 떠오르는 한 쌍의 붉은 눈동자!

-무릎을 꿇어라.

이어지는 말에 태영이 그 앞에 주저앉자 붉은 눈동자가 위아래로 흔들렸다.

-크크크, 실로 만족스럽군. 꽤 오래 반응이 없어서 조바심이

나긴 했지만, 참은 보람이 있어. 촌구석의 마을 놈들이 용케도 이런 놈을 불러왔군. 그 많은 언데드의 결합체를 순식간에 해치우는 놈이라니, 내 몸이 될 자격은 충분하다.

눈동자가 태영의 얼굴로 향했다.

-뭐 생긴 건 그다지 마음에 들지 않지만.

태영의 눈가가 움찔했다.

그리고…….

-자, 기뻐해라, 인간이여. 오늘부터 너는 위대한 이 몸의 그릇으로서 무한한 영광을 누리는 삶을 살게 될 것이다. 물론 그때는 이미 네가 아니겠지만. 자…….

“싫다.”

-뭐? 아니…….

“매연 덩어리 같은 놈이 어디서 외모에 지적질이냐!”

위잉! 위잉! 위잉!

고개를 들어 올리는 태영의 앞에서 번뜩이는 검광!

태영을 향해 뻗어 오던 검은 연기, 놈의 팔이 수십 조각으로 나뉘며 흩어졌다. 그리고 놈이 다른 팔로 잘려 나간 부위를 감싸 쥐고 물러날 때.

번쩍! 콰직-!

오러에 휩싸인 검이 놈의 눈동자 사이를 관통하며 벽에 박혔다.

-크! 마, 말도 안 돼! 어, 어떻게 이런…….

"역시 머릿속이 매연으로 꽉 차 있는 놈이라 멍청하기 짝이 없군. 네 말대로 그 많은 언데드를 순식간에 해치운 나다. 그따위 정신 조작이 통하리라고 생각하나?"

-웃기지 마라! 아무리 강한 인간이라도…….

막을 수 없다.

대비하고 있지 않았다면.

다시 말해 태영은 대비하고 있었다는 말이다.

이런 존재를 만난 게 처음이 아니니까. 마력으로 머리를 이중 삼중으로 겹겹이 에워싸고 있었다.

물론 그런 내막까지 일일이 말해 줄 생각은 없다.

"어쨌든 나한테는 안 통해!"

지지지직-!

태영은 놈의 미간에 박아 넣은 검을 천천히 내리그었다.

놈의 몸이 경련하듯 흔들렸다.

-크…… 이놈…… 이따위 공격으로 나를…… 없앨 수 있다고 생각하는 거냐?

"그런 것 같은데?"

태영이 히죽 웃으며 말해 주었다.

"나는 너 같은 놈을 풀어 놓은 생각이 없다. 그러니 몇 번이라도 해 주지. 네놈이 미세먼지가 될 때까지. 수백, 수천 번이라도 분해해 주마."

-우, 웃기지 마라! 나는…… 나는……!

푸화아아-!

고함을 질러 대던 놈의 몸이 갑자기 확 흩어졌다.

이에 태영이 움찔하며 벽을 가르던 그리모어를 뽑아 들었을 때였다.

흩어지던 연기가 돌연 방향을 바꿔 그리모어로 빨려 들어가기 시작했다.

-크하하하! 역시 죽으란 법은 없는 모양이군. 이렇게 가까운 곳에 그릇으로 쓸 만한 것이 있다니. 어디서 이런 걸 주워 왔는지는 모르겠지만, 그게 네놈의 가장 큰 실수가 될 것이다! 이 검이 되어 네놈을 베어 주마!

그리고 다시 머릿속에 울리는 목소리.

순간 태영이 검을 돌려 바닥에 박아 넣으며 소리쳤다.

"그리모어, 네 말에 책임을 져라!"

그리고…….

-그러지.

머릿속에 그리모어의 목소리가 울렸다.

-응? 뭐냐, 이놈은? 다른 의식체가…… 에고 소드였던 건가?

바로 뒤에 놈의 당황하는 목소리가 들려왔지만, 곧 웃음소리로 바뀌었다.

-그래, 그래서…… 큭큭큭, 재미있군. 이 모든 게 마치 나를 위해 만들어 놓은 상황 같지 않은가! 이 정도로 감도가 좋은 검이라면 저놈을 해치우고 더 나은…….

－시끄럽다, 인마.

－훗, 한낱 인공 의식체에 불과한 놈이 나에게…… 아니, 됐다. 너 따위와 말을 섞는 것조차 부끄러운 일이지. 꺼져라!

칭－!

그리모어의 검날이 울렸다.

－시끄럽다는 말 못 들었냐? 항아리 속에서 썩어 가던 절임 같은 놈이 어디서 주제도 모르고 남의 집에 들어와서 큰소리냐!

칭－!

다시 한번 검날이 울렸다.

그러나 태영은 그저 검 자루만 움켜쥐고 묵묵히 기다렸다.

그리고 잠시 후.

－칵－ 퉤!

굳어 있던 태영의 얼굴이 풀린 건 그다음이었다.

"그런 소리가 반갑게 느껴질 때가 있을 줄은 상상도 못 해 봤는데 말이야."

－크크크, 뭐냐 그 말은? 설마 모든 게 네놈 뜻대로 됐다고 생각하는 건 아니겠지?

"뒈진다?"

－크크크, 네깟 놈이 이 몸을 어떻게 죽일 건데?

"용광로 속에 처박아 주지."

－그럼 그만하지.

"뭔 어울리지도 않는 장난질이야?"

-주인도 주인답지 않게 꽤 긴장하고 있길래 좀 장난기가 생긴 것도 있지만…… 모르겠군. 나쁘지는 않지만, 감정이 묘하게 붕 떠 있는 느낌이다.

"그래서? 그놈은? 완전히 사라진 거냐?"

-먹은 거지. 기대했던 것보다는 양도, 질도 그리 만족스럽지 못한 감이 있지만. 오랜만에 허기를 달랜 느낌이다. 뭔가를 먹어 봤던 기억도 없긴 하지만 말이야.

토굴에 들어왔을 때 그리모어가 한 말이 그거였다.

-하아! 식욕을 자극하는 냄새가 나는군!

고대어, 그것도 꽤 특수한 언어라 태영도 완전히는 모르지만, 대강 이런 의미였다.

그리모어가 한 '■■■'라는 말의 의미가 말이다.

그때 감이 왔다.

'무의식중에 뱉은 말이라고는 하지만…… 아니, 무의식중에 뱉은 말이니 더 그냥 지나칠 수 없어. 그때, 오크 로드의 도끼를 흡수할 때도 그리모어가 의식해서 한 일이 아니니까.'

태영은 자연히 그 둘을 엮어서 생각하게 되었다.

그러나 섣불리 결정할 일은 아니었다.

청영을 내보낸 뒤에 이곳으로 향하며 그리모어와 나눈 얘기가 그것이다.

명확하게 방향을 정하기 전에 몇 가지 확인해 볼 것이 있었고, 결국 해볼 만하다고 판단.

그 결과가 지금의 상황이다.

'오크 로드의 도끼를 흡수했을 때처럼 의식을 잃지도 않았어. 혹시라도 놈과 섞여 이상해지지 않을까 걱정했지만, 말하는 걸 보니 그런 것 같지도 않고, 그럼 남은 건…….'

"뭔가 달라진 건 없나?"

–훗.

태영의 질문에 그리모어가 피식 웃었다.

–그리모어가 [타락한 피의 종족]을 흡수했습니다.

–[타락한 피의 종족]을 흡수한 영향으로 마(魔) 속성의 힘이 증가했습니다.

–그리모어의 영격(靈格)이 10만큼 상승했습니다.

–그리모어에 봉인된 일부의 힘이 해제되어 [와일드 오러]의 발현이 가능해졌습니다.

그리고 떠오르는 메시지.

–어떤가?

모르겠다.

'일단 새로운 기술을 쓸 수 있게 된 건 생각할 것도 없이

좋은 일이다. 문제는 그 외의, 마 속성이니 영격이니 하는 것들인데…….'

그게 그리모어에게 어떤 영향을 미칠지 감을 잡을 수가 없었다.

애초에 타락한 피의 종족이라는 놈을 흡수한 것만 해도 그렇다. 태영이 아는 한 그런 일이 가능한 존재는…….

'아니, 뭐가 어찌 됐든 그리모어는 내 검이다. 그리고 방금 또 다른 방식의 성장 방법을 알아냈다. 지금은 그것만으로 충분해. 당장 확인할 수 없는 일을 굳이 억측까지 동원해 가며 단정 지을 이유는 없어.'

-어이, 왜 대답이 없어. 어떠냐고?

"그래, 뭐 이번에는 꽤 괜찮았다. 칭찬해 주지."

-질문의 의도는 그게 아니다만, 주인에게 그런 말을 듣는 것도 흔치 않은 일이니 넘어가지. 어쨌든 여긴 이제 볼일이 없을 것 같으니 이만 나가자고.

그리모어는 대수롭지 않은 목소리로 대답했지만.

삐이-!

-훗, 퍼렁이 녀석, 밖에서 망 잘 보고 있었냐? 아쉽구나. 같이 들어왔으면 꽤 재미있는 장면을 볼 수 있었을 텐데 말이다. 아니, 보지는 못했겠군. 내 몸속에서 일어난 일이니까. 주인도 직접 보지 못해서 그렇지, 봤다면 그렇게 담담히 대답하지는 못했겠지. 아, 물론 그렇게까지 대단한 일도 아니기는 했지만, 뭐랄까, 말로 설명하

기는 좀 힘들군. 뭐 그래도 궁금하다면 말해 주겠지만 말이야.

밖에서 대기하던 청영이 날아오자 바로 태도가 돌변해 쉬지 않고 떠들어 대기 시작했다.

그러나 태영은 너그러운 마음으로 이해해 주었다.

사실 태영도 담담한 표정을 짓고 있지만.

'생각지도 못했던 걸 얻었어!'

속으로는 환호성이라도 지르고 싶은 기분이니까.

다음 날.

태영은 도노반을 찾아가 보고했다.

"서쪽 절벽 근처에 저주받은 물건이 묻혀 있었다고?"

"네, 찾아서 안전하게 처리해 뒀으니 앞으로 언데드가 나타나는 일은 없을 겁니다."

물론 모두 사실대로 말할 수는 없었다.

그리모어와 관련된 일도 그렇지만, 특히 마법진을 사용하는 자들에 대해서는.

사실 일부러 숨길 정도로 많이 아는 것도 아니었다.

'확실한 건…….'

아직은 아니라는 것뿐이다.

그들이 모습을 드러내는 것도, 태영과 얽히게 되는 것도.

'세상이 바뀌었으니 꼭 이전과 같이 진행된다고 단정할 수는 없지. 이번 일도 그렇고. 여기서 일어난 일은 나도 그렇지만, 그들이 의도한 바도 아닐 거다. 그러니 지금은 섣불리 뒤를 캘 생각은 하지 않는 편이 나아. 뭐든 순서가 있는 법. 지금은 카자드에 집중할 때다. 일단 놈을 뛰어넘는다. 그들에 대해 생각하는 건 그다음이야.'

태영이 내린 결론이다.

그리고 도노반 역시 깊게 캐묻지 않고 넘어갔다.

"어쨌든 해결됐다니 다행이군. 고맙네."

"그럼 부탁드린 일은……."

"일단 반지와 그 술식에 대한 건 아직 알아내지 못했네. 아니, 정확히 말하면 알아낼 방법이 없다고 해야겠지."

도노반이 책상 한쪽에 쌓여 있는 노트를 가리켰다.

"이건 내가 지금까지 헌터 생활을 하며 보고 들은 걸 모두 기록해 둔 노트네. 다시 말해 여기에 있는 게 내가 아는 전부라는 말이지. 하지만 반지의 문장과 같은 기록은 찾지 못했네. 이 술식도 마찬가지야. 애초에 이게 마법 술식인지조차 확신하기 힘들 정도네."

이해한다.

태영도 그래서 헤매는 중이니까.

그러나 전투와 보조 마법은 체계부터가 다르다.

지금까지 태영이 익혀 왔던 마법은 대부분 전투용 마법.

그래서 혹시 보조 마법 계통일지도 모른다고 생각해서 도노반에게 보여 준 것이다.

그러나 그 방면의 전문가, 그것도 5레벨 마법사가 이런 말을 할 정도면 그럴 가능성도 희박하다는 말이다.

그렇다고 실망할 일은 아니었다.

바꿔 말하면 검은 마도서의 술식이 그만큼 독창적이라는 의미. 그게 꼭 더 뛰어난 마법이라는 의미는 아니겠지만, 독창적인 마법은 그 자체만으로도 가치가 있다고 말할 수 있다.

물론 해석해 냈을 때의 얘기이기는 하지만 말이다.

'서둘러야 할 이유는 없지.'

뭣보다, 반지나 검은 마도서는 곁가지에 불과하다.

도노반을 찾아온 주목적은 어디까지나 원반에 대한 정보를 알아보기 위해서다.

그리고 100% 성공이 보장된 일이기도 하다.

단지 시간이 얼마나 걸릴지가 문제였지만.

"그래도 다행히 그 원반에 대한 정보는 찾아낼 수 있었네."

"정말입니까?"

"물론이지. 내가 힘들게 일하고 온 사람을 상대로 헛소리를 하겠나? 사실 원반과 어둠의 계곡이라는 말을 들었을 때 이미 어느 정도 기억이 떠올랐었네. 하지만 세세한 내용까지는 떠오르지 않아서 관련 책을 찾느라 시간이 걸린 거지. 그게 바로 이 책이네."

도노반이 책상 위에 방패만 한 크기의 책을 올려놓았다.

그리고 미리 갈무리해 놓은 페이지를 펼치자 바로 익숙한 그림이 눈에 들어왔다.

라운드 실드처럼 생긴, 바로 그 원반이었다.

"자네가 어떤 상상의 나래를 펼치며 날 찾아왔는지는 모르겠지만, 장담하지. 이 원반은 그보다 훨씬 더 굉장한 사건에 얽혀 있는 물건이라고 말이야."

도노반이 눈을 빛내며 말했다.

그리고 자신이 말하면서도 마치 듣는 사람 같은 얼굴로 말을 이어 나갔다.

"이 책의 내용에 따르면 신대 시대 후기, 대륙 전체를 공포로 물들인 재앙이 있었다고 하네. 천재지변을 말하는 게 아니네. 재앙, 그 자체가 이름으로 붙어 버린 몬스터지. 그와 관련된 구체적인 내용은 없지만, 엄청나게 강한 놈이었던 모양이네. 신대라고 불릴 정도로 번성했던 그 시대에 놈 하나 때문에 도시 몇 개가 사라졌다고 하니까."

"도시가……."

"드래곤급, 아니 그 이상이라는 말이겠지. 확인된 사실은 아니지만, 신대 시대에는 드래곤을 복속시킨 사람도 있었다고 하니까. 어쨌든 중요한 건 그다음이네."

도노반이 책장을 넘겼다.

다음 장이 아닌 그 전 페이지였고, 그곳에는 성처럼 보이는 건물 속에 빛나는 뭔가가 들어 있는 그림이 있었다.

"이 빛은 뭘 의미하는 거죠?"

"신대의 보물이네. 그게 정확히 어떤 것인지, 어떤 형태인지는 적혀 있지 않네. 그저 지보(至寶)라고 적혀 있을 뿐이야. 그리고 재앙으로부터 그 보물을 지키기 위해 이 성에 숨겼다고 하네. 하지만……."

도노반의 손가락이 움직였다.

태영이 질문한 빛에서 그 옆, 쓰러진 것처럼 묘사되어 있는 시커먼 형체의 그림으로.

도노반이 낮은 목소리로 말을 이었다.

"함정이었지."

"함정?"

"그래, 앞뒤 내용을 끼워 맞춰 추측해 보면 아마도 그 보물은 엄청난 힘을 가진 아티팩트가 아니었을까 하네. 재앙도 피해 다닐 정도로."

-아티팩트라…….

그리모어가 그 단어에 유난히 관심을 보이며 중얼거렸다.

태영은 미간을 좁히며 물었다.

"하지만 방금 재앙으로부터 지키기 위해 숨겼다고……."

"그러니 함정이었다는 거네. 그 과정 자체가 놈을 속여 유인, 아티팩트의 힘으로 말살하기 위해서 꾸민."

"이해하기 힘들군요. 놈이 피해 다녔다면 그 힘을 알고 있었다는 말 아닙니까? 그런 놈이 제 발로 그곳을 찾아갔단 말입니까?"

"그게 핵심이지."

도노반이 다시 한 장을 거슬러 올라갔다.

그 페이지에는 온통 검은색으로 칠해진 계곡의 그림이 그려져 있었다.

"이 그림을 보고 떠오르는 것이 없나?"

"혹시……."

"그래, 어둠의 계곡이네."

도노반이 고개를 끄덕이며 대답했다.

"어둠의 계곡이 생긴 게 바로 이때네. 이건 일종의 결계, 놈이 아티팩트의 힘을 감지하지 못하도록 어둠의 힘으로 덮어 버린 것이지. 그리고 쉽게 빠져나오지 못하도록 공간을 미로처럼 비틀어 놓기도 하고. 어둠의 계곡에 들어간 사람 중 누구도 돌아오지 못한 이유가 그 때문이겠지. 그 결계를 만든 자들조차 돌아 나올 때를 대비해 별도의 마도구를 준비해 둬야 했다고 하니까."

거기까지 설명한 도노반이 다시 책을 처음, 원반이 그려진 페이지로 되돌렸다.

"하지만 재앙은 그들의 생각보다 더 일찍 도착했지. 그 탓에 계곡을 나오자마자 살해당했고, 마도구는 사라졌지. 그 마도구가 바로…….”

“원반이군요.”

태영은 그제야 모두 이해되었다.

훗날 도노반이 완성할 책에 왜 그 원반을 열쇠라고 적어 놨는지. 그럼에도 왜 지금 들은 얘기에 대해서는 적어 두지 않았는지.

‘그들이 나오자마자 죽고 원반도 그때 사라졌다는 말은…….’

아직 그곳에 있을 확률이 높다는 말이다.

재앙이라고 불리던 놈마저 쓰러뜨릴 힘을 가진 신대 시대의 보물이.

그러니 책에 그런 내용을 적어 놓으면 어떤 일이 벌어질지는 너무나 뻔하다.

물불 안 가리는 모험가들이 벌 떼처럼 몰려들고, 또 죽어 날 것이다.

도노반이 고대 유물이라는, 급을 낮춰 애매하게 적어 놓았을 때도 꽤 많이 죽어 나갔으니까.

참고로 태영도 그중 1명이었다.

‘하지만 이번에는 그때와 달라. 그저 의욕만 가지고 덤벼드는 게 아니다. 경험과 지식, 그리고 무엇보다 가장 중요한 열쇠인 원반도 가지고 있다! 그라디오스 후작의 보고에서 원

반을 선택한 건 정답이었어!'

자신의 선택이 틀리지 않았다는 확신!

거기에 신대 보물에 대한 기대감까지 더해지자 말할 수 없는 흥분이 전해졌다.

펄쩍펄쩍 뛰며 환호성이라도 질러 대고 싶은 기분.

두쿵! 두쿵!

아니, 심장은 이미 그러고 있었다.

그러나 태영은 일단 날뛰는 심장을 꾹 눌러 진정시켰다.

아직 좋아하기는 이르다.

"원반을 어떻게 사용해야 하는지도 나와 있습니까?"

중요한 건 이거니까.

전설의 땅

태영은 사뭇 긴장한 얼굴로 물었다.

그러나 도노반은 대수롭지 않은 얼굴로 말했다.

"별것 없네. 그냥 마력을 주입하면 알아서 작동되는 것 같네."

맥 빠지는, 아니 좀 당혹스러운 대답이었다.

본래 태영도 처음부터 도노반을 찾아올 생각을 했던 게 아니다.

직접 사용법을 알아낼 생각이었다.

당연히 그런 기본적인 방법은 진즉에 해 보았다.

그러나 반응이 없었고, 부랴부랴 기억을 뒤져 여기까지 찾아오게 된 것이다.

태영이 그런 내용이 자막으로 떠오르는 듯한 얼굴로 바라보자 도노반이 고개를 끄덕였다.

"물론 무턱대고 마력을 주입한다고 되는 건 아니지. 일단 어둠의 계곡에서만 작동되기도 하지만, 그와 연결되는 다른 도구가 필요하네."

"뭡니까. 그게?"

"그걸 말하기 전에 하나 묻겠네."

말을 멈춘 도노반이 복잡한 얼굴로 태영을 돌아보았다.

"나는 호기심에 들떠 덥석 부탁을 받아들였지만, 자네가 여기까지 찾아온 건 그저 호기심을 충족시키기 위해서는 아니겠지. 어둠의 계곡으로 들어갈 생각인가?"

"물론입니다."

"지금까지 그곳에 들어갔다가 살아 나온 사람은 없네. 그 중에는 자네보다 강한 사람도 있었겠지. 물론 자네는 원반을 가지고 있지만, 그건 나침반 역할을 해 주는 물건일 뿐이네. 안전까지 보장해 주는 건 아니라는 말이지. 자네가 가려는 곳은 신대 시대부터 어둠의 결계에 갇혀 있는 땅. 틀림없이 상상하기 힘든 위험이 도사리고 있을 터. 그래도……."

"길게 얘기하실 필요 없습니다. 어차피 제 대답은 달라지지 않습니다."

"……그런가."

도노반이 한숨을 불었다.

그리고 이내 씁쓸한 미소를 지으며 중얼거렸다.

"아니, 그렇겠지. 나도 늙었나 보군. 젊은 시절의 나라도 씨알도 안 먹혔을 얘기를 주저리주저리 늘어놓는 걸 보면 말이야."

"걱정해 주시는 마음은 감사하게 받겠습니다."

"은퇴한 늙은 마법사가 할 수 있는 건 그런 것뿐이니까. 아쉽게도 말이네. 어쨌든 선배로서 할 일은 한 셈이니 넘어가지."

도노반이 얼굴 가득 주름을 만들며 웃었다.

"잔뜩 무게 잡으며 떠들었지만, 사실 그리 대단한 물건은 아니네. 필요한 건 일종의 지지대. 마력이 잘 통하는 물건으로 형태만 똑같이 만들면 기능적으로 문제는 없을 거네. 그건 나만큼 잘 아는 사람이 없을 테니 내가 만들어 주지. 마침 적당한 재료도 있고, 어려운 작업도 아니니 하루면 될 걸세. 단, 공짜는 아니네."

"말씀드렸다시피 여유로운 상황은 아니지만, 필요하다면 탈탈 털어서라도 마련해 보겠습니다."

태영은 한 푼도 아쉽다는 의지를 강력하게 어필했다.

도노반은 웃었다.

"종이와 잉크를 살 돈은 나도 있네. 내가 원하는 건 자네가 정말 뭔가를 찾아낸다면, 내게 와서 말해 주는 거네. 약속해 줄 수 있겠나?"

"바로는 힘들 겁니다."

"상관없네. 지키지 못할 약속을 하는 사람이라면 그렇게 말하지도 않을 테니."

"꽤 오래 사셔야 할지도 모릅니다."

태영의 말에 담뱃대를 입에 물던 도노반이 폭소를 터뜨렸다.

"아하하하! 이제 곧 어둠의 계곡으로 가겠다는 사람이 나를 걱정하는 건가? 이거 포션이라도 몇 개 챙겨 주지 않으면 안 되겠군."

진심으로 한 말이다.

사실 태영은 조금 후회하고 있었다.

과거 그의 사인(死因)에 대해 알아봤다면, 좀 더 제대로 된 충고를 해 줄 수 있었을 테니까.

호감이 가는 사람이 머지않아 죽는다는 걸 아는 건 그리 유쾌한 일이 아니다.

이미 그런 감정도 꽤 무뎌졌지만.

"아, 그리고……."

그때 도노반이 문득 생각난 얼굴로 다시 입을 열었다.

"말씀하십시오."

"자네 어깨에 앉아 있는 그 새 말이네."

삐이?

눈길을 받은 청영이 고개를 갸웃거렸다.

잠시 그 모습을 유심히 바라보던 도노반이 태영을 돌아보았다.

“괜한 참견일지도 모르지만…… 아무래도 마음에 걸려서 좀 알아봤네. 그 새는 자네가 말한 것처럼 그저 희귀한 매가 아니야. 물론 자네도 알고 있을 테고. 그렇지 않나?”

“그건…….”

태영이 머뭇거리자 도노반이 피식 웃었다.

“그런 표정 지을 것 없네. 탓하거나 따질 생각으로 한 말이 아니니까. 그저 궁금해서 확인차 물어보는 거네.”

도노반이 다시 청영을 돌아보며 말을 이었다.

“섬광의 주인을 왜 그 상태로 두고 있는 건가? 깃이 완전히 파란색으로 물들어 있는 걸 보면 이미 그럴 시기는 한참 지난 것 같은데 말이야.”

생각지도 못하던 말이었다.

“섬광의 주인?”

태영이 당황한 얼굴로 되물었다.

도노반은 그럴 줄 알았다는 듯한 얼굴로 중얼거렸다.

“역시 일부러 그런 건 아닌 모양이군. 그럼 드루이드를 통해 얻게 된 것도 아니라는 말일 테고. 대강 그렇지 않을까 생각했지만, 놀랍군. 지식도 없이 섬광의 주인과 인연을 맺다니. 어둠의 계곡에 들어가겠다고 말할 자격은 있다는 말이겠지.”

"자세히 말씀해 주실 수 있겠습니까?"

"나도 많이 아는 건 아니네. 섬광의 주인이 최고 위계의 환수라는 것과 그 실체가 적어도 지금 그 모습은 아니라는 것 정도지. 사실 그건 대부분의 환수에도 해당하는 얘기네. 환수가 이 세계의 존재와 연결된다는 건, 이 세계의 존재로 다시 태어난다는 것과 같은 의미네. 한 단계씩 성장하며 본래의 모습과 힘을 찾아가야 하는 거지."

그건 태영도 알고 있었다.

다른 환수를 데리고 다닐 때 경험해 봤다.

처음에는 쥐나 늑대의 모습이라도 성장을 거듭하며 전혀 다른 존재가 되었다.

물론 그래도 쥐는 쥐, 늑대는 늑대였지만, 쥐를 예로 들면 나중에는 들고양이를 주식으로 삼을 정도였다.

뭐 환수라도 쥐는 쥐니 맺힌 게 많아서 그런 거겠지만 어쨌든.

태영이 답답하던 부분이다.

높은 위계의 환수라는 점을 고려해도 아직 레벨이 1도 오르지 않은 건 분명 이상한 일이니까.

물론 지금도 잘해 주고 있다고 생각하지만…….

"듣기로는 섬광의 주인은 깃이 완전히 파란색으로 물드는 게 다음 단계로 성장할 준비가 됐다는 의미라고 하네."

몰랐다.

그냥 털갈이할 때가 됐나 싶었다.

결국, 청영이 성장하지 못하는 이유는 태영이 무식해서였다는 말이다.

"경험치 외에 다른 뭔가가 필요하다는 말입니까?"

이런 생각을 못 해 봤으니까.

"경험치? 아, 마소 말이군. 그렇겠지. 저절로 성장한다면 준비가 된 것이라는 식으로 말하지 않았을 테니까. 하지만 그게 뭔지는 나도 모르네."

"알 방법이 없을까요?"

"흠……."

돌아오는 대답은 침음이었다.

도노반은 잠시 묵묵히 담뱃대를 빠끔대다가 살짝 고개를 끄덕였다.

"내가 헌터 일을 하면서 깨달은 것 중 하나가 세상에 우연히 일어나는 일은 없다는 것이지. 자네와 내가 만난 것도, 내가 그 새에 대해 알고 있던 것도, 내가 자네를 마음에 들어하게 됐다는 것도 말이야."

도노반이 히죽 웃으며 말했다.

그리고 종이를 펼쳐 간단한 그림과 글을 적어 건네주었다.

"기회가 되면 찾아가 보게. 무잠이라는 부족이 모여 사는 부락이네. 혼혈이기는 하지만, 드루이드의 후손들이지. 내가 환수에 대해 들은 것도 그곳이네. 외부인을 적대시하는 경향이 있긴 하지만, 내 이름을 대면 나쁘게 대하지는 않을 거네.”

“여러모로 감사합니다.”

“그렇다고 환대까지 바라지는 말고. 화살이 날아오지 않으면 다행인 정도니까.”

껄껄 웃던 도노반이 슬쩍 창가를 돌아보았다.

“그럼 자네는 이만 나가 보게. 저 친구들도 그렇지만, 나도 바로 작업을 해야 할 테니. 저렇게 계속 기웃거리고 있으니 영 신경이 쓰이는군.”

태영도 마찬가지였다.

창가를 기웃거리는 사람들은 마을 주민.

본래 그들은 태영이 돌아왔을 때 몰려들었지만, 언데드 문제를 해결했다는 말을 듣고 바로 뿔뿔이 흩어졌다.

그런데 도노반과 대화하는 사이에 다시 창가에 몰려와 있었다.

감자나 고구마, 옥수수 따위를 들고.

“받아 두게.”

“여기도 식량 사정이 좋아 보이지는 않는데요.”

“그런 걸 신경 쓰는 타입은 아닌 것처럼 보이는데…….”

꼭 그런 건 아니다.

태영에게도 나름의 규칙이라는 게 있다.

그럴 만한 이유가 있고, 그럴 만한 여유가 있는 사람이라면 눈 한번 깜빡이지 않고 뼈만 남을 정도로 뜯어먹겠지만, 이미 뼈밖에 없는 사람을 뜯어먹을 생각은 없다.

대체로 그런 건 어딘가에 걸리기 마련이니까.

그때 도노반이 피식 웃으며 말했다.

"너무 많은 걸 생각할 필요는 없네. 호의는 그냥 호의로 받아들이면 돼. 주머니가 두둑한 자네에게는 그저 짐스러운 것에 불과할지도 모르겠지만."

역시 마법사라서 그런지 도노반은 진즉에 태영의 주머니 사정 정도는 간파하고 있었던 모양이다.

"그런 짐스러운 걸 받아 보는 것도 좋은 경험이 되는 거지. 선배로서 하는 말이네. 뭣보다, 저 친구들이 저러고 있으면 내가 작업을 못 해."

그럼에도 천연덕스럽게 말하는 도노반을 보고 있기도 민망한지라 태영은 떠밀리듯 밖으로 나갔다.

"오! 나왔다, 나왔어!"

"우리 마을을 구해 준 영웅이야!"

"어제 불길이 치솟던 곳에 내가 직접 가서 확인해 봤다고! 셀 수도 없을 정도로 많은 언데드 사체가 쌓여 있었어!"

"그런 굉장한 헌터를 몰라보고 믿음이 안 간다는 둥 떠들어 대다니, 내가 촌놈이라 보는 눈이 없어서 그런 거니 이해해 주게. 별것 아니지만 이것도 받아 주고!"

"이것도! 이것도 받아 주세요!"

이런 아우성과 함께 감자와 고구마, 옥수수가 날아들었다.

빼이-!

긴 호선을 그리며 하늘을 가로지르던 청영이 울음을 터뜨렸다.

태영은 흑영을 멈춰 세우고 고개를 돌렸다.

별다른 일이 있는 건 아니었다.

모처럼 구름 한 점 없는 하늘이라 즐거워서 터뜨린 울음이라 태영도 잠시 청영의 시야를 공유하며 해방감을 만끽했다.

걸리는 것 하나 없는 순조로운 여정이었다.

"무슨 일 있습니까?"

문제가 있던 건 이쪽이었다.

태영이 돌아보는 마차에 앉아 있는 중년인.

로웬이라는, 이틀 전 숲길을 지나다 레드 울프 떼에 둘러싸이는 불행을 경험한 행상인이다.

그러나 마침 태영이 지나던 중이라 그 불행은 레드 울프의 몫이 되었다.

그 결과 지금은 가죽이 되어 마차에 실려 있었다.

그리고 보통 이럴 때 행상인은 그 몬스터의 소재를 시가의 200% 가격으로 매입해 주는 게 관례!

'꽤 짭짤했었지.'

로웬도 마냥 행운이라고 말할 수만은 없는 이유다.

한 30마리 정도 됐으니까.

뭐 그래도 늑대 밥이 되는 것보다는 낫다고 해야겠지만.

"아무것도 아닙니다."

"그럼 다행이지만, 참 살기 힘든 세상이 됐네요. 예전에는 한 번도 그런 일이 없었는데, 세상이 바뀌고 나서 몬스터의 활동 범위까지 뒤죽박죽이 되어 저희 같은 사람들은 매번 길을 나설 때마다 조마조마합니다."

"나아지겠죠."

"뭐 그렇기는 합니다만, 석 달이 넘어가도록 병사들은 뭘 하는 건지……."

"아직 전혀 안 움직입니까?"

"아니, 근래 들어서는 조금씩 움직이기는 합니다. 하지만 도로 정비보다는 하쿠인을 찾는 쪽에 더 집중하더군요. 대부분 그들의 도시 쪽으로 많이 나갑니다."

"하쿠인을?"

"응? 모르십니까? 얼마 전 서부 지역 영지들에서 포고문이 발표됐습니다. 하쿠인을 제국의 시민으로 인정하고, 그들을 대상으로 하는 불법적인 행위는 중죄로 다스리겠다고 말입니다. 듣기로는 그라디오스 후작님이 지시한 일이라고 합니다."

"후작님이……."

"하지만 영지마다 상황은 꽤 다르다고 하더군요. 무력 충돌이 생기는 지역도 있는 모양입니다."

"영지군과 하쿠인이요?"

"그렇게 들었습니다. 하지만 잠깐 스쳐 지나간 동업자에게 흘리듯 들은 얘기라 자세한 내막까지는 모르겠습니다."

태영이 로웬과 동행하는 이유가 이것이다.

행상인은 여러 영지를 돌아다닐 뿐만 아니라, 항시 위험에 노출되어 있어 동업자 간의 정보 교류도 활발하다.

즉, 정보통이라는 말이다.

그래도 정보 길드만큼 세세하지는 않지만, 방대함은 그 이상. 귀족들도 일상적인 정보는 행상인을 통해 수집하는 게 일반적이었다.

정리하자면 행상인은 도와주면 몬스터 소재를 비싸게 팔고, 동행하면 호위비가 추가될 뿐만 아니라, 정보까지 얻을 수 있는 존재.

모험가 중에서는 행운의 요정인 레프리칸이라고 부르는 사람도 있을 정도다.

뭐 모험가보다는 도적들에게 더 자주 불리는 별명이지만.

그때 물끄러미 바라보던 로웬이 불쑥 물었다.

"그런데 정말 괜찮으십니까?"

"네?"

"그 눈 말입니다. 밤에도 제대로 주무시지도 않고 그렇게 핏발을 세우며…… 벌겋다 못해 이제 아주 까맣게 보일 지경입니다. 물론 그렇게 경계를 서 주시니 저야 감사할 따름입니다만……."

그래서가 아니다.

그러나 굳이 쓸데없는 정직함을 발휘해 실망감을 안겨 줄 이유는 없었다.

앞으로 또 만날 일이 있을지는 모르지만, 기왕이면 좋은 기억을 남겨 두는 편이 좋으니까.

"그것도 슬슬 끝날 때가 됐네요."

"그러게요."

처음부터 이 근방까지만 동행하기로 되어 있었다.

"아쉽지만 할 수 없죠. 여기, 호위비 3골드입니다. 솔직히 그렇게까지 열심히 해 주실 줄 몰랐습니다. 더 드리고 싶지만, 저도 팍팍한 살림이라……."

"충분합니다."

"이제 어디로 가십니까?"

"글쎄요."

"아, 캐물으려는 건 아닙니다. 당연히 알고 계시리라고 생각합니다만, 이 근처에 위험한 곳이 있어서요. 실수로라도 그쪽에는 접근하지 않는 게 좋습니다."

"머릿속에 담아 두죠."

태영이 빙긋 웃으며 대답했다.

그러나 새삼 머릿속에 담아 두고 말고 할 것도 없었다.

태영이 먼 길을 달려온 목적지가 그곳이니까.

"안녕히 가십시오! 가자!"

두두두두!

몸을 돌린 태영이 흑영을 타고 평야를 질주했다.

그 앞에는…….

"자, 이제 됐다!"

히히히힝—!

안장을 내리자 흑영이 몸을 흔들며 기운차게 울어 재꼈다.

"나도 아직 얼마나 걸릴지는 모르겠지만, 적어도 이틀 이상은 될 거야. 그러니 그동안 여기서 편하게 놀고 있어. 청영, 너는 혹시라도 흑영이 저 계곡 쪽으로 오지 못하게 잘 살펴보고."

삐이…….

청영은 시무룩한 얼굴로 고개를 숙였다.

그러나 이내 갑자기 번쩍 고개를 들어 올리더니 힘차게 날아올랐다. 그리고 빠르게 나뭇가지 사이를 질주하다가 돌아와 슬쩍 태영을 바라보았다.

"그래도 안 돼."

삐이…….

"못 미더워서 그러는 게 아니야. 하지만……."

잠시 말을 끊은 태영이 고개를 돌렸다.

그 앞의 수풀 너머는 절벽에 가까운 가파른 경사가 이어져 있었고, 그 아래에는 시커먼 안개가 넘실대고 있었다.

검은 바다를 보고 있다는 착각이 들 정도로 방대한 넓이에 걸쳐서.

이미 경험해 봐서 알고 있다.

그 검은 안개 속에서는 방금 청영이 어필한 뛰어난 비행 실력도 아무런 도움이 되지 않을 것이다.

아니, 좀 더 분명하게 말해 짐이 될 뿐이다.

"대신 다음에는 드루이드의 후예라는 사람들을 찾아가 보자. 너도 도노반과 얘기할 때 들었지? 네가 성장할 때가 됐다는 거. 분명 지금보다 훨씬 강해질 거야. 어쩌면 더 멋있어질지도 모르고."

삐이, 삐이.

청영이 마지못해 고개를 끄덕였다.

-나 참, 무슨 어린애 달래는 것도 아니고…….

청영의 머리를 쓰다듬어 주고 물러나자 그리모어가 혀를 차며 중얼거렸다.

"어린애 맞아. 도노반이 그랬잖아. 환수가 이 세계로 오는 건 다시 태어나는 것과 같다고. 더구나 이번처럼 나와 완전히 떨어져 있게 되는 건 처음이잖아. 당연히 불안하겠지."

―주인이 그렇게 세심한 사람인 줄은 처음 알았군.

"상대에 따라 다른 거지."

그리고 당연히 그 기준은 태영 자신이다.

자신에게 도움이 되는 사람을 챙기고, 해가 되는 사람을 배제하는 건 너무나 당연한 일이니까.

단지 태영은 그 구분이 좀 더 명확할 뿐이다.

수많은 회귀로 자존심이니 체면 따위를 갖다 붙여 그 경계를 모호하게 만드는 건 시간 낭비에 불과하다는 걸 배웠기 때문이다.

아니, 정확히 말하면 알게 될 수밖에 없었다고 해야겠지만 어쨌든.

"됐으니까 정보창이나 띄워 봐."

―또 왜?

"마지막 점검이야. 한동안 그럴 여유도 없을 테니까."

[――][각성자 Lv. 2]

근력 : 331(+15)
순발력 : 363
지구력 : 357(+15)
마력 : 334(+50)
종합 평가 레벨 : 133

신체 특성 : [각성자 Lv. 2]
[힘의 원천 : 마소 흡수율 55%↑], [재능의 원천 : 스킬 습득률 55%↑], [지식의 원천 : 지식 습득률 55%↑], [용기의 원천 : 피해 저항률 55%↑]
특성 : [불의 화신]
[화염 속성 마력 55%↑], [화염 속성 저항력 55%↑], [화염 흡수력 15%], [염화]

'이번 사태가 시작되고 석 달 보름 정도…… 약 100일인가?'

그야말로 초고속 성장!

그러나 태영도 그걸로 충분할지는 모른다.

과거에도 이곳에 와 본 적이 있지만, 들어가 본 곳은 초입. 사실상 이곳에 대한 정보는 없는 거나 다름없었다.

그러나 망설일 이유는 없다.

-스킬 창도?

"됐어. 그쪽은 틈틈이 확인했으니까."

태영은 가벼운 목소리로 대답하며 계곡으로 다가갔다.

그리고 일상적인 느낌으로 경사를 타고 미끄러지며 넘실대는 검은 안개 속으로 잠수.

한참 뒤에야 발이 바닥에 닿았고.

-후! 뭐랄까, 뭔가 시작하기도 전에 불평하고 싶지는 않다만, 그냥 들어오는 것만으로도 이렇게 기분이 더러워지는 곳은 처음이군.

딱 그 말대로였다.

질감마저 느껴질 정도로 짙은 검은 안개.

숨이 턱턱 막히고, 코앞까지 들이댄 손도 보이지 않을 정도로 시야가 좁아졌다.

예전에 경험해 본 바에 따르면 이 어둠에는 랜턴이나 플래시도 소용없다.

어떤 빛도 장막에 가려진 것처럼 뻗어 나가지 못한다.

이곳에서 시야를 확보하는 방법은 하나.

물론 어디까지나 태영이 아는 한도 내의 얘기이기는 하지만.

―스킬 [나이트 비전]을 발동했습니다.

이것뿐이다.

행상인 로웰과 동행하는 사이에 익힌 '나이트 비전'이고, 본래 이 스킬은 그렇게 불과 며칠 만에 후다닥 배울 수 있는 게 아니다.

오랜 시간 천천히 적응시키며 익혀야 하는 스킬이다.

그러나 태영은 시간이 없었다.

그게 밤이고 낮이고 눈에 핏발을 세우고 있어야 했던 이유고, 과도한 마력의 운용 탓에 수없이 실핏줄이 터져 나가 충혈되다 못해 아예 시커멓게 변해 버린 것이다.

그래도 그 덕에 결국 습득!

"이제야 좀 숨통이 트이는 기분이군. 가시거리가 한 10미터 정도 되는 건가? 진즉에 익혀서 레벨까지 올려 뒀으면 좋았겠지만, 그런 식으로 바라면 끝도 없겠지."

고생한 보람도 있었다.

그러나 보이는 것만으로는 부족하다.

설사 10미터가 아니라 100미터, 1킬로미터 너머까지 보인다고 해도. 눈알만 믿고 뛰어 들어가다가는 죽을 때까지 헤매게 될 뿐이다.

"다음은……."

그리고 태영이 꺼내 드는 원반만 믿고 왔어도 같은 처지가 됐을 것이다.

뒤이어 꺼내 든 지지대가 없었다면.

도노반이 만들어 준 지지대는 끝이 삼발이처럼 벌어져 있는 봉이었다.

태영은 도노반이 가르쳐 준 대로 그 끝을 원반의 아래, 정삼각을 이루며 파여 있는 홈에 맞춰 끼웠다.

그리고 마력을 주입하는 순간!

위잉-!

낮은 울림과 함께 원반에 붉은 점 하나가 떠올랐다.

시험 삼아 이리저리 몸을 돌려 봤지만, 점은 항상 같은 방향을 가리켰다.

"좋아, 제대로 작동하는 모양이군."

이로써 준비는 끝.

물론 그게 이제 여유를 부려도 좋다는 의미는 아니었다.

원반이 가리키는 방향을 따라가기를 불과 몇 분.

치치치치-!

위협적인 소리와 함께 시커먼 형체가 불쑥 솟아 올라왔다.

-뱀이군. 귀엽네.

그리모어가 피식대는 목소리로 말했다.

그 말대로 귀여운 뱀이었다.

고작 두께가 팔뚝만 한 정도밖에 안 되니까, 헬 스네이크 같은 놈과 비교하면 그렇게 말해도 되겠지만.

"저거 독사야. 게다가 다른 지역의 독사와는 수준이 달라. 웬만한 갑옷도 뚫고, 목 같은 곳에 물리면 해독제를 빼 들 새도 없이 즉사야."

-그래서?

"무시하고 갈 수는 없다는 말이지."

노웨인 영지를 나온 뒤로 태영은 능력 향상을 위해 다방면으로 애쓰고 있었다.

그러나 아직 독에 대한 내성까지 기르지는 못했다.

그것만큼은 속성으로 되는 게 아니다.

물에 희석한 독의 농도를 올리며 꾸준히 복용해 기르는 방법밖에 없다.

물론 거기에도 나름 비전(祕傳)이라고 불리는 기술이 더해져야 하지만 일단 넘어가고, 말하고 싶은 바는 이런 위험한 독을 가진 뱀은…….

위잉! 뎅강-!

신속하게 제거하고.

지익! 지익!

이렇게 독을 짜내 모아 둘 필요가 있다는 말이다.

"이게 다인가? 덩치에 비하면 많이 나오지 않는군. 그래도 꽤 강한 맹독이니까, 희석하면 50회분은 거뜬히 나오겠어."

- 주인, 따지자는 건 아니지만, 여기 굉장히 위험한 곳이라고 하지 않았나?

"위험하지."

- 지금 주인을 보면 전혀 그렇게 느껴지지 않는다만?

"내가 왜 일부러 도노반까지 찾아갔다고 생각하는 거야? 해 보지 않은 일을 하겠다고 했지, 무턱대고 뛰어들겠다고 한 게 아니잖아. 대비는 빡세게 하더라도 실전에서는 여유를 잃지 않는 게 모험가의 기본자세 아니겠어?"

- 뭔가 재미가 없군.

"난 재밌어."

태영이 히죽 웃으며 대답했다.

그러나 태영도 딱히 여유를 부리고 있는 것은 아니다.

되레 과거 아무런 준비도 없이 들어왔을 때보다 더 긴장하고 있었다.

그럼에도 히죽대는 건 경험해 봤기 때문이다.

'시작부터 신경을 곤두세우면 정작 위험할 때 제힘을 발휘하지 못하게 된다. 이곳에 들어와 본 경험이 있다 해도 꽤 오래전의 일이야. 그러니 일단 적응이다. 그나마 여유가 있을 때 이 환경에 적응해 두지 않으면 안 돼.'

태영은 서두르지 않았다.

한 걸음, 한 걸음, 힘주어 걸으며 몸을 산소가 희박한 대기에 적응시켰다. 또 몸이 둔해지지 않도록 뱀이나 전갈, 지네 따위를 보이는 족족 때려잡았다.

물론 독 채취도 잊지 않았다.

그리고 그렇게 부지런히 움직임에도 지루해질 정도의 시간이 흘렀을 무렵.

"저건……."

어둠 저편에서 흐릿한 형상이 떠올랐다.

꽤 크고 높은 건축물.

이전에는 못 봤던 것이라 태영은 순간적으로 도노반의 책에서 본 성채를 떠올렸다.

그러나 곧 씁쓸한 웃음을 떠올리고 말았다.

-하쿠인의 유적이군.

그렇게 불러도 전혀 위화감이 느껴지지 않는 현대의 건물이었다.

"하필이면……."

중앙 대륙에서 가장 위험한 곳과 겹쳐 버린.

어둠의 계곡은 퇴화도 더 빨리 진행되는지 건물은 대부분 뼈대만 남아 있었다.

곳곳에 보이는 사체도, 정말 유적지에서 발굴된 유해와 같은 모습이었다.

당연히 인기척 따위는…….

콰직-!

위에서 파열음이 울린 건 그때였다.

퍼뜩 시선을 들어 올리자 건물 외벽의 파이프가 덜렁대며 흔들리고 있었다. 그리고 다음 순간, 무수한 송곳니가 박힌 아가리가 시야를 덮었다.

"헙!"

태영은 황급히 상체를 낮추며 앞으로 몸을 굴렸다.

위잉-!

그 위로 원을 그리며 뻗어 올라가는 섬광!

태영을 향해 떨어지던 시커먼 인간과 같은 형체의 허리가 갈라졌다.

그러나 하체는 여전히 버둥거리고.

끄아아아-!

상체는 괴성을 질러 대며 바닥을 기어 왔다.

콰직!

곧 멈췄지만.

"빌어먹을! 그리모어, 결국 네 말대로 될 것 같다."

-무슨 말이지? 뭔데, 이 시커먼 놈은?

"스토커. 이 어둠의 계곡에 서식하는 최상위 포식자야."

-최상위? 이게?

"그래."

-……이해했다.

태영이 몸을 돌리자 그리모어는 바로 수긍했다.

누구라도 그럴 것이다.

끄아아아-! 끄아아아-! 끄아아아-!

이런 장면을 보게 되면 말이다.

마치 분출되듯이 건물 곳곳에서 쏟아져 나오는 스토커 떼!

앞의 건물만이 아니었다. 그 옆, 또 그 옆의 건물에서도! 벽을 따라 구르듯 내려오고, 갈라진 벽을 긁으며 기어 나와 순식간에 일대를 뒤덮었다.

그리고 일제히 돌진하는 순간.

파파파팍-!

그 위로 10여 개의 머리통이 날아올랐다.

그러나 놈들은 멈추지 않았고.

파파파팍-!

그 위로 다시 10여 개의 머리통이 날아올랐다.

그 두 번의 검격으로 충분했다.

'……역시 이런 식으로는 놈들을 막을 수 없어!'

답은 바로 나왔으니까.

놈들은 숫자도, 하는 짓도 개미 떼였다.

무턱대고 달려드는 놈들을 베어 내는 건 조금도 문제가 되지 않았다.

그러나 밟아 대는 사이 어느새 다리를 타고 올라와 물어뜯어 대는 개미 떼처럼, 10마리를 쓰러뜨리면 20마리가, 20마리를 쓰러뜨리면 30마리가 몰려들었다.

우직! 우직!

그리고 모르는 사이에 어딘가를 물어뜯고 있었다.

게다가 놈들은 거미처럼 앙상한 체형과 달리 입아귀 힘은 발군! 그때마다 뼈가 조각조각 부서지는 듯한 통증이 전해져 왔다.

'이대로 놈들에게 파묻혀 버리면 잠시도 버티지 못한다! 그렇다면…….'

태영이 번쩍 고개를 들어 올렸다.

"크허어어엉-!"

그 입에서 터져 나오는 비스트 피어!

포효가 공간을 진동시키며 퍼져 나가자 해일처럼 밀려들던 스토커들이 그대로 얼어붙듯이 멈춰 섰다.

태영은 종아리를 씹어 대던 놈의 대가리를 짓밟아 뭉개며 자세를 낮췄다.

칭! 칭! 칭! 칭!

검날이 울리며 빠르게 불의 힘이 축적되었다.

그리고 그대로 앞으로 돌진!

펑! 화르르르!

폭발과 함께 겹겹이 쌓여 있던 놈들이 터져 날아갔다.

그러나 그 탓에 태영도 불과 5미터도 뻗어 나가지 못한 채 멈췄고, 그사이 경직이 풀린 놈들이 들이닥쳤다.

동시에 몸 곳곳에서 전해지는 격통!

'크윽! 아니, 괜찮아! 헬 스네이크의 가죽은 그렇게 쉽게 뚫리지 않는다! 그럼 버틸 수 있어! 아니, 버텨야 한다!'

이제 마법의 힘을 축적할 여유도 없다.

퉁-!

이를 악물고 곧바로 다시 차지대시를 발동.

돌진하고, 멈춰서 물리다가, 다시 돌진…… 반복하기를 네 차례, 흩어지는 놈들 너머로 건물 벽이 보였다.

챙강-!

태영은 바로 몸을 날려 창을 부수며 뛰어 들어갔다.

몸을 굴리다 일어나 주위를 둘러보자 당연하다는 듯이 안에도 놈들이 있었다.

그래도 많은 숫자는 아니었지만.

챙강! 챙강! 챙강!

곧바로 그 수십 배에 달하는 스토커가 태영을 따라 창을 부수며 밀려 들어왔다.

태영은 사방에서 날아드는 손톱과 송곳니를 피해 달리며 빠르게 건물 내부를 훑어보았다.

'여기가 아니야!'

그리고 이런 생각과 함께 다시 창을 부수고 나가 옆의 빌딩으로 뛰어 들어갔다.

곳곳에 균열이 번진 위태로워 보이는 빌딩.

끄아아아-!

거기에 태영을 쫓아온 스토커 떼까지 쏟아져 들어오자 불안한 소리를 내며 흔들렸다.

'……여기다!'

단숨에 반대쪽 출구까지 뛰어간 태영은 출구 앞에서 몸을 돌렸다.

이미 태영이 가로지른 홀은 창과 갈라진 벽으로 따라 들어온 스토커로 꽉 채워져 있었다.

가장 앞에서 달려오는 놈과의 거리는 불과 수 미터.

그마저 순식간에 좁아져 쩍 벌린 놈들의 아가리가 코앞까지 들이닥칠 때였다.

"그리모어, 지금이다!"

태영이 뒤로 뺀 그리모어를 양손으로 움켜쥐며 소리쳤다.

-오오!

그리고 그리모어가 함성 같은 대답이 들려오는 순간!

콰콰콰콰—!

진동하는 검에서 오러가 터져 나왔다.

지금까지 사용하던 것처럼 그저 검날을 덮는 수준의 오러가 아니었다.

그야말로 폭발하듯이 사방으로 굵은 스파크를 뿜어내며 확대! 확대! 확대! 길이가 5미터, 폭이 1미터를 달하는 거대한 형태로 증폭되었다.

바로 얼마 전 '타락한 피의 종족'을 흡수해 얻은 그리모어의 새로운 힘 '와일드 오러'!

이 힘은 오러처럼 계속 사용할 수 있는 게 아니었다.

일단 그리모어에 일정 수치의 에너지가 축적되어야 발동시킬 수 있기도 하지만.

"크윽!"

태영의 몸도 버티지 못한다.

양손으로 움켜쥐었는데도 손아귀를 찢고 튀어나올 듯이 날뛰는 검!

의식이 아득해질 정도로 빨려 나가는 마력!

'하지만 잠깐이라면…….'

버틸 수 있다.

그리고 그것만으로 충분했다.

이에 태영이 이를 악물고 그리모어를 휘두르는 순간!

콰콰콰콰! 펑—!

거대화된 오러가 우측 기둥을 부수며 들어갔다.

그리고 태영의 앞으로 몰려드는 수십 마리의 스토커를 증발시키듯 휩쓸며 좌측 기둥으로!

그 기둥까지 폭발시키며 돌아왔다.

"헉헉, 됐어!"

거친 숨을 몰아쉬던 태영은 바로 몸을 돌렸다.

그리고 10여 미터 정도 뛰었을 때.

쿠쿠쿠쿠! 콰콰콰콰—!

거친 진동과 함께 뒤에서 굉음이 터져 나왔다.

무슨 일이 벌어지고 있는지는 굳이 돌아볼 필요도 없었다.

간신히 버티던 빌딩의 기둥을 박살 내 놨으니 결과는 하나, 무너져 내리는 것이다.

—종합 평가 레벨이 상승했습니다!

그 안에서 바글거리던 스토커 떼를 매몰시키며.

그러나 태영은 알고 있었다.

끄아아아—!

어둠 속 저편에서 메아리처럼 울리는 괴성.

아직 끝난 게 아니다.

아니, 제대로 말하자면 이제부터가 시작이었다.

열은 초록색으로 물들어 있는 자갈밭.

보이는 건 예닐곱 걸음 거리까지만이고, 그 너머는 온통 암흑. 마치 그냥 존재하지 않는 공간 속에 둥근 초록색 땅덩어리만 둥둥 떠 있는 것처럼 보일 뿐이었다.

'나이트 비전'으로 보이는 시야였다. 그리고…….

끼아아아-!

그 시야 안으로 확 뛰어 들어오는 검은 형체!

쩍 벌어진 아가리가 빼곡히 박힌 송곳니를 드러내며 달려들었다.

콰직!

그 아가리 속에 검이 박혔다.

놈의 상체가 뒤로 넘어갔다. 그러나 아가리는 안으로 들어온 게 뭐든 상관없다는 듯이 딱딱 소리를 내며 검날을 씹어댔다.

-망할 놈이!

그리모어가 불쾌한 목소리로 욕설을 내뱉었다.

"큭, 젠장!"

태영의 입에서는 신음이 터져 나왔다.

놈이 뒤로 넘어가는 와중에도 쉬지 않고 휘둘러 대는 손톱이 몸을 긁어 대고 있었다.

태영은 검을 쥔 손에 힘을 주며 내리 긁었다.

아가리를 찢으며 목으로, 가슴을 지나 겨드랑이 쪽으로 빠져나오는 검.

끄아아아-!

그럼에도 놈은 펄떡대며 움직이고 있었지만, 저항이라기보다는 그저 발버둥에 불과했다.

그리고 그 괴성은 놈이 질러 대는 소리도 아니었다.

바로 뒤!

태영은 황급히 뒷덜미를 감쌌다.

그 왼팔의 손목을 파고들어 오는 날카로운 통증!

팔을 다시 앞으로 휘두르자 마치 낚시에 걸린 생선처럼 손목을 씹어 대는 놈도 딸려 왔다.

사람만 한 놈이 달라붙어 있어 꽤 무겁게 느껴졌지만.

콰직! 지지직! 와득-!

곧 가벼워졌다.

"훅-!"

태영은 숨을 들이켜며 일어나 뛰었다.

발아래로 초록색으로 물들어 있는 자갈밭이 빠르게 지나가고 다시 자갈밭, 자갈밭, 자갈밭.

앞으로 가고 있는 것인지, 제자리에서 뛰고 있는 것인지조차 구분이 되지 않았다.

그러나 어느 순간, 갑자기 자갈밭이 사라졌다.

그 뒤로 떠오른 것은 어둠, 아니 거의 수직에 가까운 가파른 경사였다.

그러나 태영은 멈추지 않았다.

되레 속도를 올리며 몸을 날렸고, 양팔로 머리를 감싸며 몸을 말았다.

텅! 탁! 타닥! 타다다닥!

숨이 턱 막히는 통증과 함께 자갈을 튀기며 구르는 몸.

텅! 촤촤촤촤—!

한참 뒤 다시 묵직한 통증이 전해지며 주르륵 미끄러지다가 멈춰 섰다.

그리고 다시 한참, 그대로 멈춰 있었다.

– 어, 어이! 주인, 괜찮나?

"크……."

– 휴! 불안하게 만들지 말라고! 바로 움직이지 못하는 건 그렇다 쳐도, 그렇게 한참 동안 아무 말도 없이 누워 있으면 어쩌자는 거야?

"하, 한참이라고? 어느 정도나?"

– 뭐? 그럼…….

태영이 퍼뜩 고개를 들어 올리며 묻자 그리모어가 약간 당황한 목소리를 흘렸다.

그리고 이내 한숨처럼 중얼거렸다.

– 잠깐이었다.

주위를 둘러보던 태영의 입에서도 한숨이 흘러나왔다.

"……크!"

그러나 곧 신음으로 변했다.

비틀비틀 일어나는 몸 여기저기에서 전해져 오는 통증!

마치 온몸의 뼈가 조각조각 깨져 나간 느낌이다.

심지어 손목은 현재진행 중이다.

압박감이 들어 내려다보니 머리통이 붙어 있었다.

조금 전 뒷덜미로 달려들었다가 손목을 문 채 몸통과 분리된 스토커의 머리가 그 뒤로 뛰고, 구르기까지 했는데도 끈질기게 붙어 있는 것이다.

턱 근육을 끊어 내고 떼어 내자 너덜대는 방어구 사이로 피가 솟아 올라왔다.

손목만이 아니었다.

다리와 팔, 몸, 걸레처럼 변해 버린 갑옷은 되레 성한 곳을 찾아보기 힘들 정도였다.

그리고 그 주위에 말라붙어 있는 피.

"일단……."

태영은 더듬듯 가방에서 물병을 꺼내 들이켰다.

꾸준히 만들어 둔 중급 회복약이었고, 역시 효과는 하급과 비교도 안 될 정도로 월등!

들이켜는 것과 동시에 통증이 빠르게 사라졌다.

그런데 되레 눈앞은 깜깜해졌다.

마력이 고갈되어 '나이트 비전'조차 유지하기 힘들어진 탓이다.

"이, 이런!"

태영은 황급히 다시 물병을 꺼내 들이켰다.

이번에는 마력 회복약이었고 그 역시 중급이라 금세 다시 시야 밝아졌다.

물론 그래 봐야 어차피 10미터 전후밖에 되지 않았고, 곧 그마저도 핑핑 돌기 시작했다.

체력 고갈 현상이다.

"윽, 빌어먹을!"

이에 이번에는 스태미나 회복약을 쭉-!

-그나마 포션이라도 많이 있는 게 다행이군. 아니, 이런 상황을 내다보고 준비해 둔 것이니 다행이라고 할 일도 아니기는 하지만, 정말 그렇게 마구 쏟아부어도 괜찮은 거냐?

태영도 모른다.

이렇게 마구 쏟아부어 본 적이 없어서.

분명한 건 하나, 이렇게 마구 쏟아붓지 않으면 버틸 수 없다는 것이다.

다행히 현기증을 가라앉히자 정신이 드는 느낌이 들었다.

물론 느낌이 그렇다는 것이다.

상처는 여전히 욱신대고, 마력은 바닥이고, 몸은 납덩이처럼 무거웠다.

'잠시 쉬면서 마력을 운용하면 한결 나아지겠지만…….'

그럴 여유는 없었다.

'한자리에 몇 분 이상 머물러 있어서는 안 돼. 움직인다고 놈들과 마주치지 않는 건 아니지만, 적어도 이전처럼 포위되는 일은 피할 수 있다. 뭣보다, 마력을 운용할 때 습격을 받으면 지금보다 몇 배는 더 위험한 상황이 돼 버린다.'

그게 지난…….

'대체 얼마나 지난 거지? 이틀? 사흘?'

그마저도 알 수 없는 시간 동안 태영이 겪은 일이다.

'이제 와서 새삼 날짜를 헤아려 봤자 의미 없지. 중요한 건 버티는 거다. 끝까지, 그런 생각을 할 시간에 조금이라도 체력을 회복하는 데 집중하는 편이 나아. 천천히, 천천히 움직이며 호흡을 조절하면 그나마…….'

태영은 억지로 잡아끌 듯이 다리를 움직일 때였다.

– 정말 아슬아슬해서 못 보겠군. 지금까지 주인이 해 온 일들이 다 그랬지만, 이번에는 특히 더. 정말 그만한 가치가 있는 건가? 여기에 신대의 보물이 있다는 것도 도노반의 말뿐이고, 실제로 그게 어떤 건지는 주인도 모르지 않나?

"꼭 보물 때문만은 아니야."

– 뭐?

"위험을 피해 가면 아무것도 얻을 수 없어."

그렇게 생각했다.

노웨인 영지를 나올 때, 정체된 성장을 가속하기 위해서는 미지의 환경에 몸을 던져야 한다고.

그리고 효과도 있었다.

—종합 평가 레벨이 상승했습니다.

그사이 이런 걸 몇 번이나 봤으니까.

물론 이런 거야 다른 데서 좀 더 만만한 몬스터를 때려잡아도 되는 거니 넘어가더라도.

—스킬 [나이트 비전]이 Lv. 2로 승격되었습니다.

—스킬 [아머 스킨]이 Lv. 3으로 승격되었습니다.

—스킬 [회복력 상승]이 Lv. 2로 승격되었습니다.

이런 게 오르고.

—스킬 [예리한 감각]을 습득했습니다.

이런 게 생기기도 했다.

내내 눈에 힘을 주고, 틈틈이 물리고, 신경을 곤두세우고 있었던 결과였다.

그리고 이 모든 건 한 치 앞도 내다볼 수 없는 환경에 스스로 몸을 던져 일궈 낸 성과!

결과적으로 그 생각은 틀리지 않았다는 말이지만.

– 주인이 뭘 말하는지는 안다. 따질 생각도 없어. 단지 지나치게 맹목적이 되면 안 된다는 말이다. 뭔가를 얻는 것도 목숨이 붙어 있어야 의미가 있는 법이니까.

태영도 그런 생각이 들기 시작했다.

조금 전부터.

의욕이 꺾였다는 말은 아니다.

“그래, 인정하지. 뭘 얻든 죽으면 아무 소용이 없어. 하지만 포기해도 마찬가지야. 포기는 병이야. 한 번이라도 걸리면 끝없이 재발하는 병. 그런 병에 걸린 사람은 아무것도 이루지 못해. 그런 삶은 죽는 것과 다르지 않아.”

의욕은 아직 충분하다.

– 멋진 말이지만, 약발로 버티는 사람이 할 말은 아니지 않을까?

문제는 이쪽이다.

태영이 지금까지 버틸 수 있던 이유는 의욕이 아니다.

100% 약발이다.

다시 말해 그만큼 많은 약을 마셔 버렸다는 말이다.

그렇게 오랫동안 준비해 온 각종 회복약이 이미 반 이상이나 줄어들 정도로.

그리고 그 시점에서 생각해야 할 또 다른 문제는…….

'대체 얼마나 온 거지?'

그걸 알 수 없다는 점이었다.

원반은 방향을 알려 줄 뿐, 남은 거리까지 알려 주는 기능은 없으니까. 아니, 이쯤 되면 그 방향도 제대로 알려 주고 있는 건지 의심스러울 지경이다.

-그냥 어금니 꽉 깨물고 밀어붙이는 게 능사는 아니야. 나도 그냥 포기하라는 말을 하는 것도 아니고. 포기는 안 해도 선택은 할 수 있잖아. 일단 이번에는 물러나고 다시…….

"조용히!"

그때 태영이 낮게 소리쳤다.

이어 걸음을 멈추고 눈을 감았고, 이내 미간이 찌푸려졌다.

'예리한 감각'을 통해 느껴졌기 때문이다.

조금씩, 아니 빠르게 가까워지는 미세한 돌 소리, 거친 숨소리.

"젠장, 벌써 다른 놈들이 따라붙었어!"

퍼뜩 고개를 들어 올린 태영이 바로 몸을 돌리며 뛰었다.

그리고 가방에서 고깃덩어리를 꺼내 투척!

이곳에서 잡은 뱀에서 뽑아 두었던 독을 꼼꼼히 발라 둔 고깃덩어리다.

예전에 본 적이 있기 때문이다.

끄아아아-!

놈들이 그런 걸 집어 먹고 이런 괴성을 질러 대며 배를 잡고 뒹구는 장면을.

아쉽게도 그래도 돼지지는 않았지만.

'아직 몸이 제대로 회복되지 않았어! 지금 놈들과 싸울 수는 없다!'

툭! 툭! 툭!

태영은 계속해서 고깃덩어리를 투척하며 뛰었다.

끄아아아-! 끄아아아-!

그리고 그 뒤에서 일정 간격으로 터져 나오는 비명!

-……저 녀석들은 닭인가?

스토커는 학습 능력이 없는 놈들인 것이다.

반면 학습 능력이 뛰어난 태영은 계속해서 고깃덩어리를 던지며 달렸고, 그때마다 들려오던 괴성이 점차 멀어졌다.

"헉헉헉!"

태영이 거친 숨을 불어 내며 멈춘 건 한참 뒤였다.

그리고 잠시 '예리한 감각'에 집중하다가 안도의 한숨을 불어 내며 중얼거렸다.

"됐어. 이제 놈들의 기척이 느껴지지 않아."

-하지만 곧 다른 놈들이 따라붙겠지.

"뭐 그야 그렇겠지만, 그래도 기왕이면 희망적인 말을 해 주는 게 좋지 않겠냐?"

-나도 이런 상황에서 불평하듯이 이런 말만 떠들어 대고 싶지

는 않다. 몇 번이나 말했듯이 나는 대체로 과묵한 편이니까.

"그것도 슬슬 의심스러워지기 시작한다만……."

– 내가 왜 이런 말을 하는지는 주인이 더 잘 알지 않나? 냉정하게 상황을 생각하라는 거다. 포션도 그렇지만, 이제 고기도 얼마 안 남았잖아.

"고기가 아니라도 식량은 많아. 개척민들에게 받은 감자 같은 것도 잔뜩 있고."

– 먹겠냐?

"그건 두고 봐야 알겠지만…… 돌아 나가는 것도 쉬운 일이 아니야."

– 그러니까 지금이라도…….

"이미 늦었어."

태영이 그리모어의 말을 끊었다.

분명 남은 포션의 양으로만 보면 아직 선택의 여지는 있어 보인다.

그러나 태영은 그리모어와 달리 사람이다.

이미 몸은 마력이 60%도 회복되지 않을 정도로 만신창이.

그런 몸으로 쌩쌩할 때 포션의 반을 써 대며 온 길을, 남은 반만으로 되돌아 나가기는 무리다.

– 그럼…….

"방법은 하나뿐이라는 말이지."

다시 원반이 가리키는 방향을 돌아보던 태영이 어깨를 으

쓰였다.

"그 신대의 보물이라는 게 정말 도노반이 말한 것처럼 엄청난 힘을 지닌 아티팩트이기를 바라는 수밖에 없지. 뭐, 그렇다고 괜한 걱정은 할 필요 없어. 그게 얼마나 대단한 아티팩트든 내 검은 너밖에 없으니까."

-결국, 쓰러지기 전에 그 보물이라는 걸 손에 넣는 수밖에 없다는 말인가…… 내가 검인 게 아쉽군. 주인의 멱살을 잡고 끌고 갈 수 없으니 말이야. 할 수 없지. 주인의 뜻이 그렇다면 따르는 수밖에.

"역시 내 검은 너밖에 없어."

태영이 피식 웃으며 다시 걸음을 옮겼다.

그러나 채 몇 걸음 떼기도 전에 움찔하며 멈춰 섰다.

-설마 벌써 따라붙은 건가?

"아니, 저건……."

미간을 좁히며 어둠을 응시하던 태영이 '나이트 비전'을 해체했다.

그러자 더 명확하게 시야에 들어왔다.

"빛이야!"

그 앞의 어둠 속에 점처럼 떠 있는 불빛!

"거리는 못해도 100여 미터 이상! 이곳에서 랜턴의 빛 따위는 그 정도로 뻗어 나가지 못해."

-그 말은 혹시 저 빛이…… 빨리 가 보자!

태영은 그리모어가 이렇게 떠들어 대기도 전에 이미 달리고 있었다.

그리고 빛이 떠 있는 장소에 도착하는 순간!

−……뭐야, 이게?

태영도 뭔지 알 수 없었다.

−설마 이런 게 도노반이 말한 보물은 아니겠지?

그러나 적어도 그렇게 보이지는 않았다.

그 앞에 있는 것은 마치 기관차를 축소해 놓은 듯한 모습의 기계.

태영이 본 빛은 그 기계의 상부, 커다란 램프 같은 곳에서 타오르는 백색 불꽃이었다.

'대체 이게 뭐지? 어디에 사용하는 건지는 둘째치고, 어째서 여기에 이런 게…….'

태영이 기계를 살피며 뒤쪽으로 돌아갈 때였다.

뭔가가 확 튀어나왔다.

아니, 그러려고 했던 모양이다.

그러나 태영이 그리모어를 휘두르기도 전에 픽 고꾸라졌다. 그리고 그 상태로 몇 번 움찔움찔하더니 바닥에 처박혔던 얼굴을 와락 들어 올리며 소리쳤다.

"네놈은 누구냐!"

태영이 묻고 싶은 말이었다.

"네놈이 누군지는 모르겠지만……."

그가 번뜩이는 눈으로 태영을 바라보았다.

그리고 슬쩍 눈을 움직여 목에 바짝 붙어 있는 그리모어를 보더니 다시 소리쳤다.

"살려 줘, 인마!"

―……뭐냐, 이 자식은?

태영도 모르겠다.

그래도 한 가지는 알아볼 수 있었다.

키는 태영의 3분의 2 정도밖에 되지 않지만, 다부진 체격. 가슴까지 내려오는 금색 수염.

퀭해 보이기는 하지만, 두툼한 볼.

이계에서 이런 외모를 가진 사람, 아니 종족은…….

"드워프?"

"그래, 드워프다, 인마! 드워프 처음 보냐?"

처음 보는 게 아니라 알아본 거다.

어쨌든 다짜고짜 해치워 버릴 상대는 아닌지라 태영은 한 걸음 물러났다.

드워프가 툭툭 털고 일어나 분한 얼굴로 돌아보았다.

"젠장, 갑자기 현기증만 일어나지 않았어도……."

어쩔 생각이었는지는 모르겠지만, 당장 궁금한 건 그게 아니다.

"당신은 누구십니까? 아니, 그보다 대체 어떻게 이런 곳까지 들어와 있는 겁니까?"

"흥! 버르장머리 없는 인간 놈이군. 어디를 봐도 내가 연장자인데, 먼저 네 소개부터 하는 게 순서 아니냐? 애초에 질문도 내가 먼저 했잖아!"

-그냥 죽이자.

그리모어가 속삭였다.

바로 이런 제안을 하는 걸 보니 그리모어도 꽤 신경이 날카로워져 있는 모양이다.

그리고 그건 태영이 더하면 더했지 덜하지는 않은지라 제법 매력적인 제안으로 들리기는 하지만, 세상만사를 다 그딴 식으로 해결해 버릴 수는 없는 일이다.

원래 드워프라는 종족 자체가 대체로 저런 성격이기도 하고, 당장은 그런 것보다 궁금증에 더 무게가 실렸다.

그때 띠꺼운 눈으로 태영을 위아래로 훑어보던 드워프가 콧방귀를 뀌며 중얼거렸다.

"하긴, 뭐 이런 곳을 기웃거리는 인간이라면 물을 필요도 없겠군. 어디서 이상한 소문을 듣고 죽을 자리인지도 모르고 찾아온 시시껄렁한 모험가겠지."

"그쪽은 아니란 말입니까?"

"하! 내가 그런 머저리 같은 놈들처럼 보이냐?"

"그럼 왜 이런 곳에 있는 겁니까?"

"흠……."

드워프가 두툼한 입술을 내밀었다.

뭔가 고민하는 눈치였지만, 오래 이어지지는 않았다.

슬쩍 태영을 돌아본 드워프는 이내 빵빵한 배낭에서 작은 검은 결정을 꺼내 보였다.

"내가 이곳에 들어온 이유는 이거다."

"그건……."

"다크 스톤이다."

"처음 들어 보는 이름이군요."

"후후후, 그렇겠지. 이건 술 이상으로 광석을 좋아하는 드워프 중에서도 아는 놈이 없을 정도로 희귀한 광석이니까."

"그럼 그걸 캐려고 이런 곳에 들어왔다는 말입니까?"

"캐? 아니지. 그냥 줍는 거야! 여기는 다크 스톤이 그냥 굴러다니거든! 크하하하! 다른 놈들이 알면 뒤로 자빠지겠지! 미련하게 곡괭이질이나 해 대는 놈들의 빈약한 상상력으로는 상상도 못 해 본 일일 테니까! 하지만 이 몸은 다르지. 특히 여기, 머리가 말이야. 그리고 자고로 머리가 좋은 놈은 더 쉽게, 더 많은 걸 차지하는 법이지."

"대체 그 다크 스톤이 어디에 쓰이는 광석이기에 그럽니까?"

"모르지."

"네?"

"모른다고, 인마! 그걸 내가 어떻게 알아? 써 본 적도 없는데!"

– 대체 이 자식, 뭐라는 거야?

태영도 전혀 모르겠다.

“그럼 어디에 쓰는지도 모르는 걸 줍겠다고 이런 곳에 들어왔다는 말입니까?”

“쯧, 이래서 인간은…….”

그러나 드워프는 되레 혀를 차며 한심하다는 듯한 눈길로 태영을 바라보았다.

“그게 중요하다는 걸 모르겠나? 그런 식으로 따지면 철광석은? 은이나 금, 미스릴은? 처음부터 사용법을 알고 있었나? 당연히 아니지. 누군가 이것저것 시험해 보고 나서야 알게 된 거다. 다시 말해 모른다는 건, 그만큼 무한한 가능성을 가지고 있다는 의미! 자, 이렇게까지 설명해 줬으니 이제 이해됐겠지?”

조금도 이해되지 않았다.

덧붙이자면 이해하고 싶은 생각도 없었다.

이유를 물으면 수백 가지도 더 댈 수 있지만, 당장은 그보다 더 궁금한 게 있어서다.

‘……어째서지?’

태영은 이곳에 오기 전에 눈알이 터져 나갈 정도로 수련에 매진해 ‘나이트 비전’을 익혔다.

단순히 그게 랜턴보다 효율적이어서가 아니었다.

경험으로 알고 있어서다.

그동안 태영이 잠깐씩이나마 쉴 시간이 있었던 건 그런 빛에 의지하지 않았기 때문. 만약 랜턴 따위를 들고 돌아다녔다면 진즉에 뼈도 남지 않았을 것이다.

어둠을 밝히는 데는 그다지 도움도 안 되지만, 스토커를 벌 떼처럼 불러들이는 데는 꽤 도움이 됐을 테니까.

그러나 지금은 아니었다.

기관차처럼 생긴 기계에 붙은 램프가 100여 미터 거리에서도 보일 정도로 강한 빛을 내고 있는데도 스토커의 기척조차 감지되지 않았다.

앞에서 떠들어 대는 이 살짝 맛이 간 듯한 드워프의 몸에도 상처 하나 보이지 않았다.

'그렇다고 이 드워프가 나보다 강해 보이는 것도 아니고…….'

다른 이유가 있다는 말이다.

거기까지 생각하자 눈이 자연스레 기계의 램프로 향했다.

"혹시 이곳에 사는 몬스터가 접근하지 않는 이유가 그 램프의 빛 때문입니까?"

"그래도 눈치는 있는 모양이군."

태영의 질문에 드워프가 히죽 웃으며 대답했다.

"바로 이게 나와 머저리 같은 모험가들의 차이지. 뭔가를 얻으려면 준비를 해야 하고, 준비는 손이 아닌 머리로 해야 하는 법이지. 나는……."

"정말 이 램프의 빛 때문에 접근하지 못하는 거란 말입니까?"

말을 끊자 드워프가 뚱한 얼굴로 끄덕였다.

"그래, 놈들은 빛을 싫어하니까."

"하지만……."

"물론 평범한 빛은 아니지. 램프 안에서 타오르는 불꽃의 연료는 위대한 대장장이의 신, 다올의 축복을 받은 성유(聖油)다. 몬스터, 그중에서도 특히 어둠 속에 사는 몬스터는 모두 이 불빛을 극도로 두려워하지. 고대 드워프가 어둠의 몬스터를 몰아내고 각지에 광산 도시를 세울 수 있던 것도 이 불꽃의 힘이다."

-뭐, 뭐야? 그럼 그 성유라는 것만 있으면 애초에 그런 개고생을 할 필요도 없었다는 말이잖아? 뭐 이런 말도 안 되는…….

드워프의 말에 그리모어가 어이가 없다는 듯이 웽웽댔다.

그러나 태영도 모르고 있던 건 아니다.

그럼에도 다올의 성유를 챙겨 볼 생각조차 하지 않은 이유는 두 가지다.

첫째는 스토커에게도 통한다는 확신이 없기도 했지만, 이번 여정 자체를 하나의 수련으로 생각하고 있었기 때문이다.

그러나 더 중요한 건 두 번째 이유다.

드워프는 다올의 성유를 무슨 휘발유처럼 말했지만, 그런 게 아니다. 어둠의 계곡에서 보물을 찾아내는 것만큼이나 얻기 힘든 물건이다.

인간에게도 그렇지만, 드워프라도.

왜냐하면…….

'아니, 지금 중요한 건 저 맛 간 드워프가 어떻게 다올의 성유를 얻었는지가 아니다!'

중요한 건 다올의 성유가 효과를 발휘하고 있다는 것.

그리고 지금 태영은 한계라는 것이다.

그럼 답은 나온 셈이다.

– 아니, 뭐 이제라도 알았으니 됐지. 그럼 남은 건 저 싸가지없는 드워프만 슥삭해 버리면 되겠군. 굳이 으슥한 곳을 찾을 필요도 없고 말이야.

그리모어가 그 틈을 노리고 다시 제안했지만, 굳이 그럴 필요는 없었다.

"그런데 왜 아직 이런 곳에 계시는 겁니까? 배낭을 보니 그 다크 스톤이라는 것도 충분히 모인 것 같은데."

물었지만, 대답은 이미 알고 있었다.

"흠, 좋은 질문이네. 말했듯이 나는 천재적인 머리로 이곳에 다크 스톤이 널려 있다는 것을 알아내고 만반의 준비를 하고 이곳에 들어왔지만……."

"길을 잃었군요."

"정리해서 말하자면 그렇지."

입술을 삐죽이며 대답한 드워프가 대뜸 성질을 부렸다.

"알 리가 없잖아! 여기가 이런 빌어먹을 곳인지! 들어와 본 적이 없으니까! 돌아온 사람이 없다고 들었지만, 다들 깜깜해서 길을 못 찾고 헤매다 뒈진 거로 생각했다고!"

성질내며 말하지 않아도 이해한다.

모험가들도 대부분 그렇게 생각하고 들어오니까.

그리고 가도 가도 끝이 보이지 않는 어둠 속에서 헤매 보고 나서야 깨닫게 된다.

자신이 다른 사람들보다 똑똑한 게 아니었다고 말이다.

뭐 대부분은 그 전에 죽지만 어쨌든.

"저는 이 계곡에서 나가는 방법을 알고 있습니다."

"뭐? 그, 그게 정말인가?"

"제가 뭐 하러 거짓말을 하겠습니까?"

"아니, 그렇긴 하지만……."

"분명히 말씀드리죠. 이곳은 제가 아는 방법 외에는 나갈 수 없습니다. 하지만 저는 지금 나가는 길이 아닙니다. 들어가는 길이죠. 그러니 제안하겠습니다. 혹시 저와 동행할 생각 없으십니까?"

-어? 가만? 저놈과 같이 가겠다고? 그럼…….

그리모어가 뭘 걱정하는지는 안다.

당연히 태영도 다짐을 받아 둘 생각이었다.

"대신 조건이 있습니다. 목적지에 도착했을 때, 그곳에 뭐가 있든 그건 모두 제 것입니다. 그것만 약속해 주신다면…….”

“그건 아니지.”

그때 드워프가 씨익 웃으며 말을 끊었다.

“그렇게까지 말하는 걸 보면 나가는 방법을 알고 있다는 건 사실이겠지. 그리고 동시에, 거기에 뭔가 굉장한 게 있다는 것도. 그런데 숟가락도 얹지 마라? 내가 그런 말을 순순히 끄덕여 줄 정도로 만만한 드워프로 보이나? 같이 가자는 말은 찬성이지만, 그럼 당연히 권리도 나눠 가져야 하는 게 순리. 5 대 5를 제안하네.”

-설마 저런 제안을 받아 줄 생각은 아니겠지? 설사 주인이 받아들여도 내가 용납 못 해! 지금까지 우리가 지나온 길을 생각해 보라고! 하물며 저딴 싸가지없는 드워프에게…….

당연히 그럴 생각은 없다.

태영은 슬쩍 퀭한 드워프의 얼굴을 훑으며 중얼거렸다.

“그런 말을 할 처지는 아닌 것 같은데요?”

“남 말할 처지는 아닌 것 같은데?”

드워프도 태영을 훑어보며 이렇게 받아쳤다.

그리고 그건 틀린 말이 아니지만, 태영과 그는 결정적인 차이가 있었다.

“뭐가 됐든 저로서는 받아들이기 힘든 제안이군요. 저는 물러날 생각이 없으니 다시 한번 생각해 주십시오. 그사이에 저는 밥이나 먹고 있을 테니.”

바로 이거다.

태영이 꺼내 드는 빵과 물!

그리고 석 달 열흘쯤 굶은 눈으로 바라보는 드워프!

"이, 있는 건가, 먹을 게?"

"네, 뭐 보시다시피. 왜요, 없습니까?"

"어…… 그…… 어, 없네. 그…… 조금만 나눠 주면 안 되겠나?"

"아직 동행이 아니지 않습니까? 아쉽게도 저는 이런 곳에서 동행도 아닌 사람에게 음식을 나눠 줄 정도로 좋은 사람은 아니라서 말입니다."

"조, 좋아! 6 대 4로 하지, 6 대 4! 물론 네가 6이다! 그래, 내가 좀 손해 보지, 뭐."

"결정되면 말씀하십시오, 아직 음식은 여유가 있으니까."

"7 대 3!"

"흠, 물만으로는 목이 좀 칼칼하네. 어디…… 아, 하나 남았군."

푸슈-!

"헉! 뭐, 뭐야? 이 냄새는…… 있었나, 맥주!"

"있었죠, 맥주."

태영이 히죽 웃으며 맥주 캔을 입으로 가져갔다.

"8 대 2! 아, 아니 9 대 1!"

보물의 가격이 미친 듯이 내려갔다.

그러나 태영은 들은 척도 하지 않고 맥주를 들이켰다.

"그만! 좋아, 좋다고! 다 가져가라! 그래, 그 맥주만 주면 보물 같은데 손도 대지 않겠다고 맹세할 테니 제발 굶주린 드워프 앞에서 맥주를 마셔 대는 짓만은 그만둬!"

결국, 맥주 한 캔에 낙찰!

-……음, 미안하다. 내가 주인이 어떤 사람인지 잠시 잊고 있었다.

물론 좋은 사람이다.

덤으로 빵까지 끼워 줬으니까.

그리고 드워프는 불과 몇 초 만에 방석만 한 빵과 맥주가 사라지는 마법을 보여 주었다.

"입에 맞으십니까?"

"뭐 좀 밋밋하기는 하지만 맥주가 맞긴 하더군."

"이제 와서 딴소리하지는 않겠죠?"

"흥, 교활한 인간 놈 같으니! 마음에 안 들기는 하지만 할 수 없지. 나도 명색이 드워프, 한번 입 밖에 내뱉은 말은 지킨다."

물론 그래야 한다.

그때는 태영도 거리낌 없이 최후의 방법을 떠올릴 수밖에 없을 테니까.

태영은 그런 의미의 웃음을 떠올리며 손을 내밀었다.

"레온입니다."

"그레이그다. 그냥 그렉이라고 불러."

물론 그렉은 그 웃음의 의미를 알 리가 없겠지만, 어쨌든 그와 손을 잡는 순간 상황은 그야말로 극적으로 바뀌었다.

"그래, 어디로 가면 되나?"

"이 방향입니다."

태영이 원반에 떠오른 방향을 가리키자 그렉이 기관차를 조작했다.

퉁! 퉁! 퉁!

그 뒤에는 이런 소리를 내며 전진하는 기관차에 앉아 있는 게 전부였다.

당연히 스토커 따위는 나오지 않았다.

대체 지금까지의 고생이 뭐였나 싶을 정도로 편한 여정.

심지어 그렉은 코를 골아 대기도 했다.

—역시 죽이자!

그러나 그 정도는 아니어서 태영은 다른 일에 몰두했다.

헬 스네이크의 가죽 갑옷은 고급이라는 말이 무색할 정도로 너덜너덜한 상태.

이런 건 여유가 있을 때 바로바로 수선해 둬야 하는 법이다. 당연히 대충해서도 안 된다.

전사에게 방어구는 문자 그대로 최후의 보루.

태영은 부지런히 자르고, 뚫고, 한 땀 한 땀 정성 들여 꿰매 나갔다.

"그런 걸 직접 하는 건가?"

한숨 자고 일어난 그렉이 신기한 눈으로 바라보았다.

보통 헌터는 직접 하지 않는다.

그리고 그게 의뢰의 보수에, 때때로 던전이나 유적에서 대박을 터뜨리기도 하는 헌터가 부유해지지 못하는 이유다.

검이나 방어구의 수리비는 비싸다.

그 탓에 모험가는 수리비를 벌충하기 위해 무리를 하게 되고, 그럼 장비품도 더 상하게 되고, 더 많은 수리비가 발생하는 악순환을 반복하게 되는 것이다.

그러나 그게 헌터가 게을러서만은 아니다.

처음에는 어떻게든 자체 해결해 보겠다고 꼼지락대지만, 곧 포기한다.

쉬운 일도 아니고, 해도 늘지 않아서다.

어설프게 조몰락대다가 되레 장비품을 상하게 만들기도 한다. 그 탓에 결국 차라리 그 시간에 더 벌거나 전투 스킬을 익히는 게 낫다는 결론에 도달하게 된다.

설명은 길었지만 결국 요점은 이거다.

태영은 한때 나름 진지하게 장인의 길을 걸었던 적도 있어 지식이 있었고.

―스킬 [가죽 방어구 수선]을 습득했습니다.

스킬 습득의 제한도 없다는 것.

그 덕에 한층 빨라진 손놀림으로 큰 구멍을 대부분 메꿨을 때였다.

"응? 저게 뭐지?"

먹고 자기를 반복하던 그렉이 눈매를 좁히며 중얼거렸다.

끝없이 펼쳐지던 어둠에 변화가 생겼다.

다올의 성유가 일으키는 백색 불꽃에 희미하게 떠오르는 실루엣.

처음에는 간간이 몇 개의 기둥이 보였지만, 곧 저편에 거대한 돔(Dome)의 모양이 떠올랐다.

도노반의 책에서 본 성과 같은 모양이었다.

"저기로 가 주십시오!"

"흠, 눈에 생기가 도는 걸 보니 저기가 그 보물이 있다는 성인 모양이군."

퉁! 퉁! 퉁!

기관차가 한층 속도를 올리며 나아갔다.

"이것 참 흥미롭군."

그렉이 눈을 반짝이며 중얼거렸다.

그 앞에는 무수한 톱니바퀴가 복잡하게 얽혀 있는 문이 있었다.

유적지의 중심에 자리 잡은 거대한 돔 형태의 성에 도착해서 발견한 것이다.

사실 아직은 그게 문인지 벽인지도 확실치 않았다.

그러나 그곳뿐이었다.

일단 유적지의 구조상 그쪽이 정면이기도 하고, 주위를 한 바퀴 돌아봐도 그 외에는 모두 매끈한 벽으로 되어 있었다.

그러니 그곳이 문일 확률은 90%에 육박하고.

"이건 일종의 퍼즐이야. 아마도 이 장치들은 어떤 특정한 순서대로 조작해야 작동하게 되어 있겠지. 한때 드워프 사이에서도 이런 걸 만드는 게 유행한 적이 있었어."

그렉의 말로 100%에 가까워졌다.

"열 수 있겠습니까?"

"그야 모르지. 드워프가 만들던 건 작은 상자였어. 제스트 박스라는 건데, 보통 선물의 포장지로 많이 사용했지. 그 탓에 몇 년이 지나서야 내용물을 확인한 녀석들도 있었어. 그게 진즉에 썩어 버린 음식이었을 때 녀석들의 표정은 정말 유쾌함 그 자체였지."

그렉이 즐거운 얼굴로 말했다.

"어쨌든 이렇게 거대한 퍼즐은 나도 처음 보네. 뭐 크기와 해제 난이도가 비례한다고는 할 수 없지만. 본래 이런 건 기술이나 지식보다 영감이 중요하지. 다시 말해 해 보지 않으면 모른다는 말이야."

그러나 태영은 즐겁지 않았다.

퍼즐을 싫어하는 건 아니다.

현대에서는 일부러 찾아서도 하기도 했다.

그러나 그건 어디까지나 한가할 때의 얘기, 목적지를 코앞에 두고 이런 데서 낑낑댈 생각은 들지 않았다.

"물러나세요."

이에 태영은 그렉을 잡아끌고 뒤로 물러났다.

콰쾅-!

그리고 다량의 C-4로 폭파!

멍하니 보고 있던 그렉이 화들짝 놀라며 소리쳤다.

"뭐, 뭐야? 저 미친 폭발력은? 대체 어디서 저런…… 아, 아니, 그게 아니고! 너, 대체 무슨 짓을 하는 거냐? 저런 기관 장치를 만드는 게 얼마나 힘들고 고된 작업인지 알아? 난이도를 떠나 저 정도 규모면 이미 예술이라고! 보물에 눈에 먼 너 같은 녀석에게는 그저 방해물로밖에 보이지 않겠지만……."

"네, 심각한 방해물이군요."

태영이 한숨을 불어 내며 중얼거렸다.

흩어지는 폭연 너머로 보이는 문은 너무나 멀쩡했다.

사실 태영도 반반이라고 생각하기는 했다.

이곳이 도노반의 책에 있던 그 성이라면, 그 돔은 재앙이라는 놈을 잡아 두는 역할을 맡은 함정.

가능한 한 모든 방법을 동원해 튼튼하게 만들어 뒀을 테니까.

"그래도 흠집조차 안 날 줄은……."

쿵-!

그때 갑자기 굉음과 함께 바닥이 들썩였다.

"헉! 뭐, 뭐지? 이 소리는?"

그렉이 흠칫하며 주위를 두리번거렸다.

쿵-!

그때 다시 굉음이 울리고.

쿵! 쿵! 쿵! 쿵!

거친 진동을 일으키며 빠르게 가까워졌다.

그리고 태영이 반사적으로 그 방향으로 몸을 돌리며 그리모어를 뽑아 들었을 때였다.

끼아아아아-!

괴성과 함께 시야 안으로 불쑥 들어오는 시커먼 형체!

스토커처럼 절반 이상이 날카로운 송곳니를 뒤덮인 아가리로 되어 있는 머리통이었다.

그 외에도 시커먼 팔과 다리, 몸통 역시 스토커와 닮아 있었지만, 크기가 달랐다.

머리만 1미터 이상!

몸까지 합하면 10미터는 가뿐히 넘어서는 크기였다.

"히익! 괴, 괴물! 괴물이다!"

기겁한 그렉이 황급히 기관차 뒤로 뛰어 들어갔다.

"물러나세요!"

태영이 그 뒷덜미를 움켜쥐고 물러났다.

콰쾅-!

그 앞에서 울리는 폭음!

쓸듯이 휘두른 놈의 팔에 기관차가 종잇장처럼 구겨지며 벽에 처박혔다.

"다, 다올의 성화가……."

"그런 걸 겁내는 놈이 일부러 찾아왔겠습니까?"

태영이 슬쩍 그렉을 돌아보며 물었다.

"도와주실 수 있습니까?"

그렉이 미친 듯이 머리를 흔들었다.

-이 자식…… 그럼 대체 뭘 믿고 그렇게 싸가지없이 굴었던 거야?

"그럼 거치적대지 말고 멀찍이 떨어져 있어요!"

태영이 앞으로 몸을 날리며 소리쳤다.

쿠쿵-!

그 뒤에서 울리는 굉음!

순간 태영은 내디딘 다리에 힘을 주어 제동을 걸고 다시 뒤쪽으로 몸을 날리며 회전!

바닥을 내리찍은 놈의 팔목을 향해 그리모어를 휘둘렀다.

칭! 카카카칵-!

생각지도 못했던 소리가 울렸다.

울리는 검날을 통해 전해지는 마치 쇳덩이를 내리친 감각!

'아니, 이건…….'

– 크! 빌어먹을, 정말 더러운 감촉이군. 어이, 주인. 이 자식 뭔가 찝찝한 마력에 싸여 있어!

그런 느낌이었다.

딱딱하다기보다는 반탄력이 느껴지는.

눈으로도 확인할 수 있었다.

푸른 오러가 긁고 지나간 놈의 팔목 주위에서 물결처럼 출렁대는 검은 기운.

그러나 놀랄 일은 아니었다.

흔하지는 않지만, 아니 사실 대부분의 몬스터가 그렇다.

마력을 보호막처럼 두르는 건 몬스터의 기본 스킬 중 하나. 그 속성에 따라서는 특정 마법이 통하지 않거나, 아예 물리 공격이 통하지 않는 놈들도 존재한다.

그게 헌터가 파티를 이루는 이유다.

다양한 상황과 다양한 적에 맞서려면 다양한 기술을 갖춰야 하니까.

그러나 오러 소드가 통하지 않는 놈은 극히 드물다.

'통하지 않는 건 아니다!'

놈도 마찬가지.

기대만큼은 아니지만, 표피가 갈라지며 시커먼 체액이 뿜어져 나왔다.

그러나 마냥 기뻐할 일만은 아니었다.

끄아아아-!

그런 상처라도 놈에게는 꽤 의외였는지 바로 괴성을 터뜨리며 팔을 들어 올렸다.

쾅! 쾅! 쾅! 쾅!

그리고 한층 속도를 높이며 내리찍기 시작했다.

그때마다 펑펑 터져 오르는 지면! 거의 융단폭격이나 다름없었다.

태영은 빠르게 물러났지만, 잠깐이었다.

'섀도 스텝!'

바로 분열하듯 여러 개의 잔상을 남기며 뻗어 나갔다.

빨라 봤자 놈의 팔은 두 개.

공격과 공격 사이에 간격이 생길 수밖에 없었고, 그 정도는 비처럼 쏟아지는 돌덩이를 피하며 익힌 섀도 스텝으로 충분히 피할 수 있었다.

웅! 웅! 웅! 웅!

그사이 태영은 팔목에 10여 발의 파이어 애로를 장전!

퍼퍼퍼펑-!

일제히 폭사되었다.

쉬지 않고 움직이는 놈의 팔이 아닌 몸통으로.

그리고 곧 연이어 불길을 뿜어 올리며 폭발했지만, 그뿐이었다.

'그을린 흔적조차 없군. 오러 소드에도 꽤 강한 방어력을 발휘하기에 의외로 마법에는 약하지 않을까 기대해 봤는데…… 결국 접근전으로 승부를 내는 수밖에 없다는 말인가?'

행동 방향이 결정되었다.

그리고 그때, 놈도 비슷한 생각을 하고 있었던 모양이다.

콰콰콰콰-!

휩쓸듯이 지면을 긁으며 날아오는 팔!

내리찍어서는 잡기 힘들다고 판단하고 공격을 점에서 면으로 전환한 것이다.

그리고 그런 식으로 나오면 확실히 '섀도 스텝'으로도 피하기 힘들어지는 게 사실이다.

태영도 그런 약점을 알고 있기에 고생해서 익힌 것이다.

'기다리고 있었다!'

"블링크!"

입에서 흘러나오는 짧은 시동어.

태영은 '섀도 스텝'을 '섀도 블링크'로 전환하며 바로 지면을 긁으며 밀려드는 팔 뒤쪽으로 이동했다.

그리고 다음 순간!

"헉!"

헛바람을 들이켜며 그리모어를 치켜세웠다.

밀려오고 있었기 때문이다.

태영이 있던 자리를 휩쓸며 지나가고 있어야 할 놈의 팔이, 태영의 앞으로.

그리고 뭔가 할 새도 없이 충돌!

콰쾅—!

전신이 뒤흔들리는 듯한 충격!

태영은 10여 미터나 날아가 벽에 처박혔다.

다시 한번 숨 막히는 고통이 의식을 흔들었지만, 비명을 터뜨릴 여유도 없었다.

끄아아아—!

눈앞으로 확 밀려오는 놈의 아가리.

태영은 황급히 벽을 차며 옆으로 몸을 날렸다.

그리고 서너 차례 구르다 몸을 일으키는 것과 동시에 '섀도 스텝' 발동!

쾅! 쾅! 쾅! 쾅!

그 주위로 놈의 팔이 비처럼 쏟아졌다.

조금 전과 같은 상황으로 돌아온 셈이지만, 적어도 태영에게는 아니었다.

'방금 놈의 반응은 시간 차이가 없었어. 아니, 이동했을 때 놈의 팔은 이미 내 쪽을 향해 날아오고 있었다. 그렇다면…….'

놈은 마력의 흐름을 읽어 내는 능력이 있다는 말이다.

물론 한 번만으로 그렇게 단정하기는 이를지도 모른다. 그러나 블링크 같은 기술은 양날의 검. 통하면 효과적이지만, 실패하면 되레 치명타를 입게 된다.

조금 전처럼.

'놈이 정말 마력의 흐름을 읽어 내는지 확인하기 위해 그런 위험을 감수할 수는 없어. 또 이렇게 공격을 퍼부어 대는 팔을 노리기도 힘들고. 그럼 답은 놈의 다리나 몸…….'

태영이 눈이 놈의 몸으로 향할 때였다.

-아직 눈치채지 못한 건가?

"뭐?"

-놈의 팔목을 봐라.

"놈의 팔목에 뭐가…… 헉! 뭐야? 설마……."

정신없이 스텝을 밟다가 고개를 돌린 태영의 얼굴이 당혹감에 물들었다.

보이지 않았기 때문이다.

태영이 놈에게 입혀 놓은 팔목의 상처가.

착각했나 싶어서 다른 손목을 살펴봐도 마찬가지였다.

그리고 이 역시, 블링크를 사용했다고 얻어맞았을 때처럼 생각할 수 있는 답은 하나밖에 없었다.

"회복……."

-초고속 회복이지. 주인이 익힌 회복력 상승 따위는 비교도 안 되는. 그쪽으로 정평이 난 트롤도 저 정도로 빠르게 회복하지는 못해. 아무래도 생각하던 것보다 힘든 싸움이 되겠어.

힘든 정도가 아니다.

오러 소드조차 놈에게 입힐 수 있는 대미지는 한정적.

그런 놈이 불과 몇 분도 안 돼 상처가 치유되는 회복력까지 가지고 있다면 방법이 없다.

최강의 검기(劍技) 오러 소드로도.

일방적으로 몰아붙이는 게 아니라면 그사이에 회복될 테니까.

순간 태영의 머릿속에 불길한 상상이 떠오르기 시작했다.

—빌어먹을! 정말 이래저래 기분 더럽게 만드는 놈이군. 제대로 베어지지도 않는 놈이 저렇게 회복까지 하면 내가 뭐가 되냔 말이야! 하긴, 신대 시대에도 어쩌지 못했다는 놈이니 자존심 상해할 필요는 없을지도 모르지만.

그리모어도 같은 생각을 한 모양이다.

'이놈이 정말 그 재앙이라는 몬스터라면…… 여기까지 유인하는 데는 성공했지만, 뭔가 예상하지 못한 문제가 발생해 저곳에 몰아넣는 건 실패했다는 말인가? 아니, 하지만…….'

콰쾅—!

그때 바로 옆에 놈의 팔이 떨어졌다.

놈이 다시 휩쓰는 듯한 공격을 하지 않는 이유는 태영이 계속 거리를 벌리고 있어서다.

좋게 말하면 전략적 후퇴고, 솔직히 말하면 그냥 도망치는 것이다.

'생각은 나중이다! 지금은 놈이 그 재앙인지 아닌지는 중요하지 않아! 뭐가 됐든 놈을 쓰러뜨리지 못하면 내가 당한다! 그 방법을 찾는 게 우선이다!'

그리고…….

'저런 회복력을 가지고 있다면 어설픈 공격 따위는 수백 번을 해 봤자 아무런 의미가 없어. 놈을 쓰러뜨리기 위해서는…….'

태영은 머릿속으로 수많은 상황을 그려 보았다.

놈의 강력한 보호막과 마력의 흐름을 감지하는 능력, 반응 속도에 태영이 동원할 수 있는 모든 힘과 기술을 대입해서.

그때마다 떠오르는 건 태영이 박살 나는 장면이었다.

그러나 딱 하나!

아직 태영이 완전히 익히지 못한 기술을 대입하면…….

'……가능하다!'

그러나 말했듯이 그 기술은 아직 익히지 못했다.

수차례 시도해 봤지만, 번번이 실패했다.

'하지만 그건 레벨이나 마력이 부족해서가 아니다. 아슬아슬하기는 하지만, 기본 조건은 갖춰졌어. 다시 말해 안 되는 게 아니라 아직 못하고 있을 뿐이다.'

여기에 필요한 건 하나!

'각오다!'

태영이 우뚝 움직임을 멈추며 돌아섰다.

끄아아아아─!

그 앞으로 놈이 괴성을 질러 대며 기어 왔다.

그리고 지금까지 헛손질한 만큼, 한층 흉포해진 동작으로 팔을 휘둘렀다.

태영은 몸을 날리며 놈의 팔을 발로 밟았다.

쾅! 우득─!

충격과 함께 울리는 뼈 소리.

모든 마력을 다리에 집중했는데도 완전히 충격을 흡수하지 못해 무릎이 덜컥거렸다.

아니, 정확히 말하면 충격을 흡수해 버리면 안 된다.

휘이이이─!

이게 목적이었으니까.

놈의 공격을 받아 낸 태영은 그대로 포물선을 그리며 옆의 기둥으로 날아갔다.

순간 태영은 몸을 회전시키며 발로 그 기둥을 밟았고.

퉁─!

다시 놈을 향해 뻗어 나갔다.

'노릴 곳은 놈의 숨통!'

정확히 놈의 목이 위치한 높이로!

그러나 놈의 목까지 도달하기도 전에 옆에서 놈의 손바닥이 돌풍을 일으키며 날아들었다.

불과 1초도 되지 않는 시간이었음에도 반응을 한 것이다.

"크허어어엉-!"

태영의 입에서 쩌렁쩌렁한 포효가 터진 것은 그때였다.

순간 놈이 움찔했지만, 그뿐이었다.

비스트 피어에 의한 경직이라기보다는 그저 예상 못 했던 고음에 약간 놀란 정도의 반응.

그러나 태영도 그 이상을 기대하지 않았고, 그 정도만으로도 충분했다.

포효로 만들어 낸 찰나의 시간!

'지금이다! 성공하면 이기고, 실패하면 죽는다!'

태영은 그리모어를 양손으로 움켜쥐며 입술을 깨물었다.

그리고 다음 순간.

팡-!

발아래에서 폭발이 일어났다.

그리고 그 위로 튕겨져 올라가는 태영.

그동안 태영이 수없이 시도하고, 또 실패했던 게 바로 이 기술이다.

미스트가 사용하던 에어워크.

그저 발아래에서 폭발시키는 마력을 밟고 뛰어오르는 간단한 기술이지만, 원리가 간단하다고 쉽게 익힐 수 있는 게 아니다. 아니, 되레 간단한 기술일수록 익히기는 힘든 법.

태영은 아직 그 타이밍을 잡아내지 못하고 있었다.

그러나 방금 성공했다.

'그래, 부족한 건 집중력이었다!'

생과 사의 갈림길에 자신을 몰아넣은 결과!

'그래도 한번 성공한 것만으로 스킬로 등록되지는 않는 건 좀 아쉽지만…….'

놈의 손바닥이 발밑을 스쳐 지나갔다.

그때 태영은 양손으로 그리모어를 움켜쥔 자세로 놈의 머리 바로 앞까지 떠오르고 있었다.

"그리모어! 와일드 오러!"

콰콰콰콰―!

그리모어에서 굵은 뇌전을 줄기줄기 뿜어내며 거대화하는 오러!

"어디, 버틸 수 있으면 버텨 봐라!"

태영의 고함과 함께 광란하는 오러가 대기를 찢어발기며 날아갔다.

to be continued

ROK MEDIA
로크미디어
가휼 판타지 장편소설
전능하신 영주님
「아저씨 식당」 가휼 작가의 신작
이보다 더 완벽한 지도자는 없었다!
하루하루가 벅찬 인턴, 유성
별똥별을 보며 기도 한번 했더니
바르테온령의 적장자로 깨어나다!
귓가에 울리는 시스템 메시지
선대의 안배로 한 방에 소드 마스터?!
썩어 빠진 행정부 숙청부터
오랜 숙적과의 피 튀기는 전쟁에
드워프와의 역사적인 교역까지……
상상하는 모든 것을 이루어 주는
전능하신 영주님이 등장했다!